Qianxun-Culture
— 图书·影视 —

别动我家小可爱

稚初 著

中国·广州

图书在版编目（CIP）数据

别动我家小可爱 / 稚初著. — 广州：广东旅游出版社，2019.11
 ISBN 978-7-5570-2051-4

Ⅰ. ①别… Ⅱ. ①稚… Ⅲ. ①长篇小说—中国—当代 Ⅳ. ① I247.5

中国版本图书馆 CIP 数据核字 (2019) 第 217456 号

出　　品：	千寻文化
总 策 划：	调　调
出版监制：	唐　昕　杨芝波
责任编辑：	梁　坚　翟小侃
特约编辑：	桃　梨
封面设计：	桃　桃
封面绘制：	阿　栗

别动我家小可爱
BieDong WoJia XiaoKeAi

广东旅游出版社出版发行
（广州市环市东路 338 号银政大厦西楼 12 楼　邮编：510180）
邮购地址：广州市环市东路 338 号银政大厦西楼 12 楼
联系电话：020-87347732　邮编：510180
长沙鸿发印务实业有限公司
（地址：湖南省长沙市长沙县黄花工业园 3 号）
880 毫米 ×1230 毫米　　32 开　　10 印张　　269 千字
2019 年 11 月第 1 版第 1 次印刷
定价：39.80 元

本书如有错页倒装等质量问题，请直接与印刷厂联系换书。

001 | **Chapter 1**
生活比电视剧精彩多了

020 | **Chapter 2**
一看见你就没办法了

046 | **Chapter 3**
友谊天长地久

070 | **Chapter 4**
那就从坐我车后座开始

093 | **Chapter 5**
你就是我的小星星，挂在那天上放光明

122 | **Chapter 6**
我拍不出它的好看，可又实在想要分享给你

目录 Contents

156 | **Chapter 7**
世上无难事，只要肯放弃

188 | **Chapter 8**
要做一个可爱的大人

228 | **Chapter 9**
团结友爱，互帮互助

256 | **Chapter 10**
我在终点等你

284 | **Chapter 11**
我并不是不喜欢你

310 | **番外 · 我有一个秘密**
—— 我整个青春里最盛大的秘密，是你呀

Chapter 1
生活比电视剧精彩多了

（1）

九月晴空，蝉鸣鸟啁啾，今天是秦淮十三中开学第一天。

第一天，这个词语往往带着点莫名的期许和纪念。程柔的奶奶程莹早上起床煮了两个红鸡蛋，说是高二开学第一天讨个吉利。但程柔实在没有胃口，趁着程莹饭饱后去院子浇花的间隙，喝了一大杯温水便匆匆出门。

她以前是不大相信程莹口中"讨吉利"的说法，但从今天她跨进校门被足球砸进教导处开始，她推翻了自己先前的笃定，因为所有的意外都是从她没有吃下红鸡蛋的这一天开始发生的。

程柔捧着纸杯里温热的糖水漫不经心地小口喝着，方主任挺着硕大的啤酒肚，在犯错的男生眼前徘徊。

"你说说你！开学第一天踢什么球啊！这会儿把同学的脑袋砸了，她要是有什么三长两短……"

程柔顿时噎了一下，犹豫着举手示意："没砸到脑袋，砸胳膊上了。"

方主任恍然大悟地点点头，转头接着训斥道："她的胳膊要是有个三长两短怎么办？还有，你刚说你叫陈什么来着？几年级几班？班主任是谁？"

身形颀长、套着运动外套的大男孩咽了咽口水，如实回答："陈北洺，高二十二班，班主任是……呃，高二刚分班，我也不知道新班主任是谁。"

方主任训斥的声音顿时又提高了几倍，程柔之前和方主任接触过几次，高一她所参加的物理竞赛小组去临湖中学比赛时还是他带的队。所以，她深知他的脾性，眼下的怒火一部分是因为陈北洺误伤同学，另一部分大概是因为开学事务繁杂。他正忙得晕头转向，一肚子怒火正巧被陈北洺撞上，可不就借机撒撒火。

程柔舔了舔嘴唇，方主任发火她能理解，但为什么要塞她一杯糖水？她顿了一下，又抬手喝了一口甜腻的温水，算了，不喝白不喝，正好她没吃早餐。

程柔低头咬着纸杯，教导处的窗户开着，从她的角度看过去，能够看到一分为二的走廊和天际。晴空万里，微风拂面，就是太阳太晃眼，她百无聊赖地把视线绕着教导处转，最后落在倒霉蛋陈北洺身上。

陈北洺微垂着脑袋，乖乖受训，左一句"对不起"，右一句"我错了"，偶尔被骂狠了也只是羞赧地摸摸鼻尖，认错态度诚恳又乖巧，方主任见状，满腔的怒火才渐渐熄灭。

程柔的方向正好可以看到陈北洺背地里的小动作，他在方主任转身的瞬间，摸了一把脸，胸口如落下重锤般长长松了一口气。她不免觉得好笑，但刚勾起嘴角，就被他准确无误地抓住了。

陈北洺无声地张了张嘴，半晌后又挠着头冲她笑。

"拜托你了。"

程柔瞬间读懂了他的意思，她原本也没想闹到教导处，可惜当时她还未出声，方主任就站在行政楼的走廊上冲那边大声叫嚷，她避无可避，才随着他来到这里。

程柔爽快地冲陈北洺点点头，一只手拿着杯子，站起身正准备开口。

"砰。"

程柔:"……"

程柔吓得心脏怦怦直跳,讪讪闭上嘴。

教导处虚掩着的木门突然重重砸在墙上,由于惯性,大门晃了晃才靠在墙上不动了。方主任撑着办公桌的手背青筋微隆,他转身怒吼一声:"还有完没完了?开学第一天,你们这一个个是不是收不住性子啊?"

程柔和陈北洺相互对视一眼,默默垂下头。

再拖下去,早读就要赶不上了,程柔抓了抓手中的书包刚上前一步,方主任就怒气冲冲地掠过她往前走。

"你又怎么了?你这一年到头就不能让我省省心吗?还有你这头发是怎么回事?我不是让你染回来了吗?这半红不红的头发又是什么?"

程柔没有回头,但看方主任的态度,对方显然是教导处的常客,估计是秦淮十三中的刺头学生。程柔蹙眉抿着嘴,不会这么巧吧?

"校徽丢了,小方,你这里还有没有备用的校徽?"

来人声音不大,低哑的尾音略微往下拖长,透出懒洋洋的倦意,程柔即使不回头都能猜到是谁。

方主任没好气道:"没有!没大没小的兔崽子。"

对方显然是有备而来,声音不慌不忙:"办公桌左边第二个抽屉,你上次拿走七个校徽,还剩八十五个。"

方主任低声怒骂了一句,转身去抽屉拿校徽。他刚合上抽屉,猛然想起程柔来,表情一缓,挤出半点笑意。

"你的手没事吧,要不要去医务室看看?"

程柔立马摇摇头:"没事了,方主任,这会儿快上早读了……没什么事,我们就回去了。"

"手怎么了?"

方才说话的少年突然开口询问,众人皆是一愣,程柔原本不予理会，方主任倒是好脾气地把事情经过三言两语地说了。

椅子腿在地板上拖出一阵长长的声响，程柔闭了闭眼，再睁开眼时，便看见少年一只手拖着椅子放在她身侧，"哐当"一声，打破了眼下的一片寂然。

方主任皱了皱眉："徐燃，你干吗呢？"

徐燃捏了捏耳尖，一脸坦然："她不是受伤了吗？我怕她站久了会疼。"

方主任嘴角抽了抽，没解释程柔伤的是手臂，转头把视线落在程柔和陈北洺身上："回教室吧，手要是还疼，就写一张假条去检查一下。还有你，陈北洺是吧，下次多注意点，别再误伤同学。"

陈北洺忙不迭地点头出门。办公桌后面有一扇窗半开着通风，单面可视的玻璃窗上倒映着徐燃的半张侧脸，程柔盯着他眉骨处的一道伤疤看了看，才转过头和他四目相对。

徐燃顶着一头张扬的栗红色头发，头顶的发梢微微翘起，他的眉眼细长，眼仁黑得像一潭深不见底的墨湖。

他们的视线在半空中轻轻一碰，恍若刹那烟雨转瞬即逝。

程柔掠过他走出门，身后传来方主任骂骂咧咧的声音，语调不高，带着无奈和不易察觉的亲昵。

"你校徽不见了是怎么进学校的，你是不是又跑去爬墙了？你说你，到底什么时候才能懂事点？你昨晚是不是又去酒吧了？我怎么跟你爸交代啊。"

"清吧，我兼职赚钱呢，不过之后不用去了。"

身后的木门堪堪合上，隔断了少年人漫不经心的垂死挣扎。程柔捻了捻手指，想起方才徐燃看着她张了张嘴却没有发出声音的样子，心里一阵五味杂陈。

陈北洺一只手拎着书包在外面等着程柔，见她走近，便一个劲儿笑着道歉。

"不好意思啊，你要是胳膊疼只管找我，不论是端茶递水还是翻书做题，我都帮你。"

程柔的眼皮跳了跳，礼貌回绝："我没事，谢谢。"

"我是认真的，你别不好意思。"

程柔背上书包："我也是认真的，你的好意我心领了。"

"别心领啊！"陈北洺声音倏地一高。

不然还能怎么领？程柔吓得一愣，疑惑地扭头望向陈北洺。

陈北洺大概也没想到自己的声音会这么大，脸上一红，小声解释道："我的意思是，反正我们都是同班同学，我照顾你也方便。"

语毕，陈北洺便快走几步后退着，和她挥挥手，像小旋风似的消失在楼梯口，两阶梯一跨步的速度看起来倒像落荒而逃。

程柔无声地笑了笑，这上赶着报恩可还行。

（2）

高二十二班在C栋教学楼三楼，和对面B栋教师办公室走廊是连着的。程柔从办公室走过时，恰巧看见教师们一边整理资料一边聊天的场景。

"梁老师，听说沈落在你们班是吧？这孩子理科不错，又有领导能力，梁老师这学期可轻松不少啊。"

"十个沈落也顶不住一个徐燃啊！倒是你啊张印，程柔和余一那可都是成绩拔尖的学生，你也能少点压力，少发脾气。"

"我也没总发脾气啊！"

"你发脾气的时候多了去了。"

程柔嘀咕了一句，张印是她高一第二学期的班主任，人称易燃易炸物品，但他脾气来得快去得也快，性格倒像一个小孩子。她顿了一下，回想了一遍方才听来的对话。这么说来，张印今年还带十二班？那敢情好，她还挺喜欢张印的。

程柔一边暗自琢磨，一边加快速度穿过长廊走去教室。

教室里已经到了不少人，高二分了文理之后，班级里有很多陌生面孔。程柔背着书包从中间穿过去，找了一个位置坐下。

她前面的桌子上放着一个黑色背包，干瘪瘪的像一只空袋子，她瞬间就认出那是陈北浤的书包。她顿了一下，低头看了一眼自己怀里的"千斤重锤"，默默无言。

预备铃打响后，周甜甜才惊慌失措地从教室门外跑进来，她把书包甩在课桌上，直接坐到程柔旁边，急不可耐地冲程柔指了指校服上挂着的校徽。

"我……我……"

程柔摸着她的后背帮她顺气："你怎么了？"

"我可能要完了！"周甜甜小脸红扑扑的，伸出双手握住程柔的手，神色激动，"柔柔宝贝儿！就在这月黑风——呸！晴空万里的开学第一天，我的春心荡漾了！"

程柔镇定自若："你这一年四季哪一天不荡漾？"

"这次不一样！"周甜甜昂首挺胸，指了指挂在左胸口的校徽，"这就是证据！我跟你说啊，我刚刚因为没有佩戴校徽被拦在校门外，如果不是他及时出现，我差点就进不来了。"

秦淮十三中第七条校规是：严令禁止学生私带校外人员入校。

所以学校关于进入校园的审查十分严格，不仅要在校门感应器上刷学生证，还得佩戴学校独树一帜的校徽，缺少其中一个都要登记班级和姓名，每周次数超过三次，该同学所在的班级就不能参加本周的红旗评比。

程柔熟知校规，也知道把校徽借给别人的严重性，她摸着下巴，一脸神秘莫测地看着周甜甜。

周甜甜不为所动："我已经很久没有看到这种乐于助人的当代好青年了！不仅品行优良，而且腿还长，我如果不去认识他，一定会抱憾终生！"

程柔笑了笑："从我高一认识你开始，你每一次见到帅哥都是这么说的。"

"这次是真的！"

"哦，你通常第二句也是这句。"

周甜甜："……"

程柔继续补刀:"连第三句哑口无言都一模一样。"

周甜甜拱手作揖:"打扰了,我自己走。"

程柔笑得两眼弯弯,周甜甜冲她翻了一个白眼,伸手佯装掐住她的脖子,但还未使力,恍然想起什么般眼睛一亮。

"你现在可比高一那会儿强多了,整个一个牙尖嘴利的小坏蛋。我当时还以为你只顾着学习,不喜欢和人交流呢。"

程柔微微一愣,周甜甜却已经松开手,回头整理书包里的东西。十二班的窗帘不同于以往教室的绿色布料,它是一整片的雪白,风吹进来后像一尾白鱼游荡般上下起伏。

程柔回过神时,才自觉盯着窗帘看太久,一边从书包里摸出一本《简·爱》看着,一边耐心地等广播通知他们出去举行开学典礼。

清晨阳光灼人,开学典礼开始没多久,就频频有人小声嘀咕太阳太大,偏偏行政楼周边仅有几棵棕榈树,树干粗,叶片大但枝叶稀疏,压根遮不到多少阳光。校长冗长的"三句话"结束之后,禁不住众人的哀号,便省略程序,草草散会。

程柔刚坐在凳子上,就看见陈北洺迤迤然从教室门进来,张印依旧戴着他的小黑框眼镜,穿着一件白衬衫,立在讲台上。大概是觉得闷热,他的眼睛盯着教室门看的同时,右手在忙不迭地解开最上方的两颗纽扣。他看见陈北洺时还小声地惊叹了一句,哥俩好似的撸了一把对方的头顶。陈北洺嫌弃地往旁边一闪,在程柔前面的位置坐下。

陈北洺是阳光大男孩,身形修长,特别爱笑,人缘也不错。程柔看着周围同学纷纷冲他招手,不禁把视线转移到周甜甜身上。

周甜甜注意到程柔的视线笑道:"陈北洺,音乐生,性格开朗,喜欢运动,家住秦淮七路——"

程柔打断道:"难怪你的小雷达无动于衷,敢情是之前打探过。"

周甜甜警惕地往四周看了一眼,张印正在讲台上孜孜不倦地发言,显然没有往这边看,她左手撑着下巴冲程柔说:"从今天早上开始,其他人已经入不了我的眼了。"

不等程柔接话，前方的陈北洺突然将手举过头顶伸懒腰，背不小心撞到了程柔的课桌，立在课桌上的水杯左右一晃倒地不起。因为动静不小，张印的视线往这边扫了一眼，又继续他的慷慨陈词。程柔淡然地扶起水杯，陈北洺双手合十，立在下颌处，回头跟程柔道歉。

"不好意思，我……嗯？好巧啊！你就坐我身后，这下子更方便了。"

程柔低着头把水杯的位置转了又转，才低声道："嗯，你好。"

"方便什么？"周甜甜的视线在他们中间一阵扫射，"哎哎哎，你们……"

陈北洺被她看得脸红，慌不择言："方便我照顾她啊！"

程柔："……"

周甜甜眼睛眨了眨，一脸受惊："我的乖乖，你们什么时候认识的？"

程柔哑然，见陈北洺脸上的热度只增不减，才主动接话把早上的事情说了一遍。

陈北洺连连点头，看了程柔一眼，又匆匆转过头。

程柔盯着陈北洺后脑勺上一小撮微微翘起的头发看了半晌，突然反应过来。

"甜甜，你说的那个男生叫什么名字？"

周甜甜沉吟片刻："好像是叫林晏？校门口值班的老师跟他挺熟，叫了好几遍他的名字让他过去登记，但他宁死不从，跑到另一边去打电话了。"

林晏，程柔漫不经心地应了一声便不再搭话。

开学第一天，上午没有安排课程，张印把学校发放的宣讲纸上的注意事项讲解了一遍，又让大家做了自我介绍，结束时刚好下课铃响起。他点了几名身材高大的男同学去搬新的习题册，再三嘱咐一会儿要集体大扫除后，便大手一挥，下课。

一听到"下课"两字，教室瞬间少了一半人，剩下的都三五成群地扎堆聊天。程柔在新课本上都写上自己的名字后，环顾一圈，周围只有一个人与她动作一致。

余一。

程柔之前就知道余一，虽然两人高一不在同一个班，但她时常在光荣榜上看见他的名字。他坐在她右前方的位子上，中间隔着一排座位。他戴着细圆框眼镜，头发修剪得很短，低着头一笔一画地在空白处写名字，整个人都带着一股韧劲。

大概是她盯着他的时间太长，他突然侧头望向她："有事？"

程柔扯了扯嘴角，突然想起什么似的从背包里取出一张五元纸币，小心翼翼地避开人群坐到他前面的位置。

"那个，"程柔把褶皱的五块钱摊开推到余一面前，"我想买个消息。"

余一的视线在桌面上顿了一下，松开握紧的签字笔，看了程柔一眼。

"什么消息？"他的声音很轻，程柔莫名联想到世外高人挥挥拂尘的样子。

程柔之前听说余一是秦淮十三中的"消息收割机"兼"百度问答"，五块钱能买一个消息，但她从来没实践过，眼下莫名有些紧张。

程柔搓着手小声询问："你知道林晏吗？我想知道他的手机号码。"

余一这次看她的时间更长了，眼睛透过镜片意味不明地盯着她看。她连忙摆手："不是我，不是我。"

她顿了一下，意识到自己否认得太快，欲盖弥彰的意思就越大，连忙收回手，一脸严肃地摇摇头。

余一半点没明白她的良苦用心，顶着一脸"看破不说破"的表情从旁边的草稿本上撕下一个角，动作利索地提笔写了一串数字。

"钱就免了，这个给你。"

他把纸推到程柔面前。

程柔斟酌片刻："这是不是不太符合江湖道义？"

余一突然笑了一声,左边嘴角被挤出一个酒窝:"你的钱我不好收。"

程柔一头雾水,但余一已经低头继续写名字了,她只好起身回座位。

周甜甜知道后,抱着她又亲又啃,糊了她满脸口水,直呼:"你可真是我的贴心小花袄!"

(3)

程柔知道周甜甜对林晏上心,但没想到周甜甜为了以示诚意,隔天专门亲手制作了一盒饼干要送给林晏。按照周甜甜的话来说,交友要趁早,不然就拉倒。程柔看着她冒光的双眼,一阵语塞,只得捂住心灵之窗安慰自己那是友谊之光。

早晨第二节课课间操休息时间是二十分钟,广播紧随下课铃响起,周甜甜满心欢喜地把昨天准备的饼干放在体育器材室里,踩着哨声归队。

乌泱泱的人群整齐划一地做着第八套广播体操,年级主任拿着小喇叭在队伍末尾专抓浑水摸鱼的学生。张印背手而立,笑眯眯地站在十二班队伍前面吆喝:"加油,好好干啊,各位同志!"

程柔也不知道他这加的是哪门子油,倒是前方几名女生闻言士气大增,硬生生比画出军体拳的力度。

但嚯嚯五分钟,喘气两小时。

周甜甜心不在焉,动作总是慢半拍,年级主任瞪得像铜铃的眼睛顿时一亮,提着喇叭缓步到周甜甜身边。

"这位同学,你动作不熟练啊,你一会儿就跟后面几名同学一块留下来让体育老师教教。"

他的语气温柔,慈眉善目,俨然没有方才对待男生时严肃,但周甜甜半张着嘴,如临雷劈。

她小声求饶:"不是,主任,我刚就是走神了!你看我第五节跳跃运动做得可好了!"

周甜甜哼哧哼哧地又蹦又跳，喘着气一脸期待地看向年级主任。

年级主任表情一滞，拍了拍她的肩膀，不忍道："同学，第五节是体转运动。"

周甜甜面如死灰。

送礼物的重任便落到了程柔身上。

程柔不认识林晏，询问旁人又怕说闲话，只得跑回教室拿手机给他打电话。

她跑回体育器材室，窝在窗户下的角落里，根据余一写给她的字条上的数字拨通了电话。

过了半分钟，等待接通的声音才消失，屏幕上显示出通话计时的00：00。

程柔莫名浮现出地下工作者与线人接触时的紧张感，清了清嗓子道："喂，喂，你好。"

对面没有回应，但有风声和隐隐的喘息声。

信号不好？

程柔狐疑地走出器材室，提着饼干盒往篮球场靠近。

"你好，听得到吗？我是周甜甜的朋友，我叫程柔。"

没有反应。

程柔又耐心地重复一遍，询问对方能不能过来一号球场旁的路灯下面，但电话那头的人跟忍者神龟似的憋着不吭声。

她的语气往下压了压，带着点不耐烦，小声嘀咕道："你不能过来就拉倒呗，还能不能有个准话了？"

电话那头停顿了两秒，少年清亮又愉悦的声音缓缓响起。

"怎么了？"

程柔摩挲杂草的脚尖顿时一僵，这声音……她眨了眨眼，抬起头，球场上围着不少人，而徐燃耳边贴着手机听筒，站在中间的位置望向她。

What？

她盯着手机屏幕，一副白日见鬼的模样。

徐燃抬手把手机抛给同学，撩起校服下摆抹了把脸，周遭随即响起一阵惊呼，他充耳不闻，径直往程柔这边走。他方才说话的声音不小，又站在人群中央，众人灼灼的目光瞬间集中在他们身上。

程柔手上捧着一盒饼干，周甜甜少女心泛滥，外包装用的还是粉色包装盒，浅蓝色彩带交叉环绕在中间绑成一个蝴蝶结，俏皮甜蜜，误导性十足。周围一阵窸窸窣窣的交谈声，欢呼起哄声像沙丁鱼群汹涌澎湃地把她围困其中，甚至有同学吹了声口哨，戏谑地高喊一句。

"哟嚯！这是干吗呢？"

程柔脸上一阵滚烫，一半是羞耻，一半是怒火。

徐燃的头发贴在满是细汗的额头上，显然是刚从球场下来。但他一直笑着，眼睛落满细碎的光，看起来倒是没有半点疲倦。

而且徐燃竟然把头发染黑了？

徐燃抬手用腕带蹭了蹭鼻尖，在距离程柔半米的地方止步，语气轻快："你找我呀。"

程柔落在盒子上的大拇指用力按了按，直接又生硬："我找林晏。"

徐燃一点也不惊讶，伸出食指敲了敲盒子："这是什么？"

程柔视若无睹，往他身后张望，徐燃微微侧身挡住她的视线。

"我帮你交给他，他不在。"徐燃笑了笑，"不过，我有什么好处？"

程柔转身就走。

徐燃伸手拉住了程柔的手腕，她下意识挣脱，她的动作带着不易察觉的防备，气氛瞬间僵住，不明所以的吃瓜群众还在不远处连号带吼。

"拉小手了！拉手了！他们拉手了！"

要不是程柔是当事人之一，她都要以为刚才他们拉的不是手，是八卦群众的灵魂。

徐燃无奈地收回手,像安抚无理取闹的小孩:"行吧,我知道了,我会帮你交给他。"

程柔刚想把盒子递过去,但忽然间想起什么,立马收回手,警惕地看着对方:"那为什么你能接他的电话?"

"电话?什么电话?这是我的号码,接的人当然是我。"徐燃笑着露出小尖牙,一脸温顺无害,"我还以为是你想我了。"

程柔冷嗤一声:"你还真敢想。"

她把饼干盒塞进徐燃怀里,一言不发地走出球场,周围的呼声顿时犹如浪潮一波又一波。

程柔咬着后槽牙,觉得脑袋都要气炸了。

"你和徐燃是怎么回事?"

周甜甜心中的八卦之火熊熊燃烧,顾不得方才因为练习第八套广播体操而酸软的胳膊,捧着手机一脸兴奋地看程柔。

"怎么他们都说你去球场给他送礼物了?"

这才多久,消息就跟长翅膀似的漫天飞了,果然吃瓜群众才是最恐怖的宣传武器。程柔故作镇定地转了转手里的铅笔,视线落在草稿纸的素描画上:"没事,瞎起哄而已。"

周甜甜摸着下巴思索着:"我是拜托你送饼干给林晏来着,捆绑炒作对象也不应该是徐燃啊,这届'网友'的视力不会这么差吧?连人都分不清。"

程柔有气无力地解释道:"号码错了,那是徐燃的手机号,不过他说会帮你把礼物转交给林晏,他应该不会骗人。"

程柔顿了一下,徐燃说那是他的号码,如果他没说谎的话,那就是余一弄错了?难怪余一不收钱,敢情也是不确定?

啧,他架势倒是挺足的,一气呵成地"唰唰"写的,跟真的似的,这个大骗子!

周甜甜不甚在意,只记挂着礼物送到林晏手上便好。她低头刷着手机页面的图片。

"你看什么?"程柔问。

"我昨天听说教学楼五楼女厕有男生偷窥,知情人士怕惹麻烦,便把拍到的变态照片放贴吧了,但我找了一圈都没看到,也不知道那个死变态是谁。"周甜甜手指快速地点了几下,突然皱了皱眉,"你们俩的事怎么上学校贴吧了?哇,这楼盖得还挺高。"

程柔心里一阵发虚,忙问道:"说什么了?"

"字还挺多,通篇跟小说似的,我挑着给你念几个标题。"

周甜甜清了清嗓子,用广播腔郑重其事道:"学霸与校霸之间的爱恨情仇!"

程柔:"……"

"是难以启齿的蠢蠢欲动,还是欺凌下的逢场作戏!"

程柔:"打扰了。"

"年度狗血剧:青梅竹马终成兄妹!"

程柔微微一愣,还没顾上吐槽,周甜甜猛地回头,意味深长地问:"你们俩是初中同学啊?"

程柔神色一僵,夹在手指之间的笔倏忽一松,滚落在桌面上。周甜甜看看她,又看看笔,莫名感觉到一股杀气扑面而来。

程柔重新执起笔,垂着小脸看画,道:"不熟。"

周甜甜见状,悻悻收起手机,以为程柔还在为贴吧的事情烦恼:"他们就爱瞎写,估计是学习闷得慌,你就当发发菩萨心肠娱乐大众,别跟他们一般见识。"

程柔冲她笑了笑,她这才放下心。

周甜甜刚想转头继续看手机,视线一转,伸手指着程柔刚画好的人物素描画。

"这是张印吧?你画画的功力真是越来越好了,但你怎么不去学美术啊?这可比数学公式化学方程式有趣多了,我就是没什么艺术细胞。"

周甜甜念叨起来没完没了,程柔没应,看着画中张印头顶的三昧真火叹气。

周甜甜果然没再问起这件事,一是怕程柔生气,二是要忙着寻找林晏的微信号。她扑腾着小翅膀穿梭在各大交友圈里,有意无意地打听与林晏相关的信息。程柔有一次去上厕所,亲耳听见她一本正经地跟隔壁班女生胡说八道。

"我妈说我最近防火防车防姓林的男生……特别是两个字的!我这琢磨着吧,宁可信其有,不可信其无,但我们学校人海茫茫,我上哪儿找到人防范啊,我连他叫什么、几年几班都不知道。"

对方一脸天真地道:"那容易,我姐是学生会的秘书长,她那里有全校的通讯录名单,我放学后带你过去找。"

程柔:她就等你这句话呢。

果然,周甜甜脸上一喜,小鸡啄米般地连连点头:"好啊!"

周甜甜最终有没有拿到林晏的微信号程柔不知道,但她倒是明显感觉到路过十二班频频往里看的同学在增加。下午,她坐在位子上做题,耳边总隐隐传来低声议论,声音不大不小,刚刚好够她一字不差地全听进去。

"她就是程柔啊,感觉不太好接触。"

"但是徐燃收了她的礼物,听说他们老早之前就认识了。"

"多早?他们不会是青梅竹马吧?"

"我听说他们是同父异母的姐弟关系!你再认真看看,他们五官是不是长得挺像?"

"好像是有一点。"

程柔"唰"地站起身,还未有动作,窗外的两个女生就抱团吓得往后一退。

程柔扯了扯嘴角,走近她们:"你们是徐燃的同学?"

她们互相对视一眼,犹豫地点点头。

程柔压着火气,尽量心平气和道:"我跟徐燃半点关系都没有,麻烦你们跟其他人说一声,让他们别往十二班凑了,我连徐燃的面都没见过几次,他也没来找过我,都是误会。"

程柔语气平缓,但面无表情特别唬人,她们忙不迭点点头,立马遁逃。

随后来"观光"她的吃瓜群众果然少了不少，到下午放学时，教室外已然风平浪静。程柔哼了一声，他们就是缺少程姐姐的毒打。

（4）

秦淮的夏天，落日总是姗姗来迟，窗外的云层像层峦叠嶂的山峰，又像万里奔腾的骏马。程柔支着下巴，从方方正正的窗棂望出去，看着它们一点一点地把日光吞噬掉。临近下课，教室里有窸窸窣窣的声响，隔壁桌的同学拿笔帽敲着电子手表小声倒数。

"铃——"

万马奔腾，鱼贯而出。

这会儿正好是五点整，程柔是走读生，并不需要抓紧时间飞奔食堂。她坐在位子上，等人散得七七八八了，才收拾好课本背着书包回家。

秦淮十三中坐落在秦淮河岸旁，她漫步过秦淮桥往旁边的市场走，她家离学校并不远，步行也只需要十分钟，但需要穿过巷子里的闹市。

巷口卖水果的阿姨每回看见她，都会塞她一两个苹果，她既不好拒绝又没法心安理得地收下，所以每次回家经过这里时都会加快脚步，但今天出了点意外。

闹市周围的小混混不少，但敢明目张胆勒索学生的很少，偏偏程柔就撞上了。

她被推着靠在巷口的墙壁上，白色墙壁上满是奇形怪状的涂鸦，地上满是碎屑和枯枝烂叶，这个巷口比较偏，巷子很深，光线有点暗。她暗自权衡了一下，对方三个女生两个男生，除非她变身赛亚人，不然全身而退是别想了。

程柔深深叹了一口气，暗自拍了拍书包。

一百二十三块零六毛，对不起，妈妈可能保护不了你们了。

嘴边叼着一根烟的男生冲她抬抬下颌，笑得不怀好意："自觉点,别让我们搜。"

旁边的人闻声,嘻嘻哈哈笑作一团。程柔心里渐渐发怵,抓住背包带的手指无意识地扣着针线路,她紧紧贴着墙壁,脚后跟无意识地往墙上磕。

一个黄头发的女生一脸不耐地伸出手指,捏着她的下巴:"程柔,也不怎样啊?"

程柔下巴一阵钝痛,莫名其妙地看对方一眼:"你是十三中的学生?"

"我不是,但有人是,你在球场上不是挺高调的吗?自然有人看不顺眼。"

球场?敢情是因为徐燃,这都是什么乱七八糟的事。

但大敌当前,她顾不得咒骂,只能软下态度解释:"我和徐燃真没有关系,我不知道叫你们来找我的人怀着怎样的心理,但如果是因为徐燃,你们可就找错人了。"

黄头发女生听后,犹豫地和身后人对视一眼。程柔松了松紧绷的肩膀,心里的石头刚飘落在地,冷不丁传来一声叫喊,吓得她的心脏立马提到了嗓子眼。

"程柔!"

程柔下意识应了一句,气沉丹田,声音洪亮:"哎!"

周遭顿时一片寂静,程柔迟疑地往旁边高楼望去。徐燃踩在木桶上,靠着旁边粗壮的木架子抱着胸,半边校裤微微卷起,嘴边叼着一根棒棒糖,在半空中漫不经心地晃着。

他把棒棒糖在旁边立着的木架子上一下一下地敲着,笑了笑:"玩呢?加我一个?"

叼着烟的男生先看清来人,低声骂了一句,带着众人往巷子深处走。黄头发女生还愤恨地瞪了程柔一眼,程柔百口莫辩,深吸一口气又缓缓吐出,抓着背包一动不动地站在原地。

"嘿!"徐燃趴在天台的围墙上,冲程柔喊了一声。

程柔没理他,抬脚往前走。

"我听说，你怪我没去找你？"徐燃说。

程柔脚下一顿，虽然没听懂徐燃的意思，但她也没打算听懂，继续往前走。

徐燃跳上半身高的围墙，张开双手摇摇晃晃地沿着细窄的小道往前走，嘴上像拉开了闸口的江水，滔滔不绝："她们说，你因为没办法经常见到我，所以对她们发脾气。我是没觉得你脾气不好，相反我还挺开心，这点是我疏忽了，我以后一定经常跑去十二班看你。"

程柔终于回过味来，猛然想起下午的两名女生：她们的语文肯定经常不及格，不，不及格都是抬举了！

程柔刚抬起头，脑袋便"嗡"的一声响，心跳加速。徐燃站在围墙顶端，右边是天台，左边是距离她脚下四五米的高空。徐燃正张开手保持平衡，余光瞥见程柔时幼稚地挥挥小臂，像一只扑腾的幼鸟。

"我要掉下去了！你要接住我啊！"

程柔："……"

程柔翻了翻白眼，低声咒道："摔不死你。"

她没抬头，徐燃也没再说话，过了片刻，等她走出巷子，回到不远处的家里，徐燃才笑着跳到另一边的房顶天台上。

程柔推开院门，程莹正拿着洒水壶在院墙角落浇花。她推了推挂在鼻梁上的老花镜，冲程柔招呼："柔柔回来啦，许阿姨正在做饭，餐桌上有红豆糕，你先垫垫肚子。"

程柔应了一声，走上前要接过程莹手里的洒水壶，程莹往旁边躲了一下，柔声推着她往旁边走："我自己来，累了吧，你在石凳上坐一会儿。"

这周围的房型都一样，前面带着半大的院子，两层半楼，顶端天台有一个红瓦小阁楼。程家的阁楼平时作为程柔的小书房，程莹还贴心地让人在里面安置了榻榻米。程莹爱花，院墙脚一整排都是品种各异的花。九月是月季开花的季节,耀眼的红色在群花中鲜艳夺目。程柔把书包抱进怀里,坐在圆形石凳上靠着石桌。

"你妈刚给我打电话了,说是你电话打不通。"程莹顿了下,试探地问道,"是不是上课紧没听到啊?"

程柔顺着台阶往下走:"嗯,上课不方便,我调静音了。"

程莹不住地点头,捻着月季的花瓣左看右看,随口道:"刚才燃燃过来帮我把这花架子修好了,我让他留下吃饭,他嘴上答应着,一转眼又跑了。"她笑着问程柔,"你回来的时候有遇上他吗?"

"没有。"程柔神态自然地站起身,把背包拎在手上,"奶奶,我先进去换衣服,一会儿出来帮你把前天买的向日葵种上。"

"哎,好好好。"程莹笑着回应,转身继续浇花。

隔壁楼房的阁楼窗口,徐燃半弯着腰倚着窗台,视线落在俯身拿着小铁铲种花的程柔身上。

落日燃尽,天空蒙着一层浅灰色奶油,橘红色的果酱浅浅地覆在边际,程柔置身花丛中,仿若一朵摇曳的花。

夜晚要来了,不知道红豆糕她有没有吃,觉得甜不甜,徐燃兀自想着,手痒伸出食指敲敲玻璃窗。楼下弯着背脊的程柔果然动作一僵,片刻后又泰然自若地继续种花,像一只受了惊又故作镇定的小刺猬。

徐燃瞬间笑得更欢了。

Chapter 2 一看见你就没办法了

（1）

窗外的阳光透过白色窗帘在桌角落下浅浅的小光圈，程柔盯着那点偷溜进来的阳光疲倦地眨了眨眼。今天，天气异常燥热，教室像一口闷热的大锅，大家在蒸笼上垂死挣扎，连说话的力气都减少了一半，纷纷趴在桌面上闭目养神。整个教室只能听见笔尖摩擦纸张的沙沙声、翻开书本的轻响声以及头顶风扇转动的吱呀吱呀声。

第三节上课铃响，教室陆陆续续拥进一批又一批同学。周甜甜睡眼惺忪地从臂弯里抬起头，一边重启大脑，一边揉着落下红印子的右脸颊。

程柔缓了一会儿，才松开签字笔在抽屉里找课本。

这节是生物课，复习之前所讲的细胞生活的环境。周甜甜翻开课本，指着旁边相关信息小框里的字体，兴奋地捶了捶程柔的手肘。

"'成年女性体内含水量大约是体重的百分之五十'，那我这体重估摸着也就只有四十五斤啊！谁说我胖了！"

周甜甜整体并不算胖，但脸上有点婴儿肥，会让人产生一种"肉包子"的错觉。高一时大家就时常拿这逗她，她对此一直耿耿于怀，还身体力行地减肥了两天。

程柔正想着安慰她几句,陈北洺突然转身,一只手举起课本,一只手拿笔在"成年"两字上圈了圈,一脸耿直。

"你还没成年,这理论对你没用。所以你那都是实打实的肉,跟水分没多大关系。"

"你怎么这么讨厌啊!"

周甜甜拿笔袋砸向陈北洺的手,陈北洺笑着讨饶,周围几人听到动静,都憋着笑不敢发声,生物老师刚写完板书,点了人群中唯一熟悉的名字。

"程柔,我刚说到哪儿了?"

嬉闹的众人顿时犹如秋收的稻穗,埋着头求自保。周甜甜方才拉着程柔一块儿开小差,此刻也帮不上忙,在一旁干着急。程柔倒是坦然,知道就是知道,不知道就是不知道,顶多挨一顿训斥。

她站起身正想如实回答,突然瞥见陈北洺从怀里把生物课本翻到第三页,举着笔往中间大段文字中的一小块画圈。

程柔扫过一眼,抬头直接重复道:"组织液中包括细胞代谢产物在内的各种物质,大部分能够被毛细血管的静脉端重新吸收,进入血浆。"

生物老师眯了眯眼,冲程柔挥手,示意她坐下。周甜甜顿时松了一口气,但她一口气没缓尽,就听到生物老师翻着手上的花名册,点名让陈北洺起身把第三页高声朗读三遍。

教室传来低声议论,众人的视线全部聚集在当事人身上。生物老师明显是拿陈北洺杀鸡儆猴,可这把行凶的匕首原本不应该架在他的脖子上,程柔脸上一红,半是愧疚半是着急。

陈北洺倒是坦荡,也没觉得难堪,捧着课本站起身,一字一句读得非常认真,停顿合理,咬字清晰。要不是现下这场面,程柔都想给他打赏五毛钱以资鼓励。

"这'笑面虎'太狠了吧。"周甜甜压低声音嘀咕了一句。

"笑面虎"倚着讲台,耐心十足地举着课本听陈北洺朗读。教室里所有人缩着脖颈埋头看课本,生怕下一个被宰割的对象就是自己。陈北洺站在程柔的左前方,她抬起头就能看到他挺直的背脊、半湿的鬓角和微微抖动的下颌。他的睫毛真长啊,扑闪之间像昆虫的触须,缓慢又轻柔。果然,后半堂课大家都老实了不少,生物老师心满意足地结束一堂课,收拾课本下课时,还恶作剧般笑着说:"我发现我们班同学朗读的能力还挺强,下次如果有机会,一定让大家一一展示。"

众人立马毛骨悚然,连连摆手。

生物老师就此一战成名,成为高二十二班"最不能招惹"的任课老师 TOP.1(有待考察)。

陈北洺倒是没把这事放心上,还欣喜地告诉程柔开口朗读有利于记忆力提升。

"我学习不好,说不定换个方式还能有所进步。"陈北洺玩着手机游戏,偷空抬起头冲程柔笑了笑。

程柔知道他是在拐着弯安慰自己,但也没拆穿,倒是见他翻飞在手机屏幕上的十指想起了另一件事。

学校最近正流行一款网络手游,不少学生课间都扎堆在一块儿开黑玩游戏。有一次班级里有学生和别人语音连线忘记关闭小喇叭,队友那一句"奶我一口!"响彻整个教室。

英语老师一时间气得脸青红交替,手指轻颤,都顾不上赶课本进度,连同全班最近走神的状态一起骂个狗血淋头。

以此足见众人痴迷游戏的程度,那应该没谁会爬上校园贴吧关注她和徐燃的事情了,况且事情都过去这么多天了,黄花菜都凉了。

程柔一边自我安慰,一边捧着水杯去打水,见周遭再没有像前几日一样探究的目光,更稳了心神。历史的车辙辘辘滚滚向前,这点小事早就翻篇了。程柔心情颇好地哼着小曲儿,从口袋里拿出水卡放在感应器上,水从饮水机口"咚咚咚"地往玻璃杯里砸。她刚拧好盖子,周甜甜突然从教室门蹿出来,以不可阻挡之势停在她面前。

"柔柔!徐燃被人举报欺负同学,刚已经被小胖总喊去教导处了!"

"哦。"

徐燃去教导处又不是一天两天的事,给个帐篷他都能在那儿安营扎寨。

"哦?"周甜甜急得抓耳挠腮,"你就不想知道他欺负的是谁吗?"

程柔配合地问:"谁啊?"

"你啊!"

程柔:"……"

周甜甜轻咳一声:"就贴吧那个'欺凌下的逢场作戏',估计是哪位见义勇为的大侠误会了,愤懑之下写了一封陈情表上报小胖总,罗列徐燃以往的种种罪行,势要为你讨回公道!据说字字句句催人泪下,全文除去标点符号都有三千字,这不会是你隐姓埋名的粉丝干的吧?"

粉丝?她想都不敢想。

周甜甜说得吓人,程柔早已自行脑补徐燃与方主任剑拔弩张、短兵相接的情形,加之行政楼四楼教导处的走廊列队般窝着一群七班的人,仿佛一声令下就要揭竿而起。

这是要去隔壁黑社会走错场了吧?

林晏站在最前面,趴在窗户上往里张望,教导处的窗户锁着,未被窗帘遮住的玻璃镜面只有半尺宽,他看着看着眼睛就贴在玻璃上了,难受得直起身揉眼睛。

大门掩着但没关严,还是能够听到一些声响。

方主任语气听起来挺镇定,似乎还抬手抖了抖纸张。

"这举报信是怎么回事?"

徐燃的声音听起来有点疲倦,仿佛在前一秒刚打了一声哈欠。

"谁知道呢?可能是因爱生恨吧。"

方主任"啪"的一声把纸张拍在桌面上,声音往上一提:"还给我贫嘴！这一箩筐的罪行半点没冤枉你！你还有什么话要说！"

徐燃顿了一下，收起身上的慵懒劲："那都是我以前犯的事，我最近可没欺负人。"

方主任的语气缓了缓："那你和程柔是怎么回事？你是不是欺负人家小姑娘啊？徐燃！我跟你说，你再怎么犯浑都不能欺负女孩子！你要是欺负她，你爸来了我都饶不了你！"

"我没有。"徐燃应得很快，后半句声音往下压了压，"我欺负谁也不会欺负她。"

方主任的重点显然偏了，一肚子火："你还想欺负谁？一天到晚都不安生！你爸拜托我照看你，不是让你为所欲为！他要是知道……"

"别跟我提我爸。"徐燃声音一凉，"他要是想知道就自己来问我。"

室内顿时一片寂然。

方主任顿了一下，转移话题："那学校贴吧上的帖子是怎么回事？你和程柔是不是……"

方主任轻咳一声，点到为止，但意思已经昭然若揭。

徐燃这次停顿的时间有点长，方主任以为对方是默认，刚落下的火气又冒起青烟，还未复燃就看见平时乖张狠劣的小霸王软下态度，有点茫然地看着他。

"这事对她有影响吗？"

学校贴吧上的管理人员是学生会的成员，方主任今早已经通知对方删帖，现下要想消除影响不过是时间问题，但他看着徐燃突然缓和下来的态度，话锋一转。

"当然有影响！这个年纪的孩子容易产生好奇心，知道这件事肯定会跑去探究当事人的态度！一个两个三五成群地去围观她，你说有没有影响？"

方主任原意是指影响程柔的学习状态，但徐燃不知想到什么，脸色瞬间一沉，转身就要离开。

"哎哎哎,你要干吗?徐燃,你给我回来!"

徐燃充耳不闻,脸色阴沉地拉开教导处大门,与程柔迎面撞上。

程柔还维持着侧耳偷听的动作,大门一开,她因为惯性一脑袋砸进徐燃怀里。她愣愣地抬头看他,他眼中的火星子在对视中慢慢熄灭,她后知后觉地往后退开一大步。

两人相顾无言,气氛一时尴尬不已,程柔身后突然冒出一个矮个子男生,颤颤巍巍地举手示意。

"燃……燃哥,你的青梅竹马来找你了。"

程柔:"……"

徐燃:"……"

程柔一忍再忍,才压下转身打爆徐燃狗头的怒气,一脸复杂地掠过他走进教导处。

有当事人亲自解释,这件乌龙事件很快落下帷幕,况且听方主任的语气,应是不相信徐燃会欺负女生,没有她这一层解释,徐燃也不会受多大惩治。她心里微微怅然,说不清悲喜。她神情恍惚,踩在楼梯上时,脚步一晃把自己吓了一跳。

"噗。"

程柔转过头看见徐燃笑着冲她挥挥手:"嗨!"

嗨个球!

程柔视若无睹地继续往下走,徐燃不慌不忙地跟在她身后。

"谢谢你刚为我说情。"

"我说的是实话,与你无关。"程柔道。

徐燃高大的身影在高程柔几层的台阶上半笼着她,让她没由来产生压迫感,脚下恨不得生出风火轮飞回教室。

"反正你愿意过来,我就已经很开心了。"

程柔没出声。

徐燃插着裤兜,往下连跨了好几步,落在程柔前面,靠着扶手倒退着往下走。他的目光没有半分收敛,明晃晃得像两盏刺眼的照明灯。

程柔问:"干吗?"

他扬着小脸认真道:"走后面看不见你的脸。"

程柔瞪着他半天没吱声,直接掠过他赶回去上最后一节课。

(2)

上午最后一节课是张印的语文课,他拖了点时间把课后思考题讲解完毕后,才大手一挥放大家去吃饭。有几位同学在他一声令下后,健步如飞地蹿出教室,引得张印频频在身后提醒,走廊上不能跑。

周甜甜第三节下课后去奶咖买了小蛋糕和牛奶,这会儿正漫不经心地和程柔一边聊天一边踱步去食堂。

十三中的食堂分为上下两层,二楼的面食馆是程柔的心头好,但今天她们到得晚,小馆前面已经座无虚席,还有两条挂面似的队伍在两边窗口排队。她心下一凉,拉着周甜甜直奔一楼。

一楼窗口多,队伍也不长,程柔习惯用自己的饭盒。她从盥洗池旁边的银色高架上取了饭盒,冲洗后去排队。周甜甜去隔壁奶咖买了抹茶奶绿回来时程柔正好排到窗口,她点了两份一荤一素的菜,要了一份冰糖水。阿姨透过玻璃窗抱歉地冲她笑道:"同学,不好意思啊,最后一份糖水刚卖完。"

程柔点头表示理解,插手摸向口袋时,背脊瞬间一僵。

没带饭卡。

她正想冲旁边坐在圆椅上的周甜甜喊话,眼前的 IC 卡感应器突然"嘀"的一声响。

"请你吃饭。"陈北洺眉眼带笑,伸手掠过她的身子,在平台的小圆筒里取了一次性筷子。

"谢谢。"程柔冲对方笑了笑。

陈北洺大方地摆摆手,不甚在意地捧着餐盘往后面的空位走去。

"阿姨,一份卤肉,一份鸡排。"旁边一道男声响起。

程柔掀了掀眼皮，回头拿饭盒和另一个餐盘，餐盘被抬起时轻微晃了晃，旁边有人伸手扶了一下。

"我……"

"谢谢。"程柔看清来人，没有多作停留转身就走，她可不希望再跟徐燃搭上什么关系。

我帮你吧。这句话在徐燃嘴边滚了好几遍，终于溢出口时还是被她一秒拒绝。

他无奈地笑了笑，抬头望了一眼对方消失的方向，才抬脚端着餐盘离开。

周甜甜猛地吸了一口珍珠，起身接过程柔手边的餐盘。

"多少钱啊？我一会儿转给你。"

"不用。"程柔拿起筷子往冒着热气的米饭上搅了搅，试图让它凉得快一些，"我忘带饭卡了，陈北洺请的。"

周甜甜顿时瞪大眼睛："陈同学真是乐于助人啊，我之前让他给我刷一瓶水他都没给我刷，这双标太明显了吧！"

程柔手下一顿，笑了笑："那他现在请你吃饭，你也不亏。"

"那倒也是。"周甜甜没多想，低头吃饭。

食堂每天饭菜的质量都跟买彩票似的——全凭运气，今天的饭菜就格外咸，程柔塞了几口饭之后，不得不停下缓一会儿。她刚放下筷子，蓝色长桌上突然放下一份糖水和几笼糕点。

她和周甜甜动作一致地抬头。

徐燃长腿一跨，神态自然地坐在她们对面，冲程柔笑："你要是不喜欢，那还有别的饭菜，我可以给你买。"

他把糖水往程柔手边轻轻一推，捻了捻沾上糖水的手指提醒道："趁热喝。"

周甜甜咀嚼的动作卡壳似的僵住，半天没反应过来。

程柔扫了对方一眼："不用了，我自己有饭。"

徐燃一只手撑着下巴，用筷子从蒸笼里夹了一块排骨放进程柔饭盒里："你应该多吃点肉，太瘦了，抱着都会硌人。"

"喀喀喀。"

周甜甜捂住嘴一阵咳嗽,眼睛微微睁大,仿佛知晓了不得了的秘密。

程柔狠狠闭了闭眼睛,再睁开时眼底冒着小火苗:"徐燃,你是不是钱多得没处花?"

徐燃依旧一副笑脸:"我愿意为你花钱。"

周甜甜再次捂住嘴,咳嗽连连。

老话说伸手不打笑脸人,但程柔右手早已蠢蠢欲动,徐燃那张好看的脸怎么就搭着一张欠揍的嘴。

徐燃识趣地点到为止,走之前神色不明地看着程柔饭盒里的饭菜。

"你下次没带饭卡可以给我打电话,你可以欠我的,反正不用还,别人的就不好说了。"

周甜甜望着徐燃的背影一脸花痴:"扛把子徐燃什么时候往霸总路线上走了?"

"我以后就跟着你吃饭了!"周甜甜眼中猛地蹿起一抹微光,伸手抓了抓程柔的手肘,"你就是行走的饭卡!"

程柔不知道该怎么接话,索性闭上嘴。

下午倒数第二节课是体育课。程柔体能一直都不好,跑八百米之前还往自己嘴里塞了一颗巧克力,生怕自己像上学期一样半道昏厥,丢人现眼。而周甜甜自诩为外柔内刚的女汉子,区区八百米自然不在话下,但她考虑到程柔的情况,便慢半步跟在程柔身后。最后还是程柔见太阳太大,才催着她跑完,去树荫下等自己。

但程柔没想到周甜甜再回来时脸上尽是慌张,一把拉住她往球场跑。

周甜甜解释道:"我刚经过二号球场,看见一堆人围在那儿,本来今天一起上体育课的还有好几个其他班的同学,我也没在意,以为是观看球赛,过了一会儿,才发现陈北洺和徐燃打起来了!"

球场围着不少人,二号球场远在离跑道和教学区最边缘的地方,围墙外是偏僻的大路,路旁种植的大树半身腰肢探进校内,经常是学生逃课早退的渠道之一。

程柔从聒噪的人群外围挤进去,入眼就是水泥地面上的一小摊血迹,她心下一跳,抬眼四处张望,看见一旁被人拦住的陈北洺时才松下一口气,除了嘴角一块青紫色瘀痕之外,身上没有口子,那血便不是他的。

程柔抬眼顺着血迹看过去,地上躺着一个男生,侧身蜷缩着身子低声哀号。徐燃背对着她,伸脚踩住对方的手背,俯身问了一句:"敢还是不敢?"

对方口齿不清地连连讨饶:"不敢了,不敢了……"

徐燃直起身退了一步,把地上的银色小刀踹到一旁,他左手肘上有一条长长的刀伤,猩红的血液顺着手臂蜿蜒而下,绕过他修长的手指滴滴答答地落在地面上。

"林晏?"周甜甜低声喊了一句,程柔才回过神看向从背后制住陈北洺的林晏,林晏蹙着眉,脸色不太好看,扯了扯陈北洺的耳朵。

"同学,你是不是电视剧看多了?"

他一句话还未说清,就见眼前的日光被挡住一小块。

程柔故作镇定地看着林晏:"你能不能放开他?"

林晏有点茫然,他不明白程柔怎么会突然冒出来,下意识看向徐燃。

徐燃身上的戾气瞬间消掉,侧身一动不动地站着,周身喧闹的人群霎时噤若寒蝉。

程柔心里像灌满一坛陈年老醋,有点酸又有点涨,心理感受是没办法遮掩的罪证,她这一刻确实因为徐燃动手打人感到失望,可是她为什么会失望呢?徐燃不是一直都这样吗?肆意妄为,不计后果。

程柔莫名脑袋一热,怒不择言道:"你除了会欺负人,还会什么?"

"喂。"林晏皱着眉,刚往前一步就被隐在人群里的人拉住手。

徐燃看着程柔抬起受伤的左手晃了晃,一脸委屈:"程柔,我的手好疼啊。"

程柔抿着嘴没说话。

徐燃也没在意,收回手问:"你怎么过来了?"

不等程柔回答,他恍然大悟般把视线落在陈北洺身上:"我说这么眼熟呢,他不就是开学那天拿足球砸你的人吗?我打他那一拳算轻的了。"

"你……"

徐燃快一步打断她的话:"你这么生气,不会是因为心疼他吧?"

心疼?程柔一头雾水。

徐燃眼见对方没反驳,笑意一点一点地往回收,他微微压弯背脊凑近她,声音平淡得毫无起伏:"很难过?快要恨死我?是不是巴不得跟我划清界线,老死不相往来?"

他的脸色因为失血显得有点苍白,垂眸时的眼尾没有往日的慵懒,甚至带着隐隐凉意。

程柔低头扫了一眼徐燃受伤的手臂,双眸一片血红:"老死不相往来,这辈子只当陌生人,这话是你说的。"

徐燃接过别人递过来的矿泉水,若无其事地往手肘的伤口上冲了冲,血水落在地上溅起红色水花,星星点点溅在程柔白色的鞋子上。

他捏瘪瓶子扔在一边,像恶魔似的舔了舔恶作剧的小獠牙,声音喑哑又带着愉悦。

"那我反悔了,我不会和你做陌生人,你要么讨厌我一辈子,要么就试着接受我。"

(3)

十二班的数学老师是一个微微秃顶的中年男人,喜欢穿棕色皮质凉鞋和宽松的西装裤,讲课语速很快,时不时还会蹦出一两句方言，但为人幽默风趣，一点都没有传统老师的刻板和严谨。他喜欢网罗搜刮各种各样的数学习题让大家课后完成，课上讲解，但他不喜欢自己抄答案，便按座位号让同学轮流上讲台帮他抄答案。

今天，轮到抄答案的是许舒亭，是一个体形肥硕的女生，她身高不矮，在直观上看起来像一个可爱的不倒翁。

她慢吞吞地抬手抄答案，慢吞吞地在讲台上移动。有男生不满地嚷嚷着她体形过大会挡住答案，她一开始无动于衷，后面叫嚷声大起来，甚至明嘲暗讽地询问她的体重，她才忍无可忍地转身，捏着半截粉笔，大手一挥投掷在对方脑门上。

"你的动手能力要是有你嘴欠的一半功力，你都不至于要一直抄答案！还瞎嚷嚷个什么劲啊。"

教室里顿时一阵哄笑，男生脸上一阵青红交加，闭上嘴不再说话。

许舒亭哼哼两声，转回头继续抄答案。程柔手上拿着红色签字笔，斜画掉错误答案，在旁边空白处写上正确的数字，但她停顿的时间有点长，落点的最后一个数字"5"被缓慢渲染的墨水模糊半边轮廓。

"柔柔，下课陪我去一趟七班吧？"

耳边响起周甜甜小心试探的声音，程柔恍如梦醒，下意识想答应，转瞬间又意识到徐燃在七班。

虽然她表面无动于衷，但心里远没有看起来的心如止水。她不愿想起徐燃，但对于他所说的话又本能地带着揣测和惧意。她不明白徐燃上次所说的话是何意，在她看来，徐燃逗她就像猫逗老鼠一样带着恶趣味。

周甜甜趴在课桌上，惴惴不安地看程柔一会儿走神，一会儿皱起眉头。上周五的事情她虽然没有细问，但内心里的八卦之火熊熊燃烧，困扰她这么久的答案就差临门一脚，但这会儿见程柔心思飘散，她只能硬生生收回那一脚。

"没事，我自己去也可以。"周甜甜从鳄鱼笔袋里掏出圆形校徽，"我就是上次忘记把校徽还给林晏了，他也不跟我拿，都不知道他怎么进学校的。"

"一起去吧。"程柔冲她笑了笑，抬头继续对答案。

七班在走廊尽头，旁边的楼梯口是学校医务室。

周甜甜趴在七班教室窗口往里张望，没看见林晏的身影，别人提醒她们去旁边医务室看看。

医务室离着楼梯口不过三四米的距离，她们走到半道便听到一声脆响，像医用钳砸在搪瓷托盘上的声音，周甜甜下意识拉住程柔的臂弯。

徐燃的声音轻飘飘地从医务室里溢出来，带着半分不耐烦："不关你的事。"

一道急不可耐的女声随即而起："你默不作声地帮她出头教训那个人渣，不知情的人只会认为你嚣张跋扈，目中无人，可是如果我去说清楚这件事就会不一样……"

"哎哎哎，关颜，你也是女生，你怎么就不明白呢？徐燃压根就不在乎别人怎么看他，如果把对方偷窥、骚扰女生的事情透露出去，那女生指不定怎么被掘地三尺人肉出来呢，揍那一顿就当便宜对方了，料对方以后也不敢再犯。"

林晏咋咋呼呼地插嘴道，医务室里的争吵瞬间化成一片死寂。

程柔站在门口盯着自己的脚尖，突然想起周甜甜提过的贴吧里偷窥女厕的"变态"，快速把所有的来龙去脉整理清楚。陈北洺当时误以为徐燃欺负同学，情急之下过去拉架被误伤，她原本以为仅仅是徐燃惹是生非，但没想到这事情还有另一面。

周甜甜早就沉不住气低声惊呼，瞪圆眼睛看程柔，但不等程柔说话，徐燃的声音便漫不经心地透过门口飘荡出来。

"该在乎的还是要在乎。"徐燃看着门外地面上两道影子，拖着长音笑了一声，"怎么不进来？"

林晏慢半拍地跳下桌子往外看，周甜甜拉着程柔冲他们干巴巴地笑。

"你怎么在这儿？"林晏的视线往程柔身上扫了一眼，落在周甜甜脸上。

周甜甜立马掏出校徽递给对方，笑得一脸灿烂："我来还你校徽啊！你没在教室，你同学说让我们过来找你。"

"哦。"林晏应了一声，瞥了一眼现在的局势。

关颜冷着小脸看程柔，程柔盯着医用推车走神，徐燃的眼睛落在程柔身上，面不改色地拿医用双氧水往伤口上倒。

浇花吗？这么随意！

林晏暗自腹诽却不敢吱声，只好挤眉弄眼地示意周甜甜和关颜跟他出去。

关颜瞪了程柔一眼，才不死心地望向徐燃："明晚我生日，在广场二楼的KTV，你有时间过来吗？"

徐燃顿了一下，低头拿棉签把伤口周边冒起的小气泡一一抹干净。

"你觉得呢？"

他这话问的是程柔。

程柔皱了皱眉，一时没明白徐燃的用意。徐燃反倒笑得一脸开心，冲关颜抬手指了指程柔。

"你也看到了，她不太同意，祝你生日快乐。"

程柔："……"

徐燃顿了一下，意有所指："关颜，我最讨厌别人干涉我的私事，你不是一直都很清楚这一点吗？"

关颜脸上一白，敢怒不敢言地紧盯程柔，擦肩而过时还故意撞了程柔一下，才走出医务室。

林晏趁机拉着竖起耳朵听八卦的周甜甜撤离现场。

这间医务室不过为应急而设，所以空间远没有实验楼的那间宽敞，但位置朝阳，光线充足。程柔光是方才几次抬眼便把整间医务室里的陈设看得一清二楚。她这边在假装观察座椅旁边的药品柜，徐燃已经直起身把她的惶惶不安尽收眼底。

"帮我拿下纱布吧。"徐燃突然开口，见程柔把视线移到他身上，才满意地抬起下颌往药品柜的位置点了点。

程柔站着没动，视线刻意避开落在推车上。

拿？不拿？

他这么讨厌，她为什么要帮他？

因为她不分青红皂白，误会了对方。

程柔绷着苦大仇深的小脸，内心一阵天人交战。徐燃耐心十足，撑着没受伤的胳膊看着她抿了抿嘴，不大情愿地从药品柜里拿了纱布，还顺手拿了透明胶带和绷带。

徐燃把手中的棉签丢进脚下的纸篓里，顺势往身后的诊察床上坐下。

他一脸人畜无害地冲程柔抬抬左手，嘴角往上勾着，眼球漆黑一片却透着窗外的一脉晨光。

"你帮我包扎一下吧。"他苦恼地转转手肘，"伤口在内侧，我自己碰不到。"

"我不会。"程柔拒绝道。

徐燃看着她，一语击破："你会，你以前还帮我包扎过。"

程柔语塞，咬着后槽牙反驳："你刚才不是可以自己来吗？"

"现在不行。"徐燃明明在笑着，却还是要装作懊恼地舔舔唇，"一看见你就没办法了。"

程柔有点晃神，好像很久之前徐燃也和她说过这句话。

——你不能自己来吗？

——不能啊，你在身边的话，我原本能够忍受的疼痛，一看见你就没办法了。

程柔睫毛忽闪，顶着一腔愁闷，从旁边拿起医用双氧水和棉签，把他的伤口重新消毒一遍。伤口不算太深，但周边有撕裂的痕迹，还微微泛着血水，显然是二次创伤造成的。

"打球撞了一下。"徐燃一直看着程柔,见她蹙眉才自行解释了一句。

但程柔完全不在乎徐燃的情况,她只想为方才突如其来的心软买完单之后回去上课。

她跑回药品柜旁拿了一盒利福平胶囊,一言不发地拧开红色胶囊把白色药粉撒在伤口上。

徐燃坐着,她只能半垂着脑袋把纱布固定住绑绷带。

"对不起。"

程柔手上顿了一下,不声不响地继续缠绕绷带。

徐燃眼睛一眨不眨地看着程柔,半响后才伸手接过绷带,咬牙拉着另一头,熟练地凑近伤口缠绕成结。

"但你别原谅我。"

徐燃伸着两条长腿,把多余的绷带扔进托盘里,方才一瞬的无辜仿若烟云散去,恶魔亮出小爪子,轻轻地碰了碰程柔的指腹。

"不然我就没理由靠近你了。"

（4）

周甜甜伸手撞了撞程柔的手臂："发什么呆呢?陈北洺问你题目呢。"

"啊?"程柔下意识应了一句,抬眼看见陈北洺冲她举着手上的物理课本。

"你没事吧,是不是身体不舒服?"陈北洺神情紧张地拿手背碰了碰程柔的额头,程柔只感觉额头被轻飘飘地蹭了一下,反应过来后立马往后仰了仰脖子。陈北洺没注意到,收回手碰了碰自己的额头,又碰了碰周甜甜的额头："好像有点热,但我怎么感觉我比你们俩都热啊?"

"废话!你刚一瓶热水灌下去,简直就是行走的热水袋!"周甜甜翻了一个白眼,伸手探了探程柔的额头。

"没事,不热。"她轻咳一声,试探道,"你那天和徐燃……"

"没事。"

程柔略微直起身,拿笔帽戳了戳陈北洺的肩膀:"你刚要问哪一题?"

周甜甜:"……"

这一气呵成又显而易见地转移话题,没事才怪!

周甜甜支着下巴,看程柔垂眸认真地在草稿纸上写解题步骤,一边脑补爱恨纠葛的戏码,一边抽空听一两句知识点。

秦淮这几天流感严重,校外的诊所张袂成阴,十三中中招的人也不少,光是高二年级就有十几人。张印在上课之前,认认真真地把学校派发的宣读项目念了一遍,反复嘱咐大家注意预防感冒,结尾还跟大家分享了年级好几个学习成绩优异的学生,因为生病耽误课程进度而懊悔不已的事情。

周甜甜吸着鼻子感慨万千:"这成绩好的人就是人中龙凤,与众不同啊,我绞尽脑汁想着法子请假回家呢,他们倒好,上赶着上课。"

她伸出食指戳了戳程柔的肩膀笑道:"你也是人中龙凤,但你是免疫力较强的那一批。"

程柔扶额失笑,周甜甜有些小感冒但不碍事,张印便没放她回家自习,为此她痛心疾首了好几节课,连连哀号张印不顾她死活,师生情谊一度在决裂边缘摇摇欲坠。程柔随之又想起她前几天"交友心切"买了一打口罩和感冒的药剂给林晏的场景,林晏誓死不接,她以死相逼整整追着他跑了大半个教学楼,最终还是被甩了。这会儿赶上自己感冒,连跑药店买药的步骤都省了。

张印这会儿已经开始上课了,逐个点名让昏昏欲睡的同学站起身背课文。安静的教室里一人起立,万人响应,稀碎的提醒声此起彼伏,张印背着手拿课本卷成圆筒挨个抽过去。

"都能耐了是吧,一方有难八方支援呢!你们这一个个的,众志成城啊!"

他手上并没用多少力道,不过是警示众人。他顺着过道走下来,走到许舒亭面前时挥动的手一僵,堪堪停住。

"张老师走的还是绅士风呢,对待女生就温柔多了。"周甜甜凑到程柔耳边嘀咕。

她话音刚落,张印落下的手抽搐了两下,恨铁不成钢地敲敲许舒亭的桌子。

"你——"他神色为难,压低声音,"你就不能课后吃吗?老师这上课呢,你以为捧着爆米花看电影啊?要不要我给你叫瓶可乐凑一个优惠套餐啊?"

许舒亭捂住零食的手一顿,猛地抬起头,双眼炯炯有神地看向张印:"谢谢老师!"

张印:"……"

他虚晃着手臂往教室一挥,明明是高大的青年却状似暮年老人,此刻正吹胡子瞪眼,哀叹连连,片刻后又被大家的欢声笑语逗乐,停在过道上撑着学生的桌子笑。

"我迟早要被你们这帮小兔崽子气得发际线后移!"

众人瞬间笑得更欢了,但也收起心思认真听他讲课。

课后是第二节课间,但学校的广播出现故障,方主任便赦免众人不用做课间操。走廊饮水机旁这会儿人正多,两边都站着三三两两的人在等着。陈北洺揣着裤兜,心不在焉地盯着饮水机,条形屏幕上显示的金额正在缓慢减少,余光瞥见程柔时才回神冲她招手,接过玻璃杯帮程柔打水。

程柔不好意思地等在一边,见他按下冷水键才提醒一句。

"我喝温水。"

陈北洺愣了一下,往水杯里加热水,热气从杯口冉冉冒起,绕着他修长的手指,带着朦胧的雾气。

"我妹妹也喜欢一年四季都喝温水,但我不喜欢,特别是冬天的时候,我还要喝冰水,她就跑去跟我爸妈告状说我不顾身体、慢性自杀。"陈北洺笑着拧紧杯盖递给她,抽出水卡塞进裤袋里。

"谢谢。"程柔跟着陈北洺一起往教室走,顿了一下才问道,"亲妹妹?"

"嗯,她小我三岁,在秦淮中学读初二,叫陈亦妍。"

陈北洺扬着眉毛,夸张地讲起她妹妹被取消培训课后,哭着说要学习的样子,手舞足蹈地模仿对方当时的语气,微眯的双眼藏着宠溺。

程柔想,他一定很疼他的妹妹,一个人说起另一个人时语气里的亲昵和表情里潜藏的爱意是不会骗人的。

"你家就你一个?"陈北洺问。

程柔望着眼前的教室门,内心恍如平湖惊起涟漪,一层又一层。

"我有一个哥哥,他叫程桉。"

陈北洺一踏入教室门就被体育委员勾着肩膀拉去厕所了。程柔把水杯放在课桌上,抽屉里的手机屏幕亮着,有一条视频邀请的信息提醒,她把手机塞回抽屉,转头看见周甜甜趴在里侧的窗户上,兴致高涨地冲她招手。

她勾着程柔的肩膀兴奋地喊道:"你看,香橼树结果了!"

从这边窗户望出去是学校的教师公寓,校道两旁种着桂花树,道路中间用白色栅栏围成半米宽的圆圈,里面是一棵三层楼高的香橼树,高枝上结着好几个半绿半黄的香橼。

"它上次没结果,这还是我第一次看见香橼呢,不知道里面长什么样。"周甜甜支着下巴思索,举起另一只手冲半空比画了两下,因为感冒声音微微带着鼻音,语气既兴奋又软绵绵的。

"唉,柔柔你说,这高度我能爬上去吗?"

"太危险了,摔在栅栏上就不好了。"

程柔侧头,看着周甜甜眼里的光芒悉数扑灭,她于心不忍,顿了一下后凑在周甜甜耳边道:"你帮我去黑板上拿几根粉笔。"

这节课间休息时间有二十分钟,教室里人员稀少,剩下的几人不是埋头玩手机就是在做习题。

程柔扫了一眼周甜甜走远的身影,才跑回座位上拿东西。

林晏坐在课桌上晃着两条长腿,冲徐燃努努嘴:"哎,那棵香橼竟然结果了,我以为老班哄我们的呢。"

徐燃低头玩游戏,人物立在旁边换装备,他的食指往屏幕上点了几下,漫不经心地应了一声。

"哟嚯!"林晏突然跳下桌子,趴在窗户上往外看,"这是哪路神仙在弯弓射大雕呢!"

窗外传来很小的一声钝响,徐燃滑动屏幕的手指一顿,直起身抬头往窗外看过去,香橼树外侧的一个香橼受到击打后,摇摇晃晃地掉落在地面上滚到一旁的桂花树下。

他趴在林晏旁边,听见右上空"咻"的一声,一个看不清的白影直接射到另一个香橼上,撞击让它往左边晃了晃。不等徐燃反应,接二连三的白影从高处投射而来,直到那个熟了半边的香橼如愿滚落在地。

"好厉害,是弹弓吗?这也太帅了!"

林晏探出半边身子往上面的教室窗口望过去:"这是十二班?"

窗口只探出半截纤细的手臂,握着黑皮包裹的白色金属弹弓,上方的黄色皮筋因为方才的弹射还在剧烈摇晃。

徐燃扫了一眼,突然摸着鼻子笑了一声:"我真以为她乖乖听话,不碰了。"

"谁?"林晏转头问他。

徐燃没回答,视线投向滚落在地的香橼上。

周甜甜半张着嘴,一时半会儿缓不过神,程柔拉着她下去拿香橼时她才反应过来:"英雄啊!你这是技多不压身吗?"她凑到程柔眼睛边上看了看,"里面藏着八倍镜吗?"

程柔推开她,不好意思地笑了笑:"我这算破坏公物,你别说出去。"

"不说,不说。"周甜甜拉着她下楼梯,一脸振奋,"不过你需要徒弟吗？端茶、倒水，还会偷拿粉笔的那种！"

周甜甜比程柔快半步蹿出去，捧着两个香橼一蹦一跳地跑回程柔身边。

"我们快回去吧，应该快要上课了。"

程柔话音刚落，脚下就讪讪止住，滚落的纸团因为惯性一直往前翻滚，她盯了半秒抬头往上看过去。

徐燃靠在窗户上笑嘻嘻地冲她招手："哈喽！"

林晏肃然起敬冲她们抱拳。

程柔心如死灰，怎么哪儿都有他，简直阴魂不散。

程柔低下头，视若无睹地拉住频频往上招手的周甜甜回教室。

周甜甜喋喋不休地追问："哎，林晏干吗冲我们抱拳啊？这是表示友好的意思吗？还是他见到我很开心？"

程柔忧心忡忡地看着台阶没回答。

"你是不是怕他们打小报告啊？放心吧，林晏和徐燃都不是那种人。"周甜甜信誓旦旦地拍拍她的小手。

担心打小报告是真，但就怕他告诉的不是老师。

（5）

今天老师没拖堂，程柔走过巷子的闹市时，巷口小贩的吆喝声悠长深远地回荡在她耳边。她抬起头冲过路的熟人笑了笑，移开视线后又继续低着头猜测程桉今天发给她的视频邀请是要说什么事。

她转了个弯，往一条较僻静的巷子走，路过上次被拦截的巷口时心有余悸，往四周望了一眼，旁边摆弄着小玩意的摊贩立马热情地冲她介绍。

她扫了一眼，视线却落在后面的墙壁上，顿了一下才连连摆手往前走。

走远一些，她才蹲下身在角落捡了几颗小石子捏在手指之间，搓了搓上面的尘沙，拿出背包里的弹弓站在石墩上，往对面的楼顶看过去。

那道影子已经不见了，顶楼空荡荡的只剩墙沿立着的一个易拉罐。

她举高手中的弹弓，拉长皮筋，歪头瞄了瞄位置，松手。

"嘭。"

易拉罐摔进顶楼里。

过了一会儿，墙沿露出一截手腕，在原位置放上另一个易拉罐。

无聊。

程柔捏了捏手中的石子，犹豫了片刻，还是从书包侧边的小格里扯下一块橡皮擦，她瞄了瞄角度，她这个位置可以看到楼顶侧边阁楼墙上的一小块影子，对方肯定是躲在墙沿下面，而且位置估计就在晾晒衣物的架子前面。

瞄准架子那一块黑色痕迹射过去，应该能反弹到对方身上吧？

她略一思忖，弯弯嘴角抬手，瞄准，松手，一气呵成。

"唔。"

果然，顶楼随后就传出一声闷哼，她收起弹弓，心情颇好地继续往前走。

"啧，真狠。"

徐燃揉了揉腿，跳到对面的天台跟着程柔往前走。

"你怎么知道我在那儿？"

"你是不是一直观察我？"

"你该不会对我有所图谋吧？"

徐燃絮絮叨叨地冲楼下说话，程柔装聋作哑地继续往前走，正卸下背包推开院门，徐燃突然站在自家顶楼冲下面喊了一句。

"程奶奶！"

程柔脸上一动，心虚地往家里瞥了一眼，没听见声响才松下紧绷的肩膀，再抬头时徐燃已经不在顶楼了，正嬉皮笑脸地站在院墙上冲她招手。

"有事说事。"她言简意赅道。

徐燃把下颌枕在手肘上，趴着院墙冲她笑，他们中间隔着一条一米宽的过道,但这个距离还是让程柔忍不住皱眉。

"如果程奶奶知道你背着她偷玩弹弓,你猜她会怎么想?"

程柔脸上一沉,低声道:"你想怎样?"

"你答应我一个要求,我就不告诉她。"

程莹疼她,当时知道她拿弹弓伤到人也没舍得多加责怪,背着她处理了事情之后便让她承诺以后不碰弹弓,但正因为这样,她才不想让奶奶失望,不想让她不开心。

程柔深吸一口气,捏了捏手指又松开,一脸壮士出征时的悲壮。

"什么事?"

徐燃眼尾一弯,摸着下巴思索:"我现在还想不出来,先记着吧。"

"柔柔?"

程柔提着书包转过身,程莹站在门口探头往外看,见来人是她笑得一脸慈祥,跨出门,下了几层矮矮的台阶道:"我本想躺一会儿,不想睡到这时候,你饿不饿啊?"

程莹穿着轻薄的丝质衬衫和长裤,鼻梁上架着圆形老花镜,从镜框蜿蜒到耳郭处的细长链随着她的动作摇摇晃晃。

她手握蒲扇,推了推眼镜,侧头看见程柔身后笑得一脸乖巧的徐燃。

"奶奶!"

"哎,燃燃吃饭了吗?"

徐燃食指敲了敲手肘,目光掠过程柔才直起身,面露难色地靠着院墙。

"没有,我家阿姨今天有事。"

程莹一脸担忧,忙迎上去:"那怎么办啊?你今晚吃什么?唉,你爸爸也是,一年到头也没见几次,找来照顾你的人又不靠谱。"

徐燃平时的乖张和锐利碰到程莹瞬间塌成绵绵的软刺,他口气平淡又不失苦涩道:"没事,冰箱里还有剩菜剩饭,再不济还有泡面呢。"

程柔：呵呵，完了。

奶奶和徐奶奶是团结、友爱的姐妹花，见状自然不会看着小姐妹的孙子吃剩菜剩饭，更何况徐燃在奶奶面前一向乖巧懂事，奶奶也是打心眼里疼爱他。

程柔刚转身翻了一个白眼，果不其然下一秒就听见程莹热情邀请徐燃过来吃饭，徐燃推三阻四一番后，才不好意思地顺势答应。

啧，戏精学院优秀毕业生。

（6）

程柔送走喋喋不休要留下喝茶的徐燃，一身轻松地回房间做作业。做完作业已经临近22点，台灯暖黄色光线落在课本上，右边笔筒还放着她未收起来的金属弹弓。

程柔盯着弹弓上面泛着的冷光，才想起自己还没有给程桉回视频。她挣扎片刻后，又把所有的作业检查了一遍，抬头看了一眼台灯腰身上自带的钟表。

22：20。

时间在程柔刻意的关注下变得冗长又缓慢，程柔连因为作业耽误忽视对方信息的理由都没了，她手指翻着手机，半刻钟后才拨出视频。

"你看起来不太开心。"

程桉屈膝在沙发上，手里捧着一杯热茶，膝上铺着一张棕色小毛毯，他凑近屏幕看了看，笑道："新学期不顺利吗？"

程柔捏着书桌边角摇摇头，顿了一下才道："没有。"

"我最近新买了两套画具，等下次见你给你带一套，你一定喜欢。"程桉开心道。

程柔点点头。

"奶奶最近状况还好吗？"

"挺好的。"

"她胃不好，你要多照看她。"

"我知道。"

"小柔。"

"嗯？"

空气静谧，气氛呈现一种停滞的窘状。程桉低头捧着杯子，笑得有点无奈。

"你是不是不太想见到哥哥？"

程柔浑身一颤，过了半晌才低声道："没有。"

程桉便不再接话，程柔觉得尴尬，想说点什么，但搜肠刮肚又不知道该说什么。

比起她的如坐针毡，程桉依旧一脸闲适，捧着水杯喝茶，慢悠悠吹动茶叶的动作像一个小老头。

他在朦胧的热气中抬头，有点失落地冲视频另一头的程柔笑了笑。

"我什么时候才能听到你像小时候一样追着我说，你今天遇到了什么事，你讨厌班级里的某个人，你有很多的不开心，你……好像在我看不见的地方长成大姑娘了。"

程桉的语气里带着惋惜，话语像很轻的一片树叶荡在她心口里，荡开了细小的波纹，但她连这点波纹都没法承受。

"我想睡觉了。"程柔突然道。

程桉脸上的笑意悉数瓦解，但不过片刻，他又温和地笑着自责自己太啰唆，迅速和程柔道晚安，催她洗漱上床。

程桉一直都这么善解人意，哪怕错不在他，他也会尽力把错误往自己身上揽。程柔坐在椅子上，手机待机后不久，便黑屏了，上面照出她略带茫然的脸。

程柔和程桉相差四岁，但两人的关系很是亲近，程柔喜欢缠着程桉到处跑，但往往刚跑出小区大门，程家女主人廖慧慧就会紧随而至，催促他们回家。程柔的爸爸程尚彦是津沽当地小有名气的画家，一心专注事业，一年三百六十五天有三分之二的时间都在工作室里度过，剩下的三分之一的时间不是因为节假日，就是因为程桉。

程柔小时候不懂，但她能够感受到程家父母对于程桉的照顾总是居多，比如廖慧慧会按照程桉的意思决定今天要吃什么，程尚彦会给程桉买好看的画具，夸赞对方的作品。比如程桉隔三岔五就要去医院做检查，家里只剩她和保姆阿姨待在一起，她还不能闹脾气，一闹脾气廖慧慧就会红着眼睛指责她不懂事，不替程桉着想。

程柔撇着嘴觉得委屈，程桉很疼她，但她希望父母也能多疼爱她一点。

很久之后，程柔想，或许当时廖慧慧想说的远不止那些。

她肯定是想，如果患有先天性心脏病的人不是程桉，而是程柔就好了。

程柔这么想的时候，才十四岁，刚从津沽被程莹接到秦淮老家。程莹抱着她，用温暖的手心拍她的胳膊。

"奶奶会一直照顾你，你愿不愿意和奶奶住在秦淮？"

她对秦淮充满陌生的恐惧感，迟迟不敢回应，她便是在此刻遇见了徐燃。

当时临近深夜，院子里的灯亮着，徐燃趴在阁楼的小窗口上，嘴里咬着棒棒糖冲她招手。她枕在程莹的肩膀上，小脸上还挂着泪珠，但徐燃笑得好看，她便跟着一起笑了。

程柔到现在都记得徐燃对她说的第一句话，她抱膝盖靠着椅背，感觉往事穿进时光隧道，宛如飞絮一般落在她眼前。

"我叫徐燃，清风徐徐，余烬复燃。"

Chapter 3
友谊天长地久

（1）

国庆假期前一天的班会课，张印再三嘱咐大家假期期间要注意安全，但众人沉醉在假期即临的喜悦里，七嘴八舌地讨论去哪儿玩，一室轰响，愣是无人回应他的叮咛。

张印火冒三丈，右手拿起黑板擦拍在讲台上，发出"啪嗒"一声钝响，喷了自己一脸粉尘。

"噗哈哈哈。"

有人没忍住哈哈大笑，程柔同情地回过头，发现是当日惹恼许舒亭的男生——温思屿。张印脸上一红，恼羞成怒地点了方才几个肆意妄为的男生一排一排站到后面罚站。

"你们真的是越来越不像话！注意事项！注意事项！就是为了让你们长点记性多注意！我要不是为了你们的人身安全着想，我在这儿费什么劲啊！你们……"

"打扰一下。"

教室门外立着一个人，伸手轻轻敲了敲敞开的教室门，张印正在气头上，顶着一脸怒容没好气地喊了一句："干吗？"

梁续梁老师笑了一声,声音带着点安抚:"张老师怎么了?"

张印不吭声了,大概觉得没面子立在讲台上,半晌后才不情不愿地低语:"他们不听我的话。"

程柔和周甜甜心照不宣地对视一眼,张印和梁续是大学同学,虽然张印一点就炸,但他的火气来得快去得也快,反倒梁续总是一脸温和淡然,每次都过来安慰对方。

梁续走进教室拍了拍他的肩膀:"快放假了,兴奋是正常的,我们班那帮臭小子都已经疯了。"他扫了眼教室后排个个立着的"标杆"若有所思道,"小书架到了,让他们几个去搬回来吧,就当将功补过。"

张印一听,顾不上生气,连忙催他们去大厅搬书架。

小书架不是上级领导批下来的物资,听说是学生家长友情赞助的,原计划是要在图书馆前厅摆几排,但碍于空间不够,校方便忍痛驳回对方的好意,不想对方出手大方,直接给每个教室都安排了一个书架。

张印一早就让大家自行准备一本课外书,写上自己的名字放在书架上方便大家借阅,这会儿一边安排人搬书架,一边让班长收齐书本。

程柔从家里带的书本是毛姆的《月亮与六便士》,她翻开书本,在扉页上面写上自己的名字,刚套上笔盖,桌角便覆上一道阴影,梁续拿指关节敲了敲她的桌子。

"你一会儿下课后有事吗?能不能帮老师一个忙?"梁续垂眸笑了笑,"七班在考试,抽不出人,你帮我登记一下上周检测的数学成绩。"

程柔愣了愣,答应下来。周甜甜低着头,十指并用地戳着手机屏幕,见梁续走远立刻迫不及待地问程柔。

"《钢铁是怎样炼成的》的那个作者叫啥来着?奥利奥啥来着?我一着急都忘了!"

程柔叹了口气:"奥斯特洛夫斯基,苏联作家。"

"对对对！就是他！"周甜甜心中一喜，又低头敲字。

"你干吗呢？"程柔问。

"帮林晏考试啊！他语文差得惨绝人寰，一张试卷有一半都是当外语考的！"

程柔小小惊呼一声，凑近道："你帮他作弊啊！你不要命了？被抓到就惨了。"

"没事，开卷考。"

"那他这么紧张？"

"因为倒数前十要抄课文。"周甜甜感叹一声，"我们林晏同学吧，光靠自己不寻求外援，那他抄课文就是板上钉钉的事情了，所以临死之前我要帮他抢救抢救。"

你这奥利奥……估计这场抢救也悬。

一堂班会下来，十二班后面多了一个复柱单面书架，两米高，三米宽，一共三层，侧边是红木护板，中间是冷轧挡条，全班四十五本书放进去还绰绰有余。张印便扬言他要包揽剩下的空位，假期他就去购置一些图书让班长放进去，回应他的是满室山呼海啸般的掌声。

"老班威武！"

张印大手一挥，提前五分钟放他们下课。

周甜甜靠在书架边，指了指红木上方用金色漆笔写着的五个字——沈桦南所赠。

"言简意赅，不愧是成功人士，就是不知道是哪位'富二代'的家长。"

程柔的视线在名字上方盘旋，顿了一下，问周甜甜："你觉不觉得这个名字有点眼熟？"

周甜甜近看远看一番，思索道："好像也是金漆笔写的！啊！我知道了，体育馆的捐赠人也姓沈吧？好像也是这个名字！"周甜甜一阵咂舌，摇头晃脑，"这简直是国家栋梁、社会之光啊！他爸这么厉害，这同学也太低调了，改天我要是认识他，立马抱住他的大腿,誓死不放。"

(2)

程柔踩着下课铃声走去行政楼。

她刚进办公室,就见梁续抱着教案在一旁整理资料。梁续冲她招手,让她先合算总分写在试卷评分栏上,再把成绩对应姓名一一写在一旁的花名册上,见她点头,他便抱着教案出去了。

办公室这会儿人并不多,有些老师正坐在位子上吃早餐。梁续的位置在后门靠墙,视野能够囊括整个办公室,她身材瘦弱,坐在位置上立刻就被眼前的挡板挡住大半身影。

七班总体的成绩不差,但总有几个脱离平均分十万八千里的学生,所以当程柔合算到"125"的数学成绩时,没忍住往名字那一栏看了一眼。

徐燃。

徐燃虽然调皮捣蛋,但成绩一直都不差,而且他对数字异常敏感,几乎是过目不忘,数学成绩优秀仿佛也是理所当然。

程柔顿了一下,翻开试卷又看了一眼,最后一道大题他只做了一半,前面函数题第一问和第三问都做了,第二问并不难,但步骤烦琐,他就直接写了"麻烦"两个字。

她这一停顿,办公室前门突然闯进两个人,声响不小,教案重重砸在课桌上的力度似要卷起千层巨浪。

"我让你考试不是让你在这睡觉!你说说你这一天天到底在干吗啊!"

"我不会做。"

"你是不是对我有意见?你虽然顽皮,但脑子还是聪明的,你不可能一题都不会吧?"

"老师,我太困了,没办法思考。"

"你——"语文老师怒吼的声音一顿,硬生生撑着桌子挤压睛明穴,"你一点悔改的念头都没有,我管不了了,让你爸来一趟学校吧。"

徐燃背手站着笑了一声:"正好,我也很久没见他了。"

语文老师:"……"

程柔微微直起身,抬眼望过去,徐燃侧对着她,目光落在眼前的挡板上。七班语文老师急得脑门溢出一阵细密的热汗,他此刻下不去台又无法继续训骂,只能揉着太阳穴干着急。他抬起头时正好看到张望的程柔,心中顿时一喜:台阶来了!

"唉,程柔你说说,这样的学生应该怎么处理?"

程柔避无可避,撑着桌子站起身,徐燃侧头看她一眼,似乎没想到她会出现在这里。

道歉,请家长。

这几乎是程柔脑袋里下意识冒出头的想法,但是面对徐燃,她突然有些说不出口。徐燃父母离异,父子关系又不好,就算打电话请家长多半也是徐父的助理走这一趟。

程柔顿了一下,试探道:"要不你跟老师道个歉?"

徐燃看着她,没有任何反应。

语文老师大概也觉得为难程柔,轻咳一声,准备自己给自己递台阶。

"你回去……"

"对不起。"徐燃收回视线,温顺无害地笑了笑,抬手从一摞试卷里抽了一张空白卷,"我回去重做。"

语文老师一直仰仗的为人师表的威严瞬间荡然无存。

他刚说的都是梦话吗?

程柔也一脸讶异,徐燃竟然会乖乖道歉?是她疯了还是他疯了?她这正凝神思索,徐燃突然抬头冲她和蔼可亲地笑了笑。

程柔仿若被猛兽盯上的猎物,瞬间夯起一身皮毛。

她还未琢磨出徐燃笑里藏着什么刀,就见语文老师忙不迭蹙眉挥手赶人:"行吧,下不为例。"

程柔登记完成绩走出办公室，一眼便看见徐燃倚靠在连廊的扶手上。

他今天穿着黑色袖口的白色上衣，手肘架在银色扶手上，手腕在光影里一晃一晃。

程柔目不斜视地走过去，徐燃两指夹着折叠成方块的试卷跟在她身后。

"我今天听话吧？"徐燃声音很轻，带着软糯糯服软的假象。

程柔闭了闭眼，觉得自己又干了一件蠢事。

"你怎么在办公室？"徐燃问。

程柔紧闭双唇不说话，徐燃绕到她身前伸手挡住她的去路，身影随着她左右移动。

他眯了眯眼睛，心情颇好地笑道："来，试试看，撞我怀里说不定我就放你过去了。"

程柔舔了舔后槽牙，面无表情道："梁老师让我登记你们班的数学成绩。"

徐燃顺着杆子往上爬："那你觉得我考得怎么样？"

徐燃打定主意不让程柔走，对面走廊已经有好事的同学频频往这边看过来，程柔只能继续忍气吞声："还行。"

"还行是好还是不好？"

程柔咬牙切齿："好。"

"那你给我什么奖励？"

"你！"程柔怒目而视，"徐燃，你今年三岁半吧？"

"别生气。"徐燃从口袋里掏出一根棒棒糖塞她手里，强迫她合上手指，"劳务费。"

程柔一脸警惕："什么劳务费？"

"我想到要提什么要求了，你给我补课吧。"

程柔慌不择言："你脑子坏了？"

徐燃笑了笑，郑重其事地解释道："我是认真的，况且你看，我语文和英语这么差，要是下回我奶奶抽查成绩还不得气病了。"

程柔满脸狐疑地望着对方，奈何徐燃百炼成钢，脸皮厚如铜墙，面上半点蛛丝马迹都没有，俨然一副勤学好问的好孩子模样。

"我一定好好学。"徐燃再三保证。

程柔嗤笑一声："我也没见你平时多努力。"

徐燃嘴角挂着一抹狡黠的笑，冲她晃着食指："这你就不知道了，兴趣是最好的老师，我对老师感兴趣，当然会乖乖学。"

（3）

秦淮的天气向来捉摸不透，早上晴空万里，下午突然断断续续地下起小雨，天地朦胧一片，雨帘远远地罩着远山。

程柔这几天被徐燃折腾惨了，他态度端正地跟张印请了晚修串班，还苦口婆心地把徐奶奶对他的期望加以修饰润色，痛心疾首地表示悔过。

程柔不知道他具体对张印说了什么，但他大摇大摆进十二班时，张印饱含热泪地拍了拍她的肩膀："我就把他交给你了。"

程柔：这一波天秀操作。

徐燃倒是没缠着她问东问西，异常乖巧地听讲、提问、回答问题，唯一不足的就是他喜欢盯着她。

程柔觉得自己的脸都要烧成一块红炭时，他还上手戳了戳，她顿时想就地一抹脖子羞愤而死。

程柔追悔莫及，她为什么要答应？脑袋坏掉的人是她吧？不过好在徐燃没坚持几天，不然她这辈子的寿命都得减半。

程柔在旁边自我检讨，周甜甜正撑着下巴在一旁庆幸体育课不用上。但幸灾乐祸没多久，细雨骤停，乌云沉沉，只留下一片片积水倒映着她生无可恋的脸。

原本以为不用上体育课的女生跑去奶咖喝饮料了。当尖锐的哨声从操场上响起时，体育老师已经脸色难看地立在一边。程柔和周甜甜倒是早早到达，但是牵一发而动全身是老师惯用的伎俩，虽然迟到的只有四人，但最后两列女生队伍都要比平时多跑八百米。

男生队伍转回原位置列队时,她们上气不接下气地继续往前跑,程柔平时跑八百米都快去掉半条命,这会儿一只手撑着腰窝,视线有点恍惚。

"你没事吧?"周甜甜在一旁微微喘气,"要不我跟老师说一声?"

"没事。"程柔咬咬牙,侧身避开一方积水,许舒亭体形较大,一直都在队伍末尾,这会儿已经落后大家大半圈了,哼哧哼哧地在程柔前面跑。

周甜甜摸了一把小脸,有点丧气:"也不知道那些男生会怎么嘲笑我们,平时他们就对我们怼天怼地,这会儿估计都在鸣炮普天同庆了。"

程柔笑了一声,刚想说话,旁边突然掠过一阵风,溅起的小水花零星地落在她们的校服裤腿上。

周甜甜怒不可遏,破口大骂:"神经病啊!都不看……嗯?温思屿?"

程柔的视线投向远处,温思屿是之前询问许舒亭体重的男生,也是班级里最顽皮淘气的学生。

温思屿掠过她们,越来越远,然后渐渐停在距离许舒亭一米之外的地方,他放缓脚步,几乎以原地踏步的模样跟在周甜甜后面。程柔身后是越来越近的轰响,整齐划一的脚步声从她们身后传进她们的耳朵里。程柔停在过道上,看见以陈北洺为首的全班男生跟在她们后面陪跑。

周甜甜有点愣,听见远处的哨声才拉着程柔继续往前跑,体育老师除了最初的几句吆喝之外,便偃旗息鼓地站在跑道外叉着腰。

"还挺仗义啊。"周甜甜低头撞了撞程柔的手臂,"张印说得没错,一方有难,八方支援,但他们肯定是想感动我们,要看我们痛哭流涕的样子,我们不能让他们得逞。"

她声音带风似的,有点飘飘然,显然是开心得不行。程柔眼眶有点热,但抬起头就看见许舒亭用壮硕的大手把温思屿推出半米远，温思屿跟跄了两下，有点委屈，但还是继续跟着。程柔和她心有灵犀地同时笑出声。

天空依旧阴沉沉的，像铅灰色幕布，太阳躲在云层后面深不见影，红色塑胶跑道上杂乱的步伐像骑兵出征前的鸣鼓声，厚重的，激扬的，连同大家的喘气声和笑声一块起伏伏。身后的男生笑她们体能太差，跟哮喘病患似的，程柔和周甜甜心照不宣，同时往积水上重重一踩，脏水飞溅，引得他们哀号连连、四处逃窜。

真奇妙，快乐有时候特别简单，光是一句话就能让人欣喜万分，但有时候又特别难，看似摇摇欲坠却又遥不可及。

体育课结束后，细雨又断断续续地下起来，数学老师踩着下课铃声把试卷的最后一道函数题讲解完，让大家回去把课后习题做了才挥手下课。大家拖着长音回应，不慌不忙地收拾课本。

周甜甜坐在程柔旁边，支着脑袋看雨。

"这雨看起来一时半会儿也不会停啊。"她垮下脸，像窗外被雨水打翻的桂花似的，拖着一口长气，"我妈今天还给我做可乐鸡翅来着。"

陈北洺转回头嘴欠道："可乐鸡翅是没了，落汤鸡了解一下？"

周甜甜皮笑肉不笑地挥挥拳头："拳击了解一下？"

陈北洺立刻讨饶，他顿了一下，晃了晃手中的雨伞对程柔道："你有雨伞吗？我先送你回家？"

程柔摆手拒绝："我家近，晚点回也没事，你快回去吧。"

周甜甜从旁边挤过来，指了指自己："同学，我是穿隐形衣了吗？你看不见我？"

陈北洺一本正经道："是男人就出去淋雨。"

周甜甜抬手就是一掌，追着陈北洺跑出了教室，再回来时，她的身后还跟着林晏和徐燃。

徐燃此刻难得安安静静没说话，偶尔望向程柔的视线也没多加停留，只是发顶落着一层水汽，衣袖上有显而易见的湿痕。

这家伙不会出去狂奔八百米了吧？

周甜甜打圆场，哀号等雨停的过程太无聊，提议大家一块玩游戏。

"玩什么？"林晏问。

"就玩听题速答吧。"周甜甜看向众人，"怎么样？"

自然是无人反对，反正闲着也是闲着。

周甜甜端坐起身，轻咳一声："那我先来，带有路字的成语有哪些？第一个，一路平安。"

林晏："一路顺风。"

程柔："一路风尘。"

徐燃试探道："一路走好？"

周甜甜笑得两眼弯弯，啪啪鼓掌："一家人就要整整齐齐，继续，继续，走投无路。"

林晏词库告急，抓耳挠腮一番才道："峰回路转！"

"冤家路窄。"程柔轻松应答。

徐燃笑着舔了舔小虎牙："阿姨洗铁路。"

程柔顿了一下才反应过来徐燃说了什么，周甜甜早已捂住胸口在一旁怪叫。

只有林晏在一旁一脸疑惑："阿姨洗什么铁路？阿姨为什么要洗铁路？这不是成语啊！"

回应他的是周甜甜慈爱的眼神："真钢铁直男"。

第二轮由程柔出题，她想不出题目，索性直接从语文试卷里拿了一题。

"带有人物名又表示坚持不懈或不屈不挠的成语有哪些？第一个，精卫填海。"

徐燃："夸父逐日。"

周甜甜："愚公移山。"

林晏："后羿射日。"

程柔："大禹治水。"

徐燃:"我喜欢你。"

众人:"……"

徐燃镇定自若地解释道:"人物名——我,坚持不懈——喜欢你。"

林晏茫然:"但是……"

"没有但是!"

周甜甜第二次捂住胸口,一个鲤鱼打挺,直接站起身拽着"游戏规则守护大使"林晏的胳膊,拖着林晏出了教室。

"对不起,打扰了。"

程柔看着徐燃,徐燃一脸无辜地冲她笑。她缓缓叹出一口气,仿佛早已习惯对方的无赖与不正经,抬手抓着书包走出教室,徐燃紧随而至。

大雨滂沱,滴滴答答地落在行政楼前面的台阶上,溅起成朵的小水花。雨势不急,但乌云层层遮掩厚重又灰暗,估计一时半会儿等不到雨停。程柔举起书包遮住头顶,准备冒雨跑到小卖部买一把雨伞。但不等她冲进雨里,头顶突然压上一道阴影,她望着头顶的蓝色伞面,视线移到徐燃身上。

"你哪儿来的伞?"

徐燃下巴微抬,示意是从书包里拿出来的。他顿了一下,面向雨帘,状似不经意道:"你们刚才上体育课被罚跑了?"

程柔应了一声,估计是周甜甜说的吧,她也没在意,伸手去接眼前连绵的雨水,水珠敲打在她的手心里圈起一方水洼。徐燃看着她,想起的确是当时他从行政楼看见的场景,陈北洺从归队的人群中风驰电掣地跑到了程柔身后。

程柔挥了下手上的雨水才想起来,问道:"不是,你有伞你为什么要留下来?"

徐燃一只手插着校服口袋,把伞面上挂着的标签不动声色地往程柔身后转了转。

"因为闲着无聊呗。"

（4）

程柔的国庆假期没有特殊安排，每天的日升日落都同往常一样。别人在故宫看升旗仪式，她在看书写字；别人在邮轮上看海，她在喝茶看电影，直到3号早晨，她妄想学习剪报时，程莹终于忍无可忍地把她拉起来去院子里晒太阳。

程莹经常笑话她像一个小老头，大门不出，二门不迈。程桉倒是打过电话问她要不要回津沽，但她深知程父要窝在工作室赶画稿，程母要忙着照顾程桉也没有太多空闲顾及她，回去也不过是换一个地方当小老头。但她回应程莹时又是另一番说辞。

程柔坐在院子大树底下的石凳上，一边吃糕点，一边冲程莹笑："津沽国庆人太多了，我还是留在这里陪你吧。"

程莹摇着蒲扇坐在木藤摇椅上，笑呵呵地眯着眼："我这老人家有什么好陪的？不过你要是不想回去，就跟同学出去玩。"

"他们都去旅游了，我留在家里陪你。"

"我哪儿用得着你啊，况且阿殊要过来，我有她陪着就行了，你找燃燃出去玩玩。"

程柔咀嚼的动作一顿，抿了抿嘴角，不确定道："你是说徐奶奶回来了？"

"是啊，这家伙还说要给我带外国的什么护眼霜，哎哟，不过喝了几口洋墨水，在电话里神气得不行。但她常年和她二儿子住在国外，我们一年也就见那么一两次，我就不跟她计较了。"

程莹微眯着眼絮絮叨叨，程柔半个字都听不进去，脑袋里只重复着一句话。

徐奶奶回来了。

完了。

程柔顿了一下，发现自己最近重复这两个字的频率好像有点高。她喝了口热茶，冲掉一嘴的甜腻，任由太阳穴一阵起起伏伏地胀痛。昨晚暮色沉沉时，她精神抖擞得像刚出去打了一套太极拳，自我催眠了一个小时无果后，终于认命地坐起身，连做了好几张试卷,熬到深夜三点才入睡,这会儿,睡眠不足的后遗症就异常明显。

程柔家离巷子的闹市不远,静下心来就能听到被晨风吹翻在巷子里的低声喧嚣,很轻的一些碎响,听不真切,但能够感受到人群里的热闹。程柔把手臂放在凉桌上,枕着头顶摇摇晃晃的光斑闭上眼,喧嚣在时间轴里逐渐消散,黑暗深深拥她入怀。

意识比肢体更快苏醒过来,她眼部狠狠用力转了转眼球,待酸涩有所缓解后,才睁开视线模糊的眼眨了眨。

"醒了?"

"唔。"

"饿不饿?"

"饿。"程柔揉着眼睛道。

她直起腰,右边手臂霎时传来一阵难忍的麻酥感,她瞬间不敢动,意识有点涣散地接住从肩膀上滑下来的蓝白色格子外套,捏了捏。

"喜欢啊?我给你买件一模一样的怎么样?"

"嗯?"

程柔下意识抬起头,与徐燃的笑眼相对,电光石火间,程柔待机的脑袋终于开始运转。

她抓住外套往徐燃身上一扔,直起身晃了晃手臂。徐燃蹙眉闷哼一声,她循声望过去,才发现对方颧骨上有一小片不易察觉的青紫,右手手腕上绑着绷带,一股浓重的药水味由远及近蹿进鼻间。

徐燃摸了摸耳垂,有点心虚:"手不小心磕到墙了。"

程柔看着他没说话。

徐燃顿了一下,如实道:"我在游戏城玩游戏时不小心跟别人闹了点矛盾。"

"哦。"程柔扫他一眼,"你别让奶奶看到,她会担心。"

徐燃支着下巴坐在凉桌的另一边,有点可惜地摸着下巴:"你刚才好乖啊。"

程柔甩了他一记刀眼,藤椅上已经没有程莹的身影。阳光从清晨的微醺变得剧烈，投射在大树上落下一地脉络清晰的树影，她打着哈欠进屋里，徐燃把外套绑在腰上紧随其后。

"你过来干吗？"程柔站在门口，显然没有让他进屋的意思。

徐燃解下腰间的外套罩在右手手腕上，冲她歪了歪脖子："你确定不请我进去？"

程柔一脸冷漠："确定，请你一百八十度转身……"

"柔柔？"

程柔浑身一僵，徐燃好整以暇地看着程柔的面色，复杂地转过身。

"奶奶。"

程莹手上捧着果盘，眼睛透过镜片往他们身上一扫，试探道："是我让燃燃过来一块包饺子的。阿殊嘴挑，硬要吃家里的饺子，她这会儿正在来的路上，我怕来不及。你们吵架了？"

"没有。"

"有。"程柔抬头瞪了徐燃一眼，徐燃才欣欣然将话锋一转，"有点误会，但已经没事了。"

程莹没细究，转过身招呼他们一块准备馅料，徐燃刚勾起的嘴突然一顿，似刚反应过来。

"我奶奶回来了？"

程莹狐疑地看了他一眼："是啊，阿殊没和你说吗？"

徐燃摇摇头，见程莹走远才停在半道上看了眼受伤的手腕，微微懊恼。

程柔突然笑了一声，意有所指："你想好找什么理由了吗？"

她正等着徐燃一筹莫展地干着急，但他只是看着她，脸上半点慌乱也没有，甚至带着欣喜。

"你在担心我？"

程柔翻了翻白眼："我说担心，你信吗？"

"信啊，你说什么我都相信。"

徐燃凑近她，露出尖尖的小虎牙："喏，你等会儿多担待。"

程柔：？

程柔曾经看过一篇文章，里面说："'夏天结束了'这句话，是有隐晦暗示的。它是一夜长大、恋爱无疾而终的预兆，是青春消失殆尽的季节，是从梦想跌入现实的分界点，是失去童真变成大人的夜晚。"

今年的夏天已经结束了，但秦淮的燥热还在蔓延，秦淮的夏天很长，总是给她一种冬天遥远、岁月漫长的错觉，她不喜欢夏天却偏偏最记得夏天。

程柔站在落地窗前，黑夜深邃，繁星点点缀在上面，连接成星海，像青春里的一张迷网，好像光是这样看着它，时间流逝得慢一点也没关系，因为未知总是让人充满期待。

身后突然传来一声轻响，犹如利剑划破安宁的屏障。程柔嘴角抽了抽，算了，时间还是过得快一点吧。

徐燃坐在沙发上，一只手把医药箱往程柔面前推了推："劳驾。"

程柔连生气的力气都提不起来，坐在旁边的单人沙发上一动不动。

"我知道你厚颜无耻，但没想到你连推卸责任这种事情都做得出来。"

徐燃耸耸肩，颇为无辜地看着她："我要是不说为了你，奶奶肯定就要担心我是因为打架了，那样她会整天寝食难安，吃不下，睡不着，你希望这样？"

程柔的脑袋在崩溃边缘试探，徐燃这番说辞让奶奶断定他受伤是因她而起，千叮咛万嘱咐让她要把他照顾好。她何其无辜，可为了顾及两个老人的承受能力，还不敢反驳，只能咬牙切齿应承下来。

她真是低估了徐燃卑鄙无耻的程度。

"没人在，你自己来。"

徐燃顿了一下，作势要冲楼下交谈的姐妹俩喊话，程柔眼明手快地拉住他的衣摆，彻底妥协。

"知道了,知道了。"

程柔撸起袖子,打开医药箱,徐燃下一秒就把手臂抬到她眼前,身手敏捷,半点不像无法处理伤处的人。

程柔解开绷带,把里面贴合的膏药清理干净,才准备为徐燃揉散伤处的瘀血。

她刚伸手握住徐燃的手腕,他突然往后一缩,她莫名地看向他。

徐燃喉间滚了滚,视线往她脸上一瞥又迅速移开:"有点疼。"

"疼死你活该。"程柔皮笑肉不笑道。

徐燃垂着眼突然不说话了,程柔的左手从底部抓住徐燃的手腕,徐燃的尾指便轻轻靠着她的手腕内侧,她感觉有点痒,手便往旁边移了移。过了一会儿,她又感觉有东西蹭了蹭她的手腕。

有这么疼?上次破皮出血都没见他哼唧一声。

程柔原本来势汹汹的右手放缓力度,徐燃似有所觉,垂着头,轻轻压住往上翘起的嘴角。

不能笑啊,惹恼了还得自己哄。

程柔专心帮徐燃揉按,突然感觉他的尾指微微翘起挠了挠她的手。

她抬起头看向对方。

徐燃的左手食指敲着桌子发出细微的声响,目光如炬,弯腰凑近对方:"程柔,我不是一个好人,但也没那么坏,你可以试试看,试着让我靠近你或是你站着别走。"

程柔顿了一下,语气平淡:"我觉得我们互不相干的状态就挺好。"

徐燃敲打桌面的食指忽高忽低,连同他的声音也仿佛带着轻晃:"我不想和你互不相干。"

他收起食指,房间里刹那安静下来。

"我要和你做朋友。"

徐燃笑了笑,目光带着凛冽的锋芒直接撞进程柔的眼里,来势汹汹又捉摸不透。

"我还要和你友谊天长地久呢。"

程柔躺进柔软的床里,咀嚼着徐燃那一句"友谊天长地久",徒生一阵战栗。

她拉高被子盖住脑袋,房间里的空调上下摆风时发出轻微的声响,在空荡荡的房间有点突兀。她抬手盲摸着灯的电源开关,"啪嗒"一声响,房间骤亮。

她抬手挡了挡,适应了光线才坐起身从书柜里随手拿了一本书。她盘腿坐在床上,看了几眼书,心思就不受控制地飘飘然顺着原本的思路跑。

她和徐燃真的可以成为朋友吗?

她一开始也确实这样想过,这次又会是恶作剧吗?这个小恶魔阴晴不定,谁知道他会做出什么事。

程柔心烦意乱地合上书,管他呢,兵来将挡,水来土掩,徐燃总不能吃了她。

程柔把书本放回原位,跳上床盖好被子正准备关灯,枕头底下的手机忽然振动了一下。

她关掉房间灯,躺在床上打开手机。

徐燃:"治疗失眠的十二种方法!亲测有效!失眠人的救命丹药!快来亲身体验一把!"

程柔盯着那条文章链接,直接拉黑了徐燃的电话号码。

嘀,友谊天长地久,滚吧!

(5)

国庆收假后,教室里众人都在急不可耐地交流自己去过的地方,程柔一踏进教室就感觉脑袋一阵一阵地疼。

同学A:"去南京,一定要去'南京大排档'吃饭!美龄粥太好喝了!"

同学B:"苏州的七里山塘的夜晚太漂亮了!我恨不得在那里

住下！"

陈北洺："我就去了一趟北京，就感觉人很多……很多很多。"

周甜甜："好羡慕你们啊，我被我妈拉着去三姑六婆家做客，半点自由都没有。"

程柔："早上好。"

周甜甜伸手拉住她，揉了揉她的小脸："柔柔宝贝儿，这么几天不见，你的脸色怎么这么红润有光泽？"

程柔吸了吸鼻子，声音有点哑："因为我感冒了。"

周甜甜立马伸手测了测她额头的温度："你量体温了吗？会不会发烧？"

"不会，就是脑袋疼。"程柔拉下对方的手，神色怏怏地摇了摇脑袋，"我感觉里面叮叮当当响。"

陈北洺背过身来，撑着椅背："我带了999给你泡一杯？"

周甜甜一脸狐疑："你没感冒干吗带着999？"

"我妹硬塞我书包里的，说预感我最近可能要感冒。"陈北洺不好意思地挠挠脸。

"没想到你妹妹还是半仙呢！你让她帮我算一下，我什么时候发财？"

"滚！"陈北洺笑骂一声，伸手去拿程柔的水杯。程柔想伸手阻止，感冒药含有催眠的作用，她可不想听课听到一半"哐当"一头砸在桌上。

周甜甜直接压下她的手，催促陈北洺快出去接水。

"老师一定会允许祖国花朵、国家栋梁稍微歇一会儿的，你别跟拼命三郎似的抓着学习不放啊。"

程柔张口欲解释，周甜甜直接抱住对方的手，语速极快地抢断："宝贝儿，算我求你了，你放过学习吧！"

程柔无言，只能笑着推揉周甜甜挂在她手上的脑袋。

假期刚结束，大家的心思还停留在吃喝玩乐上，上课不是走神就是开小差聊天，张印发了一通脾气之后，大家才稍微收心，缩着脖子不说话，一副担惊受怕的委屈模样。

张印又得停下来安抚一阵才继续上课。程柔原本飘忽不定的思绪在这个过程中，跑远又拉回，鼻子不通气，脑袋又像拔河，大概是999药效作祟，她困倦得想一头砸进桌子里。

下课后，她跑了一趟办公室，上交之前张印让她另做的一份语文试卷。张印反复问她要不要请假，得到否定回答后，才叮嘱她多喝热水，不行再打报告请假。

程柔吸着鼻子点头，出门时没看清来人，一头撞到对方的手臂上，散落一地习题册。

"不好意思啊，我没注意。"程柔的声音闷闷地从嗓子眼里传出来，刚抬起头看清来人，神色一顿。

对方扎着低马尾，低头时两鬓的碎发轻飘飘落下来，校服领口开着，微微露出少女白皙纤细的锁骨。

沈落低头把散落的习题册整齐地垒成小高楼，伸手接过程柔手里剩余的习题册。

"你怎么还是这样？"她声音淡淡的，带着不易察觉的暗讽。

程柔蹲着没出声，她终于明白她为什么会觉得"沈桦南"这个名字似曾相识了，因为他是沈落的父亲。

甜甜，你这大腿估计是抱不了了。

程柔感觉脑袋沉沉的，连起身的力气都没有了，但一想到自己会挡住沈落的去路，便咬牙用劲起立。

"哗。"

沈落好不容易垒起捧在怀里的习题册瞬间轰塌四散，程柔一头撞进沈落的胸口，感觉脑袋更疼了。一阵晕眩过后，程柔刚想道歉，就听到张印在一旁心急如焚地询问着。

沈落索性扔下剩余的册子，伸手抓住程柔的手肘微微拉远，看了看她的脸色。

"你是不是发烧了？我带你去医务室。"

她冲张印打了声招呼，撂下一地狼藉就半扶半拖地把程柔带入医务室。

　　这次应急医务室有医生在，医生给程柔打了退烧针，又让沈落拿冰袋放在她额头上冰敷。

　　沈落坐在木椅上，神色自若地盯着冰袋。程柔脸色赧然，索性她正发烧，脸色本就红扑扑的，所以半点也看不出来。她和沈落初中时是同班同学，但两人交情并不深，而且沈落当时和徐燃待在一块，现在好像也是同班。

　　程柔张了张嘴，沈落立刻垂眸，睫羽轻轻一扇。

　　"闭嘴。"

　　程柔："……"

　　"道歉的话就别说了，听了耳朵疼。"沈落的视线落在窗外，顿了一下，实在没忍住恼火，"你以前胆小懦弱，忍气吞声就算了，现在是连自己的身体都不顾了吗？"

　　程柔眨了眨眼，有点茫然。

　　沈落立马口头警告："别给我卖萌，我不吃这一套。"

　　程柔："……"

　　"我以为在秦淮十三中你能硬气一点，看来还是没长进，你的脑袋是不是光用来学习了啊，社会主义接班人？而且你运气也太差了吧，就没有一个朋友会顾着你吗？那个谁，周甜甜哪里去了？你这半死不活的样子，她不会是等你坟头草半米高再来哭号吧？我真的是要被你气死了。"

　　程柔眼眶有点红，她突然想起她以前还是和沈落有所接触的，沈落请她喝过橘子汽水，还给浑身湿漉漉的她塞过毛巾。是她害怕，所以疏远了沈落。

　　沈落一直都是女神形象，嘴毒心软，虽然程柔被沈落一股脑的话语砸得发蒙，但程柔能感觉到沈落在关心自己。程柔撇着小嘴，感觉心口滚烫滚烫的灼热和眼眶一样。

　　"你哭什么？"沈落微微一愣，拿开压在程柔额头的冰袋，有点无措,"太冰了还是难受?你不会是被我骂哭了吧?"

"没有。"

程柔使劲摇了摇脑袋,被沈落一只手压住额头。

"行了,行了,真麻烦。"沈落侧过脸嘟囔一声,"你快点,我还要上课呢。"

程柔吸着鼻子笑,顿了一下才问道:"你认识甜甜?"

"嗯,不算认识,但我知道这个人。"沈落微微一滞才继续道,"她不就是徐燃找的人吗?"

程柔一头雾水:"你这话是什么意思?"

沈落皱了皱眉,想了片刻才随口道:"没事,我乱说的。"

沈落的异常全然落在程柔的眼中,她自觉事情绝不像沈落说的那般轻巧,一把拉住沈落想要收回去的手腕。她从诊察床上坐起身,皱巴巴的校服跟一脸病态衬得她越发像大病一场的重症患者。

"你告诉我。"

沈落于心不忍,冲天翻了翻白眼才叹了一口气。

"你以为徐燃为什么会转来十三中?你初入陌生环境,不说话不合群,周甜甜为什么会突然跟你借作业又和你成为朋友?十三中那么多知识分子,能人异士,你一来又是获奖又是上光荣榜,抢了那么多人的风头,为什么还平安无事?"

"程柔,是因为有人在保护你。"

程柔刚走进教室,周甜甜就拉着她一阵盘问。

"我早应该知道的,要是提前送你去医务室说不定你就不会发烧了。宝贝儿,你没事了吧?难不难受啊?"周甜甜把她的双手裹进自己手心里用力地搓了搓,"你的手怎么这么冰啊?"

程柔看着她,突然觉得什么都问不出口,无论周甜甜以什么理由跟她交朋友,但她对自己好是真的,握住的手也是真的。

周甜甜担忧地看着她:"你怎么了,是不是有人欺负你?"

程柔见她抬手就要喊住立在讲台上的陈北洺,瞬间回神捏了捏她的手指。

"我没事,就是有点困。"她顿了一下,往四周扫了一圈,站起身,"我出去一趟。"

程柔靠在走廊的扶手上,看着余一从楼梯口上来。余一看清眼前的人,脚下一顿,左嘴角的酒窝若隐若现,他用中指推了推眼镜框,抬手把红色塑料袋里的感冒药递给对方。

"张老师让我给你的药。"

程柔没接,有点想笑又有点难堪,最后只是摸了摸红彤彤的鼻尖。

"余一,你认识徐燃吗?"

程柔看着余一镜片后的瞳孔微微一缩,眼神看着她又投向地面上。

程柔踢了踢鞋尖,直起身笑了笑:"谢谢你,但不用了。"

她说不上为什么,好像愤怒的成分也没有太多,就是有点茫然。她恍然想起高一那会儿,徐燃刚从临湖中学转学过来时的样子。

徐燃从小就爱惹是生非,但从来都是小打小闹,而他当时在临湖却像彻头彻尾的亡命少年,不仅恶劣得踹断了别人的肋骨,还拿钢管把其中一人的脑袋开瓢进急诊室。如果不是程柔当时刚好因为物理竞赛去临湖踩点,及时拉住他,事态或许会更严重。徐父最后无力保住他,只能想尽办法把他塞进秦淮十三中。

徐燃转学过来的第一天,程柔刚好去教导处送竞赛的申报资料,不承想与徐燃直接打了照面。徐燃当时手臂骨折,脖颈处挂着白色绷带支撑着微抬于胸的手臂,他的眼角带着擦伤,冷眼看人时带着不言而喻的疏离和凛冽。

然而,一言不发的顽劣少年看见程柔时突然咧嘴笑了一声。

四周惶惶不安又苦口婆心的学校领导瞬间炸起一身汗毛,以为眼前的少年毛病突犯,没顾上看资料就挥手让程柔离开。

在那之后,徐燃渐渐偃旗息鼓,偶尔犯错,但也不是不可原谅的大事,程柔惴惴不安了好长一段时间,见徐燃没有找她麻烦,她才渐渐放下心。

但是现在她却得知她能平安度过高一,是因为徐燃的庇佑。可笑的是,她十四岁那年来到秦淮后,觉得这里宛若噩梦,也是因为徐燃。

好像顷刻之间她对徐燃的厌恶和防备都没有意义,她捉摸不透,所以觉得前方像有更深的恐惧在等着她。

程柔撑到放学回家,脑袋胀痛的感觉渐渐消散,发烧产生的潮湿的汗在背脊上蒸腾挥发成一片冰凉。她背着书包走进巷道,盯着脚尖一直走神,落日把她的身影拉成长长的一道影子,落在她前方像一道深不见底的沟壑。

程柔顿了一下,抬起头,顺着影子上方的蓝色球鞋望过去。

徐燃左肩挂着背包靠在院墙上,伸手要去碰程柔的额头:"退……"

程柔避开徐燃的手,掠过他推开院门进去。他立刻转身追上前,走到她前面却不敢再伸手触碰她。

"退烧了吗?"

程柔面无表情地看着他:"我退没退烧你不知道?我身边那么多人,你随便一问就知道了。"

徐燃讨好地笑了笑:"我怎么问啊,我又……"

他顿了一下,瞬间反应过来,脸上的笑意坍塌成细小粉尘,灰扑扑地往下掉落。

程柔脑袋里的茫然膨胀发酵成火焰,烧得她眼眶一片血红。

"徐燃,你到底想做什么?愧疚?讨好?还是怜悯?"

程柔仰着脖子望向他,眼底一层又一层的波浪把她所有的镇定席卷得一干二净。

"我不想再陪你玩恶作剧了。"

徐燃垂着头,双唇轻轻一碰:"不是恶作剧。"

"那是什么?"程柔上前捏住徐燃受伤的右手,"那你告诉我是什么？你让周甜甜和我交朋友，让余一看着我，暗地里帮我赶走找我麻烦的人，徐燃，你要身披斗篷当英雄，保护的对象也不应该是我，当初带头欺负我的人明明是你。"

程柔质问的声音因为生病变得软糯糯的，半点威慑力都没有，但徐燃看着她，感觉所有的力气都被她抽走了，连手腕上的疼痛都无从感知。

他用最后一点力气反手握住程柔的手腕，开口闭口的声音吹散在秦淮河面。

"程柔，你知不知道并不是所有的英雄都穿斗篷，魔王也穿斗篷，但是这个魔王，他想要有朝一日能够成为你的英雄。"

Chapter 4
● 那就从坐我车后座开始

（1）

"你如果一直不认，那我就只能叫你父母过来。"

"平时挺乖巧的一人，怎么会动手打人？好在关颜伤得也不严重，这几天学校有领导莅临，我也不想把事情闹大。"

"道歉吧，先道歉。"

道歉，奶奶就不用跑这一趟，爸妈也不用空出照顾程桉的时间来处理她的事情，自尊算什么呢，除了她自己又没有人在意，结果比真相重要多了。

程柔低着头，糟乱的头发有几绺从额头垂落，左右摆动着，她的十指紧紧在身前绞动，指尖泛白像是她毫无血色的脸。

咄咄逼人想要尽快息事宁人的班主任，恶人告状哭哭啼啼的关颜，趴着门窗看笑话的同学，她像一只被锁进橱窗的蜜蜂，横冲直撞又孤立无援。

我没有推关颜，我只是轻轻碰了她一下，她怎么撞到额头又被图钉划伤手的我也不知道。

程柔动了动嘴唇，千言万语都消散在周身如炬的目光里，只剩一句带着妥协和软弱的道歉。

她记性其实并不好,但人的劣性就是常常折磨自己,难过、窘迫、丢脸的记忆要比快乐、感动、兴奋的时光更深刻。

所以她脑海里关于那天的记忆永远都是崭新鲜活得像是充满生命。她记得她走出门后楚楚可怜的关颜脸色骤变发出的冷笑声,记得对方凑在她耳边幸灾乐祸地说了一句话,她那天仅剩的自尊心便随之一点一点地溃败、陨落。

关颜说:"你在等徐燃帮你吗?可这件事原本就是徐燃让我做的,他对待新同学向来如此,假装接纳再狠狠抛弃……你才知道吗?"

大门"嘭"的一声砸在墙上,发出一声重响,程柔浑身一颤恍如隔世般从记忆里抽出身。徐燃收回脚大大咧咧地走进教导处,身后跟着一脸气定神闲的沈落。周围的老师敢怒不敢言,对徐燃蹙眉而视,程柔则略带意外地望向沈落,对方在迎上她的目光时十分嫌弃地翻了翻白眼。

方主任一脸需要速效救心丸的表情走到徐燃身边:"小祖宗,你又要干吗?"

徐燃收起一身痞气,友好地冲方主任笑了笑:"破案啊。"

他舔了舔小虎牙,侧头看向从一开始就惶惶不安的关颜,对方却自始至终都没抬起头。

方主任眼皮跳了跳:"你捣什么乱啊!"

徐燃道:"我有办法证明程柔没作弊。"

方主任皱了皱眉神色不满,但也没再开口赶人。

期中考试第二天,程柔因为昨天夜里着凉,当天的精神状态并不好,上午第一科数学考试时,整个教室都是她吸鼻子的声音。但是哪怕她头昏脑涨、精神不佳也没想过要去作弊。关颜却一口咬定她私带小抄,更令人匪夷所思的是,关颜从她纸巾里确实翻出了小抄。当时碍于下午还有考试,方主任便压下这件事,等今天考试结束才来处理。

程柔的眉头不自觉地皱起，神色肃然地盯着地面回忆当天的情形。关颜在一边把方才说过的话重复了一遍。

她在数学考试刚结束时路过高二十九班的教室，当时学生会的学生正在检查门窗准备锁门，她进去帮着对方检查反向排列的课桌抽屉时发现了程柔藏在纸巾里的小抄。

"我当时原本没在意，是瞥见隐隐有黑色笔迹才拆开来看的，但没想到……"

关颜的声音恰到好处地戛然而止，检查门窗的学生也说过她当天确实遇见过关颜，而且是在监考老师刚离开不久，其间也没见过其他人进去过。

方主任拿起办公桌上的小抄仔细端详了片刻领到程柔眼前让她辨认。

程柔的视线在接触纸张后瞬间一僵，坐在一旁的张印火烧眉毛般急忙凑近一看，确实是程柔的字。

"放……"张印咬了咬牙，话音急停，硬生生转了个圈，"胡说！程柔不可能作弊，她的成绩大家有目共睹，她犯不着冒这个险。"

关颜冷言冷语地接上："也可能这次并不是第一次。"

张印原本脾气既火爆又爱护短，闻言气得跳脚，连为人师表的基本气度都不顾，食指虚虚地往关颜身上一指："你这小姑娘家家的脏水一层又一层，你都多大了，还以为童言无忌吗？"

方主任立马手掌虚握，凑到嘴边轻咳一声，张印才不得不闭上嘴，哼唧一声脑袋歪在一边。程柔心中一暖，却碍于她是事件当事人，硬生生把笑意掩进唇齿。

但整个教导处的气氛却刹那沉重起来，所有人的眼神都下意识看着程柔，只有徐燃兴致索然地拿脚尖蹭了蹭地面。

"不是我说，单凭一张纸你们就认为程柔作弊也太草率了吧！想要拿到一张她字迹的字条还不容易吗？她那七八本笔记本随便撕一张就是了，况且贼喊捉贼也说不定。"

关颜脸色一阵青一阵白："我没有！徐燃，说话要讲究证据。"

徐燃顿了一下视线往门外看了眼继续道："证据有的是，不过，我们先来说一说你路过十九班的事情。"徐燃偏了偏头，沈落便从口袋里掏出U盘递给方主任，凑近低语几句示意他在电脑里查看。

方主任微微诧异，过了一会儿，他的目光堪称严厉地扫过沈落和徐燃。学校的监控没有校长允许是不能随意查看的，他们不仅调看了监控还拷进了U盘里，这要不是校长松口就是他们偷偷潜入了门卫室。但他们坦荡荡地直视方主任，没有半点做贼心虚的胆怯，沈落甚至乖巧懂事地冲方主任笑了笑。

程柔电光石火间想起了沈落的父亲是沈桦南，秦淮十三中的顶级"赞助商"。

徐燃摸了摸鼻子，避开方主任的目光围剿解释道："里面是沈落方才在门卫室调出的监控。十一月十八日上午，数学考试结束后，关颜一共在监控里出现过四次，分别是C栋教学楼的一楼到四楼楼梯平台的三台监控以及四楼十九班走廊的监控……放学回家你从一楼路过四楼这个说法你自己信吗？"

关颜的手指扯着校服衣角，语速很快："学校并没有规定放学后不能从一楼跑到四楼，无论走去哪里都是我的自由。"

"但监控拍到你前三次的间隔时间都不长，七秒或八秒，而且监控里可以看出你当时很着急，四楼走廊的监控也能拍到你当时第一时间向左转，也就是十九班的方向，所以你去四楼路过十九班不是偶然，是蓄谋已久吧。"

关颜脸色煞白，方主任已经在沈落的协助下将U盘插进主机里，寂静的空间里只有敲按鼠标的声音。

关颜眼神躲闪，语气中带着一丝慌乱。

"我……我好像记错了，我当时是要上去找同学，对，我是上去找同学。"

徐燃掏了掏耳朵，一脸不耐烦："几年几班？姓甚名谁？"

"高二五班，刘洋。"

徐燃顿了一下，突然笑了一声："准备得还挺充分。"

沈落抬手撞了撞徐燃的胳膊："你怎么知道她说的是真的？"

徐燃的视线若有若无地扫过门口，漫不经心道："我看过期中考试的考场安排，脑子里记着呢。"

徐燃向来对数字记忆超群，记住也不奇怪，但沈落的目光倏忽落在程柔身上，脸上的神色带着说不清道不明的意味，开口说出的话却是冲着徐燃的："你没事把整个考场安排表看一遍干吗？你要找谁？"

徐燃视线瞬间一僵，掀起眼皮若有若无地瞄向程柔。距离他们上次争吵已经过去两个星期了，两人之间的交流可谓少得可怜，连一向掌握主动权的徐燃都莫名在那之后鸣金收兵，悄无声息。如若不是因为这件事，或许他们之间莫名其妙的冷战会延续更长时间，徐燃念及此心中一阵怅然翻涌，眼神甚是哀怨。但程柔尚未来得及思索对方这委屈巴巴的眼神是何意，就见周甜甜和陈北洺一众人气喘吁吁地闯进教导处，手上拿着一本原本属于程柔却在关颜寝室被找到的笔记本。

秦淮漫长的夏天终于过去了，秋风吹过，在河面上荡出一圈又一圈涟漪。黄昏时分，金灿灿的光线一一浮在水面上，撞击到程柔瞳孔里，散成一片光晕。程柔站在桥身中央，一边看河面一边听盘腿席地而坐的老人家拉手风琴。

对方伸出食指将墨镜往下一拉，眉目慈善地问程柔想听什么。

程柔蹲在对方面前，把口袋里的一张写满乱七八糟数字的十元纸币扔进一旁的红木匣子里。

"有没有让人听了就会开心起来的曲子？"

老人家顿了一下，干瘦的手指摩挲在手风琴的两个和弦按钮上，随后就响起一阵厚重又婉转悠长的乐声。

这首曲子并不欢乐，它叫《夏日的最后一朵玫瑰》，和她十四岁那年听到的曲子一模一样。

程柔没有走进闹市，而是绕了远路沿着秦淮河岸回家，呼啸而过的车声和小孩子追赶的嬉闹声混杂在一块，几乎要把身后不易察觉的脚步声全部掩盖了。

程柔不紧不慢地继续往前走，声音平缓道："我十四岁那年走过秦淮桥时也点了一首歌，我当时也问他'有没有让人听了会马上开心起来的曲子'，他问我为什么不开心，最后便给我拉了这首《夏日的最后一朵玫瑰》。你说，这世界上是不是不快乐的人太多了？所以他总拉这一首。"

程柔絮絮叨叨的声音越来越低，她右腿微弯脚尖用力踹远了一颗小石头，视线落在石头停止滚动的落脚点上。

"况且，那时候我并没有感到多开心，我几乎哭了一路走回家。徐燃，我原本一点都不想告诉你……

"那样你就不会知道当年面对你恶作剧般的带头欺凌，我除了愤怒还有无可名状的难过，甚至在后来面对花样繁多的捉弄和嘲讽时，我都没有真正相信过他们口中的'徐燃授意'这四个字。"

程柔突然停在马路边上，临近入夜，疾驰的车子灯光大亮，直直落在她身上几乎让她视线模糊。她的声音终于无法保持平静像一把老旧的口风琴，发出破碎的音调。

"你为什么要站出来？如果你像当年一样对我不管不顾就好了。你知不知道当年我被关颜诬陷欺负她的那天，关颜对我说，你以前也是这么对待新同学的，假装接纳，然后狠狠地抛弃……"程柔低着脑袋，哽咽声转瞬便消散在沥青路面上，"可我压根不信，我一心跑着去找你，你还记得你对我说什么吗？

"——程柔，你是有多蠢才会相信我？我巴不得和你以及所有人形同陌路。"

程柔伸手用校服袖口蹭了蹭眼睛，突然感觉脖颈被一只手臂虚虚地环绕着，动作很轻，像害怕吓到她似的。

徐燃的声音落在她的头顶，字字句句都是无声的示好。

"当时我爸妈刚准备离婚，我整个人都乱了，我一定是脑子烧坏了才会那样说,我当时还休学了一段时间,我并不知道关颜假冒我的名义带头去欺负你。程柔,你怎么就信了关颜的话……我怎么可能会欺负你……"

徐燃伸出另一只手压了压她的头顶,小声道:"我不是辩解,我是请求你,你别不理我。程柔,你对我来说是不一样的,你跟他们不一样。"

霓虹灯远远地亮起,黑夜苏醒,整个秦淮亮如白昼,那么亮,像要驱散程柔心中所有的雾霾和难以启齿的酸楚。

或许徐燃永远都不会明白她曾经内心里的挣扎,就像她此刻也并不明白徐燃所谓的不一样是指什么,但是……

程柔半裹在校服袖口的手指轻轻颤了颤,像秋风在她十指之间绕了个旋,又像冗长的夏日在不动声色地跟她告别。

这算是冰释前嫌了吧?

(2)

程柔双眼紧闭,翻了个身,把脑袋埋进枕头底下,可是即便如此,她还是能隐隐听见徐燃的声音,好像还夹杂着锅碗瓢盆轻磕在一块的脆响声。她愣了片刻,才发现这不是梦里的声音。她一把掀开枕头坐起身,枕头砸中床头柜上的闹钟发出不小的动静,她还没反应过来,一阵急促的敲门声便传入耳畔。

"你怎么了?没事吧?"

徐燃的声音隔着木门传进来,程柔有点茫然地揉揉脑袋,片刻后才想起昨天两人在秦淮河岸已经化干戈为玉帛了。

徐燃等了一会儿没听见回应,忍不住把耳朵凑近房门辨认里面的声响,直到听见缓缓而来的脚步声才往后退了一步。

木门"咔"的一声由外往内推开,程柔脸上还带着初醒时的迷茫,视线软绵绵地落在徐燃的脸上,解释道:"没事,我做噩梦了。"

徐燃看着她,察觉到自己脸上的温度有点高,便悄无声息地又往后退了半步,随口问道:"你梦到什么了?"

"梦到你。"

徐燃："……"

程柔这句话说得无比自然，流畅到她说出口时才反应过来自己说了什么。

徐燃心情复杂地看了看她，闷声道："吃早餐了。"

程柔盯着徐燃走远的背影看了两秒，抬手轻拍了一下额头，才讪讪回房洗漱换校服。但等她出来时，却没有在餐桌前看见徐燃，倒是她旁边的位置上多了一个蘸着奶渍的杯子。程莹把刚从奶锅里倒出来的牛奶放在她手边。

"燃燃吃饱了，在外面等你呢！"程莹的视线透过镜片缓缓落在程柔脸上，"你们和好了？"

程柔嘴里咀嚼的吐司面包瞬间变得僵硬无比，她无意识放慢咀嚼的动作，笑着说："奶奶，我们又没吵架，哪儿来的和好啊。"

"嘿，你们可别欺我老啊，你看前几天我让燃燃进来吃早餐，他哪次敢了？"

程莹伸手拍了拍程柔落在牛奶杯壁上的手背，柔声劝道："你别总跟人家闹，燃燃他爸妈离婚早，他爸平时又不着家，身边也没什么朋友，性子又那么懂事乖巧，也不知道在学校会不会被欺负。唉，我也帮不上什么忙，早起给你们俩做了午饭便当，你一会儿记得给燃燃啊。"

程柔顿时噎了一口，抬手顺了顺喉咙暗道，人家不仅有朋友，还有小弟呢，况且谁敢欺负他？他不欺负别人，方主任就谢天谢地了。

程柔一阵腹诽，脸上依旧淡然地吃早餐，抽空点点头，顺带把程莹给他俩做的便当带上。程莹早上偶尔和后巷的周奶奶一众人去逛花鸟市场，程柔起先不放心，总要陪她走上一段，几次下来后，也不好意思再跟在一群爷爷奶奶身后走，只叮嘱她要把手机带上，有事情就给自己打电话。程柔推开院门时，她还在内屋和周奶奶通电话。程柔关上门转身的瞬间，就瞥见徐燃一只脚着地，坐在自行车座上玩游戏。

大概是听见响动,他偏了偏头看着程柔,话却冲着游戏另一端的人说:"不玩了。"

"嗯?哎哎哎!你干吗去啊!我们都快赢了!"

徐燃摸了把鼻尖,漫不经心地冲林晏道:"吓着人了,我得护送人家去上学。"

"人家?谁是人家?你……"

徐燃把手机塞进口袋里,隔绝了林晏余下的所有追问。程柔想起方才自己说过做噩梦梦见徐燃的事情,知道徐燃在打趣她。她没吭声,直直路过徐燃往前走。

徐燃跟在她旁边,脚尖轻轻踩了踩踏板,为了避免车速太快,他又拉了拉刹车把,磕磕绊绊地在程柔身边晃悠。

程柔一脸无奈:"你先去学校吧,别跟着我。"

"我不着急。"徐燃顿了一下,意有所指,"我换车了。"

程柔下意识看过去,发现徐燃脚下踩着的不是以往那一辆耀眼的亮金色山地车,而是一辆纯白色凤凰牌自行车。程柔倒是第一次见他买有车后座的自行车。

这可不符合秦淮十三中扛把子徐燃同学的风格。

"你以前那辆车呢?"程柔问。

徐燃耸耸肩:"被偷了。"

程柔狐疑地看着他。

徐燃的视线移了移,按在刹车把上的手指无意识地敲了敲,一脸痛心疾首:"我昨天跟在你身后回家,就把车停学校了,但我哪想到那该死的偷车贼神不知鬼不觉潜入学校把我的车偷了,没办法,我只能换一辆了。"

程柔俨然想起昨晚徐燃从身后环住她脖颈的手臂,滚烫又灼热。她心里一跳,有意转移话题,但还没开口,就见徐燃的身影一晃落在她身前,拦住她的去路。

徐燃指了指前面的车篮筐,又扫了眼车后座:"来,书包放这儿，你坐后面。"

"学校就在前面，我走过去。"

徐燃没说话，却拦在她身前一动不动，她正想着找什么借口搪塞过去，视线忽然瞥见远处秦淮桥中央蹿出一抹熟悉的身影。

程柔抬了抬眼皮，问徐燃："你说你的车哪儿去了？"

"偷车贼偷走了啊！"

徐燃话音刚落，就听见身后远远传来林晏的呐喊声，铿锵有力，惊天动地。

"燃哥。"

徐燃："……"

程柔看着林晏脚下那抹越来越近的亮金色，皮笑肉不笑地瞟了徐燃一眼。

"偷车贼同学喊你呢。"

程柔掠过徐燃往桥头走，林晏与她擦身而过，堪堪停在徐燃身前，一脸真挚地追问。

"人家到底是谁啊？"

徐燃心中的一腔怒火顿时腾升而起："你管她是谁呢！你这打破砂锅问到底的精神怎么没见你在梁续面前体现体现啊！"

徐燃调转车头，越想越气，一脚踹向林晏的车轮。

林晏往旁边一躲："你狠起来怎么连自己的车都踹？不过我刚骑了一下，没觉得这车有问题啊，你干吗换新车？还带后座？你现在这辆车一点都不酷。"

徐燃脚踩在踏板上，用力蹬出去："你吧，放电视剧里活不过两集，而且还是死于话多。"

（3）

程柔路过行政楼大厅，正好看见公告栏里贴着关于关颜的处罚，回家反省一周加三千字检讨。程柔扭头扫了一眼，脚步不停地穿过走廊往C栋走。前方一众背着书包的学生，有几个是十二班的同学，正凑在一块低语什么，程柔隐约能听见自己的名字。她叹了一口气，疑邻盗斧是人的又一劣性，哪怕关于作弊的事件已经真相大白，但还是会少不了风言风语。她下意识放慢脚步，但没退几步就被人从身后拍了一把。

"干吗呢？你不会是没电了吧？"

陈北洺笑嘻嘻地往她肩膀上戳了戳，嘴里念念有词："开关在哪儿？这里吗？你用几号电池啊？"

程柔笑了一声："早啊。"

"不早了，还有五分钟就打预备铃了。昨晚去上乐理课，害我生物练习册都忘了写，希望'笑面虎'这次抽查别抽到我。"

陈北洺是音乐生，平时在音乐室受音乐老师熏陶，回家还得上小三门课程。有一次上音乐课，他上去弹了一首钢琴曲，把十二班一众女生迷得七荤八素，连周甜甜都对他赞不绝口。

程柔心里琢磨了一遍："他这次应该会抽七、十五、二十八、三十四、四十一。"

陈北洺一脸好奇："你怎么知道？"

"他上次抽五、十三、二十六、三十二、三十九，上上次抽三、十一、二十四、三十、三十七，我估摸着他都是前一次往上加两个数吧，不过我都是瞎猜的。"

陈北洺冲她竖起大拇指："高手！不说猜得对不对，光是你能记住之前抽的号数，我就很佩服了。"

程柔微微一愣，记数字不是她的习惯，是徐燃的习惯，她竟然潜移默化地被徐燃影响了？

她收了收心神，抬脚上楼梯，顺着话题问起陈北洺的号数。

"二十八吧。"陈北洺道。

程柔看着他，他顿了一下："是二十八，昨天擦黑板轮到吴琛了，他是二十九号，我是前天擦……"

吴琛是十二班的体育委员，也就是陈北洺的同桌。

陈北洺大手一拍大腿，往教室狂奔："我是二十八！'笑面虎'

今天抽我啊！"

陈北洺猛地冲破前方凑在一块嘀咕的同学，对方被吓一跳，倚着楼梯扶手，咋咋呼呼地骂人。陈北洺还抽空回头摆摆手笑了一声。

"不好意思，不过……好好走路，没事就背背古诗词，别什么乱七八糟的都相信。"

他们顿时一愣，似有所觉地回过头，看见程柔后，立马扭头快步上楼梯。

周甜甜一早就在教室里坐着和陈北洺神同步地埋头抄作业，程柔放下书包凑近看了眼，提醒道："你得红黑字迹交叉着来，你这一通黑，生物老师肯定怀疑。"

周甜甜顿悟，在笔袋里找红笔，嘴上问道："你和徐燃没事吧？"

程柔推开桌面上的书，探头看课程表："我们能有什么事？"

周甜甜顺口道："徐燃巴不得你们之间有点事。"

程柔侧头看着她。

"我的意思是没事就好，没事就好。"周甜甜的笔尖在练习册上戳了戳，注意到程柔正在看课程表，神色顿时恹恹，"别看了，今天三节英语课呢，张印请假了，两节语文改上英语，英语课代表刚在讲台上说了。"

张印请假的次数很少，为数不多的几次都是为了……

程柔和周甜甜心照不宣地对视一眼，周甜甜轻轻哼了一声，佯装不满。

"张印倒是没瞒着，班级群里有人问他，他就直说是陪女朋友去打点滴，让我们乖乖上课……这狗粮撒得，管饱。"

张印除了脾气暴了点，其实长得不错，不开口说话时俨然就是一副谦谦君子的模样。他上次请假，代课的化学老师就在课堂上揶揄了他几句，说他不是秦淮本地人，他女朋友才是，他来秦淮就是为了他女朋友，还因此还放弃了读研究生的机会。当时高一年级有位女老师正对他芳心暗许，听说这事之后，一颗心噼里啪啦地碎了一地。

教室里一阵起哄，女生直嚷嚷着浪漫，化学老师捏着半截粉笔无奈地摇摇脑袋。

"在爱情里，牺牲不是浪漫，互相成就彼此才是。说了你们也不懂，你们还是乖乖上课吧。"

但当时大家只顾着兴奋议论，并没有多少人听清化学老师最后说了什么。

周甜甜这会儿估计也是想起那件事，突然脸红扑扑地问程柔："你说张印会和她结婚吗？应该会吧？听说他们俩大一就在一起了，这么多年呢。"

程柔还没回答，体委突然回头道："难说，别人结婚十几年还会离婚呢。"

周甜甜一阵气急败坏，拿笔袋砸向体委："你就不能说点好的吗？"

"我说的是实话啊！"

吴琛扶着课桌往旁边闪躲，程柔的脑袋又不受控制地想起了徐燃的父母，以及程莹早上说过的话。她在心里琢磨自己方才是不是脾气太大了，或许徐燃真以为车被偷了。

二楼七班教室，林晏与徐燃面对面坐着，左右两边围着好几个人，除了徐燃低头玩游戏，众人都神色肃然地看着林晏。

林晏摸着下巴，神秘莫测道："想要解决问题，首要步骤就是了解问题的具体情况，分析事件六要素，时间、地点、人物……呃，等等。"

徐燃曲着一条腿踩在椅子上，右脚伸长在课桌底下踹了踹横杆，整个桌面顿时一颤，桌子腿在地上发出刺耳的声响。

"说人话。"徐燃的下颌枕在曲起的膝盖上，抬了抬眼皮看林晏，"这是你将功补过的唯一机会啊。"

林晏欲哭无泪，只能硬着头皮解释："做噩梦还梦见你，梦是什么呢？梦境就是反映人们内心深处最渴望或最害怕的事情！"

徐燃皱眉："这么说，她怕我？"

"不不不……"林晏连忙摆手，搜肠刮肚一番，"古话说，日有所思，夜有所梦，她就是心里时时刻刻念着你才会梦到你啊。"

徐燃按下手机锁屏键，手指漫不经心地转着手机往椅背一靠，这个角度没人站着，从窗外溜进来的日光顺着椅子腿漫上他微微下垂的眼尾。

"你的意思是说，她时时刻刻都在害怕我？"

林晏："我不是，我没有，我不敢。"

众人都看出徐燃心情不佳，嘻嘻哈哈地溜之大吉，只有林晏坚持不懈地自我拯救。

"燃哥，你不能这么想啊！梦境这东西好坏不由人，不能说她做了噩梦就是害怕你，但她肯定是念着你的，就像余一上次说的那个什么皮……皮卡……皮格马利翁效应！你期望什么就会得到什么，你如果……"

"麻烦帮我叫下徐燃。"

林晏瞪大眼睛，脖子一卡一顿地扭过头。

七班整个教室瞬间安静下来，所有人的视线都落在站在教室门口的程柔身上。

徐燃靠着椅背，愣愣地侧头望向程柔，话却是冲着同样一脸震惊的林晏说的。

"林晏，你小子在线作法了吗？"

程柔捧着便当，对着一众人干巴巴地笑了笑，手指局促地摩挲着便当盒。她是听说七班学生不太安分，班里又有徐燃坐镇，经常逼得梁续脑袋一阵一阵地疼，但这静坐不动是什么毛病？

程柔尴尬地抬手指了指徐燃："你，出来一下。"

"啪啪啪。"

众人突然神情激动地拍着桌子起哄，口哨声、唏嘘声络绎不绝，程柔的脸瞬间一红，看着徐燃在一众欢声笑语里笑着向她走来。

程柔：我该不会是走错片场了吧？

徐燃笑骂一声无效后，抬手直接关了教室前门。

徐燃抱胸倚着教室门，声音带笑："你找我啊？"

程柔把便当递给他："奶奶给你做的，早上我忘记给你了。"

徐燃抬手接过便当盒，透过透明盖子往里看了一眼："辣椒炒肉和牛肉饼？你的是什么？"

程柔嘴脸抽了抽，这家伙还带挑食？太得寸进尺了！

程柔急忙道："辣椒炒肉和可乐鸡翅，但我绝对不会和你换！"

"想什么呢，我是怕你的和我一样，你不是不吃牛肉吗？"

程柔微微一愣，徐燃趁机伸出两根手指捏了捏她的肩膀："辛苦你送过来，我为你捏肩。"

徐燃身后的教室门顿时一响，传来一阵哀号声。

徐燃置若罔闻，继续道："中午放学，一楼食堂三号窗口前的桌子，记得过来。"

"我……"

徐燃一只手握住她的肩膀，把她一百八十度大转身："就这么说定了，路上小心。"

程柔："……"

（4）

哪怕程柔百般抗拒，最后还是捧着便当盒去了食堂一楼。周甜甜知道后双眼亮如白昼，意味不明地揶揄她几句，就跑去找林晏一块吃饭了。自此，她每一次去七班教室都会迎来一阵山呼海啸般的起哄声，每次都让她的血液从脚脖子直接上涌到双颊，偏偏徐燃还袖手旁观，笑着看她手足无措一番，才大发慈悲地从教室里走出来。

后来程柔索性以程莹身体为由让程莹放弃做便当，徐燃当时正站在程家院子里帮程莹搬花盆，闻言动作一顿，放下搬到一半的花盆在一旁唉声叹气，程莹立马关切地问他是不是累了。

徐燃拍了拍手心里的尘土，乖乖应道："不累，我就是觉得平时太麻烦您了。"

程柔修剪残枝落叶的手一抖,"咔嚓"一剪子了结了一束含苞待放的娇花。

程莹不悦地板着脸,言辞凿凿地指责徐燃不把她当奶奶看,徐燃自是赶紧赔礼,一番你来我往之后,她倒是答应不再做便当,而是直接让徐燃中午同程柔一块回家,让许阿姨做饭。

程柔无奈道:"来回太麻烦,我直接在学校吃就行了。"

徐燃无缝衔接:"对,我们俩在学校一块吃,奶奶我帮您看着她,不让她挑食。"

程柔太阳穴的青筋一阵跳动,狠狠剜了徐燃一眼。

徐燃压低声音道:"你不想奶奶知道便当里的那些青菜是怎么消失的吧?"

程柔一阵追悔莫及,当时把青菜倒进残渣桶时应该背着徐燃!

她顿了一下,压下怒气,胡乱冲程莹点了点头。徐燃立马得意扬扬地伸了个懒腰,哼哧哼哧地连搬好几盆花。

程柔站在淤泥里,左手还拿着一把花剪,旁边半米高的丽格海棠轻轻地蹭了蹭她的裤腿。徐燃半弯着背脊,小心翼翼拿指腹抹去嫩叶上的泥沙。他认真时下颌总是微微紧绷,目光烁烁像落着光,一点都不见平时懒散又不正经的样子。她这会儿看得走神,突然听见徐燃带笑的声音裹着满室芬芳砸在她脸上,羞得她无处藏身。

"你再看,我就撑不住了。"

当时程柔绝对没想过小恶魔徐燃隔天会软弱无力地靠在她身上,连说完一句话都带着奄奄垂绝的气息。徐燃在她心里一直是吊儿郎当又无所不能的存在,恍然间软弱得像兜头一场的仓促大雨,打得她措手不及。

这件事的罪魁祸首是关颜。

后来程柔无数次回想那一天的细枝末节,越发觉得自己脑袋是被门缝夹住才会相信关颜的话。可是她当时并未察觉到关颜的意图,以为关颜苦口婆心发短信说想要道歉的心是真的,因为处罚没办法进学校是真的,她所有的智商都在那一天卷铺盖遁地而逃。

直到被一群流里流气的混混推进酒吧,她才恍然大悟自己上当受骗了。

带头叼着香烟的文身男拿她的手机给徐燃打了电话之后,他们便三三两两地坐在酒吧角落的沙发上摇骰子喝酒。程柔被反手绑着,只能尽力拿脚尖蹭着地板让身子缩进阴影里。这会儿刚放学不久,但酒吧大门紧闭宛如黑夜,头顶闪烁的霓虹灯璀璨又刺眼,程柔唯一庆幸的是这会儿酒吧人不多,没有播放震耳欲聋的音乐。她缩着脖子,突然被一阵袅袅白烟呛得咳嗽连连,眼圈一阵泛红。一个矮小的男生坐在她旁边的沙发上,一边吹烟圈,一边笑得恶心又猥琐。

徐燃就是在这时候进来的,一脚踹开大门,身上还穿着十三中蓝白色的校服,与一室躁乱无度格格不入。他的视线落在程柔身上,无声地冲她笑了笑,抬手拖着一旁的升降转椅单枪匹马闯进包围圈里。

程柔其实离得不远,但她的脑袋从看见徐燃开始便一阵晕眩,所有的镇定和垂死挣扎的伪装轰然坍塌,恐惧一股又一股地涌进她的四肢百骸。她只看见他们平静地交谈几句后,有人往玻璃桌上扔了一把泛着银光的折叠刀,她的背脊瞬间一凉。

文身男嘴边咬着一根烟,含糊不清地冲徐燃抬抬下颌:"徐燃,哥拿钱办事,不见血没法交代啊,你要是怕疼,不如让她替你算了。"

周围顿时一阵哄笑,程柔眼前突然乍现一道冷光。黄毛混混不怀好意地在她眼前挥舞匕首,冰冷的刀面擦过她的鼻尖,她吓了一跳,下意识往后躲了躲,又引起一阵讥笑。

徐燃分开腿坐着,伸出两指捏着折叠刀在白色毛巾上漫不经心地戳着,四周烟雾缭绕,他的神色也像笼着一层看不清的细纱,他凑近对方笑了一声。

"抓女生多无趣啊,你先让她走。"

对方嗤笑一声,手指夹烟在烟灰缸上抖了抖,咬牙切齿道:"她走了多没意思啊,你是不是乖乖仔的形象扮多了,这会儿连胆都没了？还是你怕她看见啊？怕吓着人了？你当年把我弟砸进急诊室的时候怎么不想想他会不会吓到？"

啤酒瓶砸在地面上，玻璃碴四处飞溅，徐燃坐着没动，下颌处一道半指长的血痕冒着血珠，程柔脑袋"嗡"的一声响，这是旧仇？她恍然想起当年徐燃在临湖中学凶狠残暴的模样，内心恐惧到了极点，却只敢小声地叫着徐燃的名字。

徐燃的手指微不可察地动了动，不过一瞬间，程柔就看见他左手五指张开，右手握住锋利的刀尖临近虎口处往下一压，猩红的血液瞬间晕染在白色毛巾上，像缓慢地凌迟。

徐燃站起身一字一句道："你要算账就别扯上她，你人多势众，我就这一条命，但你知道，我反正不要命。"

程柔仿佛被上帝拿走了说话的权利，几次开口都发不出一个字，往下压住的刀锋和浸血的毛巾在她眼中缓缓扩散。她微微挣扎却被人狠狠压制住，只能无意识地呜咽和掉眼泪。她已经记不清林晏一群人是什么时候闯进来的了，只知道在双方混战中，徐燃把校服披在了她身上，脸色苍白地帮她解手腕上的绳子。

"你吓到了吗？没事了……对不起，没事了……"

徐燃语无伦次地凑近程柔，和她说话，但她还没开口，就听见玻璃酒瓶砸中头部发出的声响，她瞪着干涩的双眼，抬手撑着软趴趴倒在她肩上的徐燃。

"别怕啊……没事了……"

周身一片喧嚣，程柔只听见这一句呢喃。

程柔小时候经常往医院跑，但无论去多少次，她内心对医院总是充满敬畏和避讳。程桉每天逗她笑，但唯独去医院检查那天他会绷着脸不说话。她有一次问他："你想什么？"

程桉看看她，很轻地说道："我想着一会儿要和你去吃什么。"

程柔当时不明白，现在想来总觉得程桉当时应该是害怕的，她害怕的时候也不想说话。她搓了搓手指上干掉的血迹，走廊上的医护人员从她身前走过,像夜间摇曳的树影,一暗一亮。林晏和余一站在过道上和徐父的助理说话,徐父的助理字里行间委婉地表达着徐父忧心忡忡但迫于工作无法脱身的窘状。她垂着脑袋,搓到指尖发麻堪堪停下,时间游刃有余地从她张开的手心掠过,直到摊开的掌心里被塞进了一块湿纸巾。她愣愣地抬头,身前站着一个陌生男人。

临近十二月的秦淮微微透着寒意,对方身上的皮衣还带着室外的凉风,他手上捏着一根没点燃的香烟,身上带着一股说不出的痞气。

"三哥。"

林晏干巴巴地喊了一声,下意识往这边跨了两步。程柔看着对方从耳后根一路蜿蜒进后颈的文身,电光石火间想起林晏闯进来时,身后跟着的人就是他,而且当时除了林晏和余一,剩下的人都不像学生,估计是对方带来帮忙的人。

程柔握着那块湿巾没吭声,心里一阵惶惶不安,对方蹲下身歪着脑袋看了看程柔,支着下巴笑了笑,衬得他左眼的断眉异常明显。

他的年纪看起来比程柔他们大几岁,细长的眼尾总是微微翘着,带着孤傲和狠劣,但笑的时候会温良很多。程柔莫名其妙地想着,对方突然伸手拽了拽湿巾。

"擦擦吧,一手血呢。"

林晏和余一脑内警铃一响,纷纷站起身。

程柔不明所以,低头乖乖擦手。

"程柔?"

"嗯。"

"你长得跟你哥挺像的。"

程柔手上动作一顿,对方站起身,挥了挥手腕,冲林晏道:"让徐燃下次别那么冲动,我让他拖着又不是让他拿命拖,我先回去了,有事打电话。"

林晏应了一声,陪着对方往外走。程柔的思绪像被台风扫过的街上的碎纸屑一样胡乱飞腾,但她还没想明白,徐燃的清创缝合已经结束了。

"CT检查正常,颅内没有受伤,头部缝了十一针,虎口缝了六针……好的,我知道了……"

程柔一边听徐父的助理对着手机汇报检查结果,一边蹭到病房门口。徐燃这会儿正皱着眉阻止护士给他的手背扎针,林晏和余一像左右护法一样拦住他起身的动作。他难敌四手,不耐烦地坐下,目光突然扫到程柔身上。

他顿了一下,平静地扭头问:"护士姐姐,真的只需要住两天吗?我觉得我脑袋有点疼,手也疼,要不要再检查看看?"

护士一边往病历本上写东西,一边瞄了他一眼:"你刚不还活蹦乱跳的吗?放心吧,你身体好,没什么事。"

徐燃顿了一下,往身后立起的枕头上轻轻一靠,意有所指道:"我脑袋疼,想静一静。"

余一立马拉上林晏跟随护士往外走,走到病房门口还不忘冲程柔点了点头。

程柔磨磨蹭蹭地站在徐燃眼前,徐燃抱胸侧头看她,面无表情地推了推一旁的椅子。

"坐。"

程柔立马正襟危坐,双手贴在膝盖上,一副严阵以待的模样。

徐燃挑了挑眉,神色淡淡道:"所以是怎么回事?"

徐燃很少有这种表情,看似漫不经心,实则比冷若冰霜更吓人。程柔的手心蹭了蹭膝盖,事无巨细地说了。

徐燃一针见血:"你是傻瓜吗?"

程柔:"……"

"她让你去你就去,你不会事先给我打个电话?"

"我……"

"你什么你,这次如果不是三哥……"徐燃顿了一下,视线往缠着绷带的左手看过去,"你要是受伤了怎么办?这把刀要是划在你身上怎么办？"

整个病房静谧无声，只有徐燃落下的重音轻轻回荡在四壁，头顶的白炽灯光像流光轻轻覆在程柔身上，她垂着脑袋，小声道："对不起。"

徐燃刚立起的威严瞬间四分五裂，他摸了摸鼻尖，别别扭扭道："你吧，每次都用这招，偏偏我一招毙命。"

程柔一头雾水。

徐燃抬了抬左手，手心向上，食指僵硬地动了动，程柔站起身俯身凑近他。

"是不是疼？"程柔问。

"不疼，我以前打架肋骨断了三根，右腿粉碎性骨折还能蹦跶去吃饭呢。"

徐燃话一出口立马闭上嘴，神色僵硬地看向程柔。程柔俯身撑得膝盖疼，一时摸不准徐燃的意思又不好退回去坐椅子，索性半蹲着把手臂搭在床沿上。

程柔咀嚼着方才听到的话，佯装恍然大悟："你当时不是说浑身疼，去哪儿都要我扶着吗？原来你骗我。"

程柔和徐燃都在上初三那年，徐家父母正式离婚，当时程柔和徐燃已经毫无交集，偶有几次说话都是因为程莹。那段时间，徐燃总是逃课打架，寻衅滋事，徐父起先因为心生愧疚诸多纵容，后来大概是身心疲惫，失望透顶，后续的事情都是徐父的助理在处理。徐燃住院时也不得消停，砸东西，拒绝治疗，闭门谢客。程柔被程莹念叨得头疼，才硬着头皮去给徐燃送餐，他却出乎意外地配合。他不愿意让别人碰他，所以换药都是程柔亲力亲为，次数多了，程柔便冷脸拒绝。

徐燃当时还没心没肺地调侃她："我没办法自己来，你在身边的话，我原本觉得能够忍受的疼痛，一看见你就没办法了。"

没办法？嗬，他都能四处蹦跶吹吹风，她当时是不是脑部供血不足、脑缺氧啊？竟然信了他的鬼话。

程柔垂着脑袋走神，徐燃以为她正在生气，漏洞百出地在一旁解释。

"我当时没蹦着出去，我就是夸张地说……而且，你知道的，当时没什么人来看我，那些助理、护工我烦都烦死了，所以你来看我的时候我当然要服软，不然你明天不来看我，我死在那里怎么办？"

徐燃说得满不在乎，程柔心里却有些酸涩，机械慰问的助理以及永远忙碌的徐父，徐燃心里真的一点都不难过吗？程柔刹那又想起徐燃在酒吧里说过的那一句"我反正不要命"，眉头无意识地紧紧皱着。

她打断道："你以后别说那种话了。"

徐燃低头看她："什么话？"

"不要命之类的话。徐燃，你要知道，这个世界上有很多人费尽心思想要活着，为家人、为事业、为了拥有一个健康的身体，他们殚精竭虑地为此而努力，你不能这么轻视生命。"

徐燃眼神灼灼，饶有兴趣地反问道："我这爸爸不疼、妈妈不爱的，我应该为了什么？"

程柔没思考过这个问题，一时哑然。

徐燃小声道："为你好不好？"

程柔噌地站起身，满脸通红地往后退。

"徐燃，你神经病啊！"

徐燃笑得一脸开怀，下意识掌心撑着床面想要坐起身，却疼得闷哼一声，往后一倒，脑袋刚蹭到枕头又因为压到后脑勺的伤口，一个鲤鱼打挺，满脸苦痛地坐着。

围观全程的程柔啼笑皆非，走近检查他的绷带有没有渗血，他却伸手拉住她的衣袖，讨好般地仰头看着她。她心里一阵怪异，仿佛他下一刻就要竖起双耳拿狗头蹭她的脖子了。

狗头……

程柔轻咳一声，目光落在他眉骨处的一道伤疤上，伸手碰了碰。

"这里怎么了?"

徐燃顿了一下,笑着说:"这道疤?这是英雄的伤疤啊。"

徐燃是怎么做到把这么中二的台词说得一身正气的?程柔暗搓搓地吐槽。

徐燃浑然不觉,眼睛里落着头顶星星点点的光斑。

"程柔,一共十七针呢,你要怎么报答我?"

程柔探头往他的后脑勺看了看,随口道:"你想要我怎么报答你?"

"以身……"

"闭嘴。"

徐燃深深叹了一口气,退而求其次。

"那就从坐我车后座开始吧。"

Chapter 5
● 你就是我的小星星,挂在那天上放光明

（1）

秦淮的初冬来得迅猛又急促,昨天程柔刚披着一件薄外套在院子里浇花,隔天一早就在被窝里被冻醒了。玻璃窗角落密布着细小的水珠和浅浅一层雾气。程柔从衣柜拿了一件卫衣穿在校服外套里面,照镜子时差点被 XL 版的自己逗笑。程莹在厨房门口听见响动,回头催促她再裹一件大衣。

"穿这么点怎么行,把秋裤也穿上!"

程柔哭笑不得,提着书包往外走:"奶奶,冬天才开始呢,要是我现在就穿秋裤,更冷的时候怎么办啊?"

程莹立马道:"那就两条秋裤!"

程柔连连摆手,转眼便逃之夭夭。徐燃手捧一杯豆浆坐在自行车后座上喝着,看见程柔时,新奇地抬手扯了扯她卫衣的帽子。

"你冷不冷啊?把帽子戴上。"

"不冷!不要!"

程柔连环否决并立马抬手阻止徐燃想往上抬的手,但她顾及他是病患不敢大力阻拦,他偷了空腾空跳起,抓住她的帽子往她头上一罩。

"戴着吧,戴着不冻耳朵……"奸计得逞的得意没在徐燃脸上挂多久,他突然一滞。

程柔的衣服大多数是程家父母从津沽寄过来的,其中也有程桉的丰功伟绩。但程桉总把程柔当小孩,买的衣服难免偏可爱风,程柔方才走得急,这会儿才想起身上这件正是程桉买的卫衣。

程柔一脸窘迫地扯了扯帽子头顶的两个鹿角,抱怨道:"说了不戴了,你怎么这么烦啊。"

徐燃挠了挠脸,视线往下移,抬手拉下程柔的帽子:"那就不戴了,太可爱了,不能戴。"

程柔:"……"

程柔理了理帽子后,把书包扔进自行车筐里,徐燃像老大爷似的坐在车后座等程柔扬鞭启程。程柔第一次载徐燃去学校时还是弯弯扭扭的"S"形走位,经过艰苦卓绝的锻炼之后,她已经能稳稳当当地骑上大路了。徐燃上周刚把头部的线拆了,这会儿后脑勺有一块结痂的伤口,迎风吹着有点痒,但他刚抬起手,她便仿若后背长眼般高声警告。

"别碰,有细菌,会感染。"

徐燃晃了晃脑袋:"结痂了,不碍事。"

风灌进程柔嘴里像迎面撒了把雪花,凉得她不断呼气。她的下巴尽量往卫衣领口里塞,声音便闷闷地从里面传出来:"那你抓吧,我不管你。"

徐燃立马投降,乖乖坐着,还用温热的手心捂住程柔的两边耳朵以示清白,程柔把车头偏了偏却没再说话。

脑部供血充足,所以徐燃头部的伤口好得快些,但虎口处的伤口因为经常动,拆线要比头部晚一个星期。徐燃便趁着这段时间死缠烂打,直嚷嚷着手疼,要程柔载他去学校,程柔反驳无效后只能顺从。

没办法,患者最大。

程柔心里一边嘀咕，一边把车骑进七班的停车位上。下车拿书包时，徐燃突然从身后伸出一只手，食指上挂着一杯热豆浆。

"阿姨早上煮的，我放在书包侧兜，还好没洒。"徐燃挑着眉邀功。

"谢谢。"

程柔刚想接过豆浆，徐燃突然把嘴边咬着的吸管往程柔眼前一递："我这杯好像特别甜，你要不要尝尝？"

程柔顿了一下，脸不红心不跳地接过他手上的袋子往教室走："我不喜欢太甜。"

（2）

高二十二班的教室靠近走廊尽头，但程柔今天刚从楼梯口拐上走廊，就听到班里同学鬼哭狼嚎。

生物课代表手上捧着厚厚一摞试卷，正对照着姓名发放下去，所到之处哀鸿遍野，奄奄一息。周甜甜十指颤抖，视死如归地捧着试卷，程柔凑近一看，七十八分。

"就差两分！我就差一道选择题了！"周甜甜仰天长啸，又不死心地低头检查试题，"不行，我得找找看，是不是笑面虎误判了……柔柔，你看我这个B写得像不像D？"

程柔凑近一看，因为周甜甜写字母B时是连笔，容易把下面的半圆与旁边的竖线重叠在一块，不仔细看确实容易看错。

她给出肯定的回答："像。"

周甜甜大喜。

"但这道题答案是A。"

周甜甜："……"

周甜甜垮下脸，把脑袋压在试卷上，有气无力道："明年的今天就是我的忌日。"

"笑面虎"不仅在课堂上要求严格，在考试和作业上的要求也高得令人发指。生物考试凡是不达标的都要让家长签字交予他检查,还要被迫接受一场关于"别人都能考八十分,为什么你考不上八十分"的心灵教育课。

程柔作为班级里少数九死一生的幸运儿,此刻也不禁心疼周甜甜,但周甜甜沮丧没两节课就找到了恢复元气的法子。当时正好是第三节课间,生物课安排在下午,十二班一群待宰的羔羊在挨刀之前,正想方设法在父母面前打好预防针。

比如:

"妈,这次生物考试太难了,生物老师都说能考八十分的人平时得考九十五分。"

再比如:

"爸,你别跟妈说啊,你帮我签个名,你下次偷偷喝酒我就不告诉我妈。"

还有一种坚信生死有命,富贵在天的同学,面对这等场面依旧心如止水,稳如泰山。

但是周甜甜既不是第一种添油加醋型,也不是第二种曲线救国型,更不是第三种听天由命型,她比较特别,她属于"林晏解千愁"型。

整个教室闹哄哄的,像晨时的菜市场,但周甜甜仿佛套着玻璃罩,心无旁骛地把桌上的课本堆积到程柔桌上,在自己空荡荡的桌面中间放倒一瓶酸奶。

"如果瓶盖指向前面、左边、右边,你就陪我去找林晏,借他们班昨天讲解的生物试卷。如果指向我,我们就不去,有异议吗?"

程柔乖乖摇头,其实不谈这场游戏的公平性,光是林晏有没有好好听课,好好在试卷上写答案都是一个谜,但程柔怎么可能在此时此刻落井下石,当然是完全配合。

周甜甜郑重其事地在手心里吹了一口气,中指往瓶盖上重重一推,酸奶瓶便在浅黄色桌面上高速旋转起来。两人紧张兮兮地趴在课桌上盯着奶瓶越转越慢,越转越慢……然后,瓶盖一头稳稳指向周甜甜。

程柔："……"

周甜甜："……"

"你看见了吗？"周甜甜问。

程柔心领神会："没看见。"

"那我们再来一次！"

过了一会儿，瓶盖再次指向周甜甜。

程柔正想着怎么解释这种事与愿违的玄学，周甜甜突然义愤填膺地从座位上站起身。

"看来这就是天意了。"

程柔斟酌着问："那我们……"

周甜甜理所当然道："天意如此，我们当然是要逆天而行！"

话音刚落，周甜甜就急不可耐地推着程柔从三楼跑下二楼，由于速度太快，拐弯的时候程柔一时不慎，直接撞到了站在走廊上罚站的同学身上。好不容易站起身，身后刹不住车的周甜甜又再次把她撞向对方，这二次冲击让她整个人都落入了徐燃怀里。

"今天这么主动？"

徐燃笑着虚扶了她一下，中间停顿了两秒，才伸手抓住她的胳膊让她站好。

程柔脑袋一阵眩晕，呆愣愣地揉着额头看向徐燃："你的肩膀好硬。"

徐燃愣了愣，低头笑得更欢了，四周围观的七班同学也连连憋笑。程柔还未回过神，就听到年级主任的声音在身后缓缓响起。

"呃，小同学你没事吧？"

程柔浑身一僵，转头时仿佛能听到关节扭转的声音。走廊上立着一排男生，个个背手而站，年级主任手上拿着一盒开封的香烟，正一脸关切地问她，她显然是一不小心闯进例行抓抽烟学生的活动中。

"没……没事。"程柔面红耳赤地往后退，拉住站一旁的周甜甜就往楼上冲，徐燃的笑声仿若鬼魅催赶着她溜之大吉，她慌不择路，还差点撞上楼梯平台的墙壁。

她死了算了！

程柔惊魂甫定地坐在教室里，周甜甜在一旁笑得前仰后合。程柔几个深呼吸后终于压下脸上的热度，羞愤地趴在桌子上，动作太大，校服口袋轻轻撞在桌角上发出一声不易察觉的闷响，程柔一脸狐疑地抬手往兜里摸去——摸到一包香烟。

程柔整个人入定般动弹不得，心里一阵发慌，许舒亭咬着牛奶吸管从教室门进来，见状便往口袋里掏了掏，拿出两根火腿肠。

"程柔，你是不是饿了啊？我这里有火腿肠。"

周甜甜最先笑着接道："你给程柔，那待会儿你吃什么啊？"

"学校食堂中午有炸鸡腿！"许舒亭两眼放光，小声道，"我得留点肚子。"

周甜甜立马手揉了揉对方圆圆的双颊："你也太可爱了，我要是抢了鸡腿一定给你。"

食堂鸡腿供应有限，想吃都得拼手速，许舒亭闻言，开心得肚子咕噜咕噜响，抬手冲周甜甜作了个揖。

"仗义！那程柔，这火腿肠你吃吗？"

程柔刚想摇头，身后却突然蹿出一个影子，一把将许舒亭的零食夺走了。

温思屿三步并作两步地跨上讲台，晃了晃手中的火腿肠提醒道："许小胖，你别吃了，再吃就要往一百二十斤上靠了。"

周甜甜刚收拾好的笑意又撒了一地，她靠着椅背肩膀一颤一颤的："柔柔，不是我说啊，温思屿这辈子绝对死于嘴贱。"

果然，许舒亭愣了两秒，火冒三丈地追着温思屿一通跑，教室里的众人皆乐不可支，纷纷躲闪让道，温思屿一边跑一边笑着解释。

"我是怕你太胖了！"

"你给我闭嘴！"

"我妈说太胖对身体不好！"

"你管我啊！"

程柔刚提起的心瞬间又降了下来,她偷偷摸摸把香烟塞进课桌抽屉里,还欲盖弥彰地抽出几本课本横挡在前面。

陈北洺从外面回来,手上转着一瓶矿泉水,长腿一跨反向坐在椅子上。

他面对着程柔,把脑袋压在椅背上:"程柔,你在后面书架上放了什么书啊?"

"毛姆的《月亮与六便士》。"

"我怎么没看到啊?可能看漏了,我下课去找找。"陈北洺把手上的矿泉水瓶高高抛起又接住,漫不经心地问道,"中午一块吃饭吗?我在奶茶店抽到一张优惠券,能减十五元。"

程柔顿了一下,如果她去找徐燃算账,十之八九会被他拉去吃饭。

"下次行吗?我中午和别人约好了。"

陈北洺把手中握紧的优惠券塞回口袋里。

"当然行,那我把优惠券留着。"

他视线一转,落在程柔桌角放着的豆浆杯上,两指捏着矿泉水瓶盖站起身问程柔:"要不要扔垃圾?"

程柔提起装豆浆的袋子正准备递过去,视线忽然一顿,立马收回手。

"我还没喝完,一会儿我自己扔吧。"

"行。"

程柔等陈北洺走远后,才从透明的塑料袋里拿出豆浆,凝眸看了很久。

通体绘满黄豆的杯身上,有一侧中间用黑色笔画着一个笑脸太阳,因为摩擦,旁边的墨水泛着毛边似的晕染开,微微渗入下面一行的字里。

太阳当空照,燃哥对你笑。

程柔抬手蹭了蹭,仿佛能够想象出徐燃捧着纸杯往上写字的模样,又蠢又幼稚。

中午放学铃声响起，张印站在讲台上边收拾教案边下达通知，一个是家长会的时间，另一个是要遵守食堂规则。最近几天有领导莅临，不仅是食堂规则，还有寝室卫生、上课秩序等张印已经提醒不下十遍，这会儿大家饥肠辘辘，无心听他再细讲，便争先恐后地一一保证。温思屿最是着急，半个身子都快脱离座位，就等他一声令下冲出教室。

张印头都没抬，悠悠道："温思屿，你留一下，跟我解释解释上周的周记为什么还没交。"

隔壁班级已经下课了，一群人闹哄哄地从十二班窗边走过，温思屿急得抓耳挠腮："老师，我下午跟你解释行吗？我这儿有急事呢！"

"你有什么急事？"

"我要去抢鸡腿啊！"

一群迫不及待、待势而发的同学顿时笑岔了气，温思屿脸上红了红，不等张印回话就风驰电掣地冲了出去，其余人立马紧随其后。程柔坐在座位上佯装收拾笔记，等周甜甜和许舒亭走了之后才跑去七班教室。徐燃坐在座位上玩手机，望见程柔时，俨然一副等待多时的表情。程柔皱了皱眉，"啪"的一声把香烟盒拍在徐燃的课桌上。林晏眼观鼻鼻观心地侧头和别人说话，但声音压得很小，注意力显然在他们身上。

徐燃笑着收起手机，一只手支着下巴："别生气啊，我当时是迫不得已。"

程柔冷笑一声："徐燃，你当我是背锅侠是吧？"

"哪能啊，我当你是心……"徐燃拖着长音仰头看程柔，"星星呢，黑夜里放光明的那种。"

程柔充耳不闻，视线瞥见徐燃手上的绷带，原本质问的气势瞬间干瘪瘪地缩成一团了。

"你手上的伤还没拆线，抽烟会吸入一氧化碳，不利于血液供氧，伤口就更难好了。"

徐燃整个人都软了，嘴上却轻佻道："这么担心我啊。"

程柔："……"

"你是不是喜欢我啊？"

程柔懒得和对方唇枪舌剑："你爱抽就抽，反正别拉上我，下次你再敢这样，我就……"

"你就怎样？"

程柔这辈子都没放过狠话，一时接不上，只能冲他一阵龇牙咧嘴，为长气势，还抬脚踹了踹对方的桌子腿。

"反正你要是再犯，你就给我等着吧！"

但徐燃何许人也，程柔软绵绵的威胁在他眼中就跟小幼猫轻轻挠了他一下，痒得他忍不住一逗再逗。

他两眼微弯，水光潋滟地轻声道："嗯，我等你一辈子。"

林晏猝不及防一个趔趄，倒在对面男生身上，压着脑袋闷声笑得轻颤。程柔整个脑袋轰然炸响，恼羞成怒地踹了徐燃一脚才愤然离开。

徐燃不怒反笑，侧头问旁人："看到了吗？"

众人一脸茫然："什么？"

徐燃满脸餍足，声音不自觉地抬高了："啧，打是亲，骂是爱啊。"

（3）

津沽的冬天经常会下雪，世界白茫茫一片，微微喘息带出的热气，即刻便成为萦绕鼻尖的冰凉。程柔喜欢下雪，小时候课本上说"脚踩在雪地里会发出'咯吱咯吱'的声响"，她便拉着程桉在小区四周一通转，脚陷进厚厚一层的雪花里，带出一路宽大凹陷的脚印。程桉站在小区门口，戴着厚重的口罩，说出的话在冰天雪地里带着阵阵回响，她听不真切，索性张开双手迎风闯进他怀里。

但是秦淮很少下雪，偶有几次也是浅浅一层雪花。说来奇怪，程柔畏寒，偏偏又喜欢冬天，每年都是一场自我较量的折磨。这几天，气温一降再降，夜里寒风鹤唳，天地微茫，程柔靠在窗户上时总有一种风雨欲来的心慌。厨房里阿姨正在煲汤，程莹腿上裹着小毯子坐在客厅看黄梅戏，咿咿呀呀的花旦唱到高潮处她还能跟着哼几句。程柔见状，便小心翼翼地把门边的旧黄色箱子搬回房间里。

程桉时不时都会给她寄礼物，或是画具，或是衣物，甚至是一些他偶然看见的玩具，而这次是圣诞风灯摆件和米黄色围巾。

一个立体小木屋，四面玻璃通透，中间放着一棵高大的圣诞树，树下站着一个戴圣诞帽的女孩。程柔关掉房间里的灯，蹲在桌角边推了推摆件底下的按钮，星光瞬间照亮这小小的四方天地，里面的雪花随着纯音乐起起落落凝成一场小型暴风雪。

程柔打开手机聊天界面，手指漫无目的地敲敲打打又一一删除，她迫切地想和程桉说点什么，但又不知道该说什么，不想这时，程桉的语音通话直接拨了过来。

"我盯着那块'对方正在输入'都好几分钟了，你到底要说什么啊？"程桉的声音压得很低，带着微微笑意。

程柔瞬间一僵，觉得羞赧也觉得愚笨，只能实话实说。

"礼物我收到了。"

"喜欢吗？"

"嗯。"

程桉笑了笑："我怕我忙起来忘记了，就提前给你准备了圣诞礼物。网上都说它很灵验，如果圣诞当天对着它许愿再把愿望写下来贴在墙上，就能实现了。"

她今年都高二了，程桉还当她三岁呢。

程柔心里想着嘴上却没反驳，她的手指无意识地落在按钮上，一推一拉，房间里忽明忽暗，她顿了一下，问："津沽今年下雪了吗？"

程桉显然很开心，絮絮叨叨地说起津沽初雪那天他们学院里的南方同学从楼道里冲出来，神情激动，一边欢呼一边转圈圈；还有清晨结冰的地面，稍有不慎人就摔一跤，前天就有学生从楼梯一路磕磕绊绊地滑了下去，最后摔得四脚朝天。程柔一直安静地听着，下意识点点头，想到他看不见之后又连忙应了几句。

程桉那边突然传来一阵很轻的风声，程柔正在思索程桉是在室外还是打开了窗，就听到他问："你想不想回家？哥哥去接你。"

程柔食指按住按钮往下一拉，整个房间顿时被黑暗吞噬，只透着窗外的月光，她握着手机没吭声。

程柔和程家父母的联系不算频繁，但也通过不少视频，她经常会关注津沽的动态以备下次同父母聊天时能接上一两句。所以她很早之前就从新闻上知道津沽的初雪是什么时候又是怎样一幅场景，但是那天通视频她向廖慧慧问起时，对方并没有细说，就发了一张雪景图应付了事。

从小到大，只有程桉懂得她的词不达意。

程柔压抑住心头翻涌的思绪，故作轻松地说要上学还要陪奶奶，随口又和程桉提了一句家长会的时间让他转告父母。

说是转告，其实她也没在意，廖慧慧大致会像以往一样跟班主任通个电话草草了事，廖慧慧或许都不清楚她在几年几班，学习好不好。她挂掉电话之前，犹豫着问了问程桉的身体状况。

"本来就没多大事，是爸妈太夸张了，倒是你，该穿的衣服一件都不能少，生病了受罪的可是自己。对了，徐燃怎么样了？"

程柔一直乖乖应答着，对方猝不及防地将话锋一转，程柔顿时想起徐燃前几日把香烟塞进自己口袋里的事情，一阵讥笑。

"他好得很呢。"

程桉只是笑，柔声劝了她几句，又让她把箱子里的另一条围巾拿给程莹。程柔恍然间想起有过一面之缘的"三哥"，此刻便随口问起。

程桉愣了愣，片刻才解释对方是自己小时候在秦淮认识的朋友。程柔难免觉得奇怪，程桉这温润如玉的性子竟然会有那样邪气十足的朋友。但她也没多问，在程莹喊吃饭的间隙就把语音挂了。

冬天早起上学的头号敌人就是暖乎乎的被窝，程柔昨晚早早洗漱上床后一觉睡到天亮，整个人舒坦得像一只躺在石板上晒太阳的小花猫，身体不自觉地拱了拱被子，探出半个脑袋回应程莹的叫喊声。程柔今天特地提前了十分钟去学校，出院门时果然没看见徐燃的踪影，她乐得自在，一边提高围巾遮住大半张脸，一边快步走去学校。

前几天，学校因为领导莅临一事匆匆安排了全校大扫除，整个校园瞬间金光闪闪，往行政楼上挂串鞭炮就能除旧迎新。

用陈北洺的话来说那就是劳动人民血泪的象征。但"血泪"一词太过悲壮，吴琛拼死拼活要改成"智慧"。

"人们对于自己本身没有的东西，是会比较执着。"

周甜甜一本正经地解释道。吴琛笑骂一声，抓住她课桌上正在端详的试卷跑出教室。那张试卷是周甜甜之前费尽心思从林晏手中借来的生物试卷。周甜甜立马慌了，一边追赶一边讨饶。

程柔路过行政楼大厅的光荣榜，特意停下来看了一眼体委的期中考试排名，在年级大榜里竟然比周甜甜高几名，周甜甜知道估计会气得跳脚。她拉下围巾笑了笑，哈出一阵阵热气，但不过片刻她就笑不出来了。

学校文理年级总分前三名，以及各科目排名第一的学生姓名，都会特地在光荣榜的右边加大两个字号着重表扬，为体现重要性，展板下方还会贴上该学生的两寸照片。程柔期中考试排名第五，语文单科年级第一，但现在原本贴着她方方正正的照片位置空空如也……哦，不对，还有一个用铅笔画上去的火柴人。

程柔原本也不喜欢自己那张傻乎乎的照片，这下被撕了正合她意。她刚想转身，视线忽然瞄到一旁的公告栏，上面白纸黑字写着徐燃翻墙逃课被罚写检讨。徐燃是秦淮十三中的头号危险人物，关于他的"英雄事迹"时常成为大家的饭后谈资。她之前也听说过他高一逃课出入酒吧的事情，一直没有当真，现下却不免有些怀疑，可是开学前她明明听到他跟方主任说他去清吧兼职赚钱，而且之后也不去了。

程柔一边思索一边拐弯上楼梯,刚踩上三楼走廊的地板就与周甜甜撞了个满怀。

"你干吗呢?"程柔问。

周甜甜的满心欢喜遏止不住地淌了一地,眉飞色舞地拉住程柔的胳膊一个劲地晃。

"我刚跟林晏一块玩游戏,语音推塔的时候他突然问我,前几天跟我在走廊上跑的男生是谁!"

程柔哭笑不得地看着她:"那你现在是去告诉他,那个男生是谁?"

"不是啊,我刚跟他说了是我们班体委,我就是抑制不住想跑两圈。"

周甜甜傻乎乎地笑着,说完自己又满脸通红地倚在程柔身上。程柔的心一下子变得软糯糯的,像一块红糖糍粑,眼下便任由她半挂在自己身上,慢慢地往教室走。

三楼的走廊尽头聚集了不少学生,以往这时会有不少的同学站在那里,面向朝阳背《琵琶行》和《出师表》,但这人头攒动的架势显然不是背课本。

周甜甜立马说道:"就是那位莅临我校的大领导来了,校长和方主任一大早就陪着他逛校园呢。"

周甜甜顿了一下,突然瞪大眼睛从程柔身上"腾"地站直:"我说怎么这么眼熟呢,那个女生是叫沈落吧?上次关颜诬陷你作弊,同徐燃一块帮你作证的那个……对了!听说关颜转学了,你知道为什么吗?"

程柔微微怔忡,她没把这事告诉周甜甜,现下便装作毫不知情地摇摇头。她站在走廊边往楼下的花园看过去。

校长指着地理园的位置低声和沈桦南讲话,态度恭敬又谄媚。沈落兴致索然地站在一旁,隔三岔五侧头和旁边人说话,对方不知道说了一句什么,引得她低头笑得明媚又动人。

楼上不少男生就是为了看沈落，见状莫名其妙地互相推搡，周甜甜趴在围栏上探头往外张望，好奇地冲程柔努努嘴。

"沈落是沈桦南的女儿，跟在一旁倒是正常，但徐燃为什么在那里？难道传闻都是真的？"

"什么传闻？"

"你也知道秦淮这小地方好事不出门，坏事传千里！当年徐燃在临湖高中闹那么大，哪个学校敢收啊，更何况是教学水平和师资不错的秦淮十三中。我听说啊，就是因为徐燃的爸爸给学校捐了一笔钱建地理园呢，校长才接下这烫手山芋。"周甜甜自顾自地咂舌，"都是深藏不露的'富二代'啊，而且他们看起来关系还挺好，放书里那都是青梅竹马、门当户对的标准搭配。"

程柔的手指无意识地捏住围巾的边角，视线落在低头和沈落说话的徐燃身上，她突然想起来，她初中时曾见过沈桦南，就在徐燃家里，对方和徐父是关系颇好的老友，那徐燃和沈落……

楼上突然有人怪声怪气地叫了一声，底下众人的视线像聚光灯似的往楼上望过来，徐燃的目光转眼就与程柔对上。程柔脑袋里像被车辘轳碾过一样，带着后脑勺一片干涩的阵痛。

她原本以为苦等在院门外的徐燃这会儿却和别人谈笑风生，她想要戏弄他的拙劣手段，看起来可笑又愚昧，她却还在沾沾自喜。

十二月的寒风大作，程柔却仿佛在这一刻才发现它有多凛冽。

程柔收回视线，转身走回教室，周甜甜后知后觉地捂着嘴，干巴巴地冲徐燃挥挥手，也抓紧回教室了。

周甜甜一整天都惴惴不安，偏偏程柔又像没事人似的，半点端倪都没有。早上那一幕教室里不少同学都看到了，这会儿急不可耐地凑在一块交头接耳，关于徐燃和沈落的话题愈演愈烈，最后他们统一认定，徐燃一掷千金为红颜，当年斥巨资进入秦淮十三中显然就是为了沈落。

周甜甜拿笔帽投掷在妄下定论的同学的桌子上，轻声警告对方不要散播谣言，但估计是距离太远，对方没听清，反倒把视线落在程柔身上。

"程柔,你和徐燃不是初中同学吗?你知不知道他和沈落什么关系啊?"

周甜甜:我求求你闭嘴吧!

对方这声提问,瞬间一呼百应,众人趁着物理自习课没有老师看管,纷纷竖起耳朵听八卦。

程柔的视线落在物理课本上,一边研究向心加速度大小的表达式,一边冷淡道:"我也不清楚。"

"你怎么可能不知道?他们都说你和徐燃很熟。"

"对啊对啊,早上我还看到你们俩一块来学校!"

"程柔,徐燃以前是不是真的差点打死人被送进少管所啊?"

"不是吧?不是谣言吗?我觉得徐燃看起来也不像那种人啊,况且如果是真的,他怎么可能还平安无事?"

"人家有钱呗!"

程柔手上一用力,黑色签字笔往书上重重画下一道裂痕,书页撕裂的声音清脆又暗含压迫,嘈杂的连番询问便戛然而止。

程柔面无表情地翻着课本,嘴上却道:"你们问的事情我都不知道,我只知道没有证据就不能谣传。"

余一眉间聚拢,推了推小眼镜站起身:"老师刚让我负责检查物理试卷,你们几个这么闲的话,一会儿下课后交给我检查吧。"

围观的同学片刻就散开了,徒留被点名的几人心不甘情不愿地低声反抗,程柔整个人绷紧在一根弦上,直到周甜甜的手心覆在她紧握课本的手背上,才恍若溺水之人探出水面,大口喘气。

"柔柔,你没事吧?"

程柔微微恍神,努力把浑身戾气和徐燃扔出脑海。

"没事,我就是走神了。"

程柔看了看那张颤颤巍巍挂着的书页,裂痕有两指长,贴回去估计也会很难看。

她方才的怒气来得突然,连她自己都不得其解。

高一时，关于徐燃的传闻数不胜数，但她当时只顾着提防徐燃，从没有想过他那段时间是怎么过来的。他听着别人恶意篡改出来的事情时是什么表情？当年在临湖闹得沸沸扬扬的斗殴事件仅仅是他的劣性所致？他又为什么执意要来秦淮十三中？因为沈落吗？

所有的疑问像沿壁而生的藤蔓，一个劲地往程柔的脑袋里攀爬，她很想亲口问问徐燃，但这想法太荒谬了，她只能硬生生把它压下。

程柔中午和周甜甜订了外卖，一起在教室里解决午饭。午休时，教室里只有几人坐在座位上学习，程柔跑了一趟办公室，询问物理老师有没有新的课本，老师翻箱倒柜一番才找出一本，程柔万般道谢，又回答了几个关于物理试卷的问题才离开办公室。

早上是阴天，厚厚的云层铺在远山上空，这会儿却有稀碎的日光透过云层落下来。程柔站在走廊上，晒了一会儿暖烘烘的日光浴，才踱步回教室。但她的视线刚落在后门，就看见一抹熟悉的背影，她停下脚步，抱胸驻足。

整个教室空荡荡的，只有徐燃一人。他坐在程柔的座位上，左手按着物理课本，右手食指贴着一截透明胶带，正低着头费力把撕裂的书页粘贴在一块。他左手不便，只能拿手腕轻轻压着，高大的身子别扭地凑近课本。

然后，程柔就再次听到熟悉的撕裂声，以及徐燃的低声咒骂。

"我就不信燃爷爷治不了你……你再给我裂一个试试，我分分钟……算了，你听话点，一会儿你家主人来了，我多没面子啊……"

四周走廊寂静无声，只有徐燃用牙扯断胶带的撕拉声，程柔怀里的物理课本渐渐变热，发烫得像横穿云端的半截山峰。

程柔顿了一下，轻声走远，绕回办公室的长廊里晒太阳。

（4）

下午有一节体育课，要测立定跳远的成绩，吴琛作为体育委员带头在走廊上提前做准备。

"立定跳远，主要是要用前脚掌使劲蹬离地面，然后跳到远处，所以我们得多练习练习蛙跳。"

吴琛煞有其事地背手蹲在地上，往前用力一蹦。

很好，一米都没有。

走廊两旁的同学顿时眉开眼笑，个个摩拳擦掌地上前比试谁跳得更远，原本的练习变成一场蛙跳争夺赛，群蛙起跳，整个教学楼顿时一震。

一只青蛙一张嘴，两只眼睛四条腿，扑通扑通跳下水……

程柔喝着奶茶，脑袋里莫名响起这首童谣。

"你哪儿来的奶茶啊？"周甜甜问。

"陈北洺送的，说是两杯一块买就能使用十五块的优惠券。"

"啧啧啧，我要不要跟徐燃说一下。"

程柔的手指摩挲温热的杯身，一脸茫然："关徐燃什么事啊？"

周甜甜耸耸肩笑而不语，忽然走廊上传来一声怒吼，是吴琛的声音。

周甜甜靠在课桌上往外望，拿卷成圆筒的课本凑到嘴边，煞有其事地介绍道："观众朋友们！观众朋友们！比赛即将进入白热化阶段！到底秦淮十三中群蛙之首花落谁家，现在我们能看到排在最前面的是……竟然是温思屿！而吴琛选手紧随其后，靠他纤细而短小的双腿奋力一搏，此情此景实在是催人泪下，令人动容！"

吴琛立马出现在窗户边，阴恻恻地看着周甜甜："我给你一次机会再说一遍。"

周甜甜脸色一变，"唰"地坐在座位上，双脚并拢，手掌贴着大腿，一脸无辜。吴琛正惊奇她今天怎么这么乖，肩膀就被轻轻拍了一下。

周甜甜委屈巴巴道："林晏，你看他好凶啊。"

程柔："……"

吴琛："……"

林晏一只手支着窗沿，哥俩好地拍拍吴琛的肩膀："同学，对女生别那么凶。"

吴琛：周甜甜，敢情之前绕着整栋教学楼追杀我的人不是你？

但旧事重提显得自己太斤斤计较，所以吴琛只能干巴巴地笑了两声，企图蒙混过关。

周甜甜蹭到林晏身边："你怎么上来了？"

"动静挺大的，我们以为你们楼上打架呢！"林晏靠在窗沿上，看着一众撑着膝盖休息的男生，"你们课间活动挺丰富啊。"

"他们就是傻。"

温思屿皮笑肉不笑地望过来，温思屿的杀伤力比吴琛强多了。

周甜甜急中生智接道："杀杀菌，晒晒太阳杀杀菌。"

林晏信以为真，随后想起什么问道："对了，上次的生物试卷。"

"啊，我放家里了，我明天还你行吗？"

"行，不过你也不用给我了，你交给我们班生物课代表吧，试卷是她的。"

周甜甜微微一愣："那你的呢？"

"哦，她说帮我抄错题来着，我们是同一个生物老师，你也知道'笑面虎'有多恐怖吧？我就是在他讲解试卷的时候多说了两句，他就罚我抄十五遍错题！我那一整张试卷就没几个对的。"

周甜甜扯了扯嘴角，笑道："你们班生物课代表人挺好啊，平时跟你们一块打篮球吗？"

"没，女生里就没几个会打篮球的。"

周甜甜一颗心"哐当"落地，脸上的喜悦一点一点地往回收。等林晏走后，她才坐回座位上，掏出整整齐齐地叠在课本下面的试卷，走出教室递给吴琛。

"体委，帮我把它还给七班的生物课代表。"

吴琛犹豫着接过："你怎么不自己去啊？"

"我不想去不行啊！哪儿那么多原因！你就说帮不帮我？"

吴琛胡乱折叠了几下试卷，塞进校服口袋："帮！"

他这么干脆，周甜甜反倒觉得窘迫，小声道："我不是冲你。"

"我知道。"体委语重心长地拍拍周甜甜的胳膊,"兄弟,我们男人嘛,就要看开一点。"

周甜甜点点头,反应过来时,吴琛已经拉着温思屿往厕所方向跑了。

因为要测立定跳远,体育课解散休息的时间比往常多了十几分钟,程柔测试完就被周甜甜拉着去奶咖喝了一大杯奶茶。奶咖最近正在搞活动,满二十元能抽一次奖,中奖率高达百分之七十,周甜甜随手往里一抓,抽了个谢谢惠顾。

周甜甜整个人更虚弱了,低声质疑中奖率的真实性。前台的小姐姐耐心地解释:前几天还有人中了十五块优惠券。

那人是陈北洺吧?

程柔暗想却没吱声,怕周甜甜一个激动想起这事,手撕陈北洺。

周甜甜心情不好,程柔陪着对方逛了大半个校园,临近下课时才打算绕回教室。她们走的是地理园的小道,离D栋教学楼的音乐教室很近,隐隐约约能听到雄浑的声音在齐声高唱《黄河大合唱》,中间停顿了一会儿,又改了一首小岳岳的《五环之歌》,反差太大,连周甜甜都没忍住笑出声。

音乐课上基本都有这个环节,随机抽中一名同学,带领全班大合唱,因为没有歌曲限制,所以经常惹出不少笑话。

周甜甜兴致勃勃地拉着程柔跑去音乐室偷看,但没想到音乐室门窗大敞,她们一靠近就引来全班人的目光投射。

程柔顿时浑身一颤,倒是周甜甜一扫先前的垂头丧气,两眼发光,美滋滋道:"这才是天意啊!"

七班众人看热闹不嫌事大,纷纷起哄,声浪一波接一波,音乐老师一头雾水地让徐燃点首歌。徐燃站在座位上冲程柔笑了笑,转头低声和旁边人说话,众人霎时眼冒星光,神情激动。程柔不明所以,只看见坐在侧边的沈落脸色变了变,垂着眼,翻着手上的音乐课本。

程柔心里一阵忐忑,拉着周甜甜准备快步穿过音乐室,汹涌如浪潮的歌声却随即响起。程柔想起上次徐燃调侃自己的话，在越来越响亮的合唱里像一根滚烫冒烟的烟囱。

窗外的天气，
像你心忐忑不定。
如果这是结局，
我希望你是真的满意。
你就是我的小星星，
挂在那天上放光明。
……

（5）
　　学校D栋教学楼基本上是各类科目的实验室，但因为使用率不高，常年像一只庞大又紧闭的蚌壳，只有一楼的音乐室才是它微微喘息的开口。程柔路过音乐室，不免又想起上次自己听见七班演唱《小星星》时面红耳赤的模样，恨不得脚底生风，一口气跑上三楼。
　　放学铃声刚打响不久，熙熙攘攘的人流从教学楼疾步往校门口走，整个校园像一口沸腾的热锅，咕噜咕噜地冒泡。程柔踩着一地冒泡声径直走到走廊尽头的化学实验室。窗沿上铺着浅浅一层尘灰，透过墨绿色的玻璃窗能够看到里面宽大的长形桌、药品柜和各类仪器，程柔终于明白化学老师的千叮咛万嘱咐从何而来——因为这些器材一看就很贵。
　　程柔上次接触到这些仪器还是在高一做喷泉实验，后来这里发生过一起电线老化引燃木条的事故后，化学老师就很少带学生过来做实验。不过程柔是怀着侥幸的心理同老师请示，不想歪打正着撞上化学竞赛的学生要使用实验室，她便提前过来开门。
　　但化学老师没告诉她，那名学生叫沈落。
　　沈落进来时程柔正在做焰色反应的实验，手上的铁丝正在酒精灯上灼烧，她手指抖了抖，顶端的黄色火焰便随之晃了晃。
　　沈落倒是淡然地抱着pH试纸放进后面的柜子里："铁丝沾了

碳酸钠？"

"嗯。"

沈落提着另一盏酒精灯走到程柔旁边，抱胸靠着桌子却没说话。程柔一边翻笔记，一边用盐酸洗涤铁丝，沈落的目光没有威慑力，甚至轻飘飘得像不经意间的停滞，整个无声的画面却异常和谐。

"快开家长会了。"沈落突然道。

"嗯，"程柔顿了一下，"你爸会来吗？"

沈落撑着桌子，微微用力坐在桌子上，双腿一晃一晃："我没告诉他们。"

"为什么？"

沈落垂着头，长长的马尾从后颈一点点往胸前掉落，她抬眼看向程柔，答非所问："我很嫉妒你。"

沈落一直是高傲又优雅的存在，程柔觉得她身上带着一股别人没有的东西，这种东西可能来自她优渥的家庭，也可能来自她本身的优异，但此刻的她同以往不一样，她身上那层看不清的薄膜像在缓慢地瓦解。

沈落的视线转落在后面的钟表上，秒针快速地转了一圈又回到起点。

她说："你好像可以什么都不懂，这样你也不用装不懂。"

程柔脑袋一团乱麻，沈落说的明明是中文，可为什么她一个字都听不明白？

沈落自顾自道："我不告诉我爸妈参加家长会的时间，是因为他们一定会来，但不是为了我。他们好面子，乐于转这一圈听别人恭维他们的女儿，也乐于同别人家长从小孩的成绩聊到生意上的事情。他们会对着别人夸我懂事，学习努力，但他们压根没关注我有没有学习……"

程柔的手指捏着铁丝，一脸平静："我爸妈也不会来参加家长会，你也不用嫉妒我。"

沈落看着她。

"我和奶奶一块住,一年到头也见不到他们几次,而且我们家还没有你们家有钱。"

沈落:"……"

"我初中的时候还经常被同学欺负。"

沈落:"……"

"我的邻居徐燃还是一个喜欢恶作剧的小浑蛋。"

沈落:"……"

"所以?"程柔拿塑料灯帽盖住酒精灯,小小的火焰便恹恹熄灭,"你嫉妒我什么?嫉妒我比你更惨吗?"

沈落愣了愣,突然笑了一声,她原本就长得好看,笑的时候更甚。程柔在心里长叹一口气,自己不擅长安慰人,"比惨"安慰法还是程桉教自己的。

沈落敛住笑,抬手胡乱往程柔头上摸了一把,程柔瞬间就对她瞪眼。

沈落收回手,双手一挥伸了伸懒腰:"我也不知道为什么会跟你说这么丢脸的事,可能你长得像可以倾诉的垃圾桶吧。"

程柔气急:"慢走,不送!"

"哎,我告诉你一件事。"

程柔警惕地往后退一步:"什么事?"

"你家那个小浑蛋邻居帮你报仇了。"

程柔皱了皱眉,没听明白。

沈落跳下桌子,俯身拍拍裤腿:"初三那年,徐燃休学回校后就找了一帮人把暗地里欺负你的男生教训了一顿,听说还找了外校的帮手,揍得可惨了,而且……"沈落如炬的目光对上程柔的视线,"他做过最坏的事情也不过是往你笔盒里放蟑螂的干尸,趁你值日那天往走廊上倒泥沙,其他的事情都不是他做的,他并不是讨厌你。程柔,他是浑蛋,如果不是因为他,或许别人也不会为了讨好他去欺负你,但你知道他当时为什么要捉弄你吗?"

程柔的手心撑在桌子边沿,坚硬的边角在手心里压出长长的红痕，她心里像压着一块石头，闷闷地发出轻响。

但沈落只是冲她狡黠一笑："你自己悟去吧。"

程柔顿了一下，突然想起一件事："你知道徐燃的爸妈为什么会离婚吗？"

其实，徐燃的母亲梁琳和父亲徐江的关系一直不冷不热，程柔偶尔经过他们家院门时会听见他们压低声音争吵。程柔之前听程莹说过，梁琳是省艺术团的成员，经常需要跟随团队去演出，而徐江骨子里又是一个非常传统的人，总觉得妻子抛头露面不好，梁琳却是一心为事业的人。这件事就变成了死循环，但碍于徐燃，他们一直都维持着表面的和平与相敬如宾，明明维持了这么多年，为什么会突然离婚？

徐家父母的离婚是徐燃叛逆而行的导火线，程柔实在是想知道，点燃导火线的会是什么。

沈落神色一变，摇晃在半空中的双腿僵硬了，停滞不前："我听我爸说过，梁琳是丁克族，她从来没有想过要孩子。"

"那徐燃……"

"是意外得来的，梁阿姨以为是药物的问题，无奈之下只能接受徐燃，但是在徐燃十五岁那年，她突然发现自己会怀孕并不是因为药物，而是徐叔叔……"

徐江把原本的避孕药调包了，他与梁琳结婚前口口声声应下的事情，在日渐增长的年岁里化成一纸空谈。梁琳当时因为怀孕错过事业上升期，自是咽不下这口气，当场声嘶力竭地与他争吵，愤怒到极点的梁琳不惜拿徐燃出来说事，说她从来没有想过要生下徐燃。

沈落揉了一把脸，程柔仿佛在那一瞬间看见她眼尾上的一抹绯红，但细看时又消失无踪，她的声音很轻，轻得像在说一个难以启齿的秘密。

"你知道吗？当时徐燃就站在门外。"

程柔落在笔记本上的指腹倏忽往下一滑。

——我这爸爸不疼，妈妈不爱的，我应该为了什么？

徐燃当时在医院说的这句话，竟然不是儿戏。

程柔整个人被这种认知敲打得支离破碎，她心里没由来一阵酸涩。她和沈落默契地没有说话，像在共同度过纤细而寂静的铁路隧道。

太阳下山时，沈落才直起身把完好无损的酒精灯放回柜子，窗外大片的火烧云在她侧脸抹上一层橘红色暖光，落日枕在她裸露的手腕上，顺势爬上她紧抿的嘴角，程柔仿佛在这一刻又窥探到一些自己从没有注意到的东西。

程柔小声问："沈落，为什么你什么都知道？"

"因为我比你聪明。"

程柔顿了一下："我是指，关于徐燃的一切，你好像都知道。"

沈落的手指搭在柜门上，没吭声。

"你是不是对徐燃……"

有风吹翻实验室窗帘的边角，第二遍下课铃声突兀地响起，长久地沉默后，沈落笑着转过身："是又如何？"

程柔站在闹市的摊位上，周遭的声音此起彼伏，各色小摊美食散发出的香味像一把无形的尖钩，引得人食欲大振。鸡蛋磕破薄壳后落在煎饼机上发出一阵"吱吱吱"的声响。程柔一只手捧着半截煎饼馃子，一只手提着另一半往不远处的空地走去。

天际微微亮，暮色悄无声息地缓缓而来，空地儿童设施处只剩三三两两的孩童在玩组合滑梯。他们背着方方正正的书包，爬上长梯又从滑梯高处滑下。程柔坐在一旁的矮凳上，一边吃热气腾腾的煎饼馃子，一边看他们被家长一一带走。

夜色终于完全覆盖整个天地，空地上的灯盏是感应灯，程柔坐在滑梯高处一动不动时，周遭便只剩闹市映射过来的微光。程柔坐在微光里，开始吃另一半煎饼果子。

突然，灯盏大亮，程柔咬着半截火腿肠抬起头。

"这是哪里的小朋友,怎么不回家?"

程柔咀嚼着嘴里的食物,没说话。

徐燃双手插兜靠在一旁的单杠上:"跟小野猫似的,多可怜啊,要不你跟我回家得了,我家有吃的、喝的、玩的,关键是还有我呢。"

程柔置若罔闻,低头又咬了一口煎饼馃子,模糊不清道:"你怎么知道我在这里?"

"煎饼摊的大叔告诉我的。"徐燃抬脚踩了踩地面,渐渐熄灭的灯光倏忽大亮,把他的影子往远处拖长,"说说看,你为什么要骗奶奶说今天有补习?"

程柔心跳瞬间加快,故作镇定地抬头看了徐燃一眼。

徐燃还以为程柔在担心自己拆台,忙摆手道:"我没拆穿,还添油加醋了一番说你们估计得十点钟才能回去。"

夜里的风开始呼啸而来,程柔裹紧身上的外套,矮身从滑梯通道经过走下楼梯,找了一个模棱两可的理由。

"我就是不太想回家。"

"那我带你去玩。"

程柔抓着背包一脸防范:"去哪儿?"

"去一个没有风又自带暖气的地方。"

"那是哪儿?"

徐燃挑挑眉:"我家啊。"

程柔转身就走,却被眼前人拦住了。

徐燃无奈地笑:"你怎么这么不禁逗?"

我又不是猫。程柔暗自反驳,刚想往后退,耳尖突然一热。

徐燃的手腕一转,再次碰了碰程柔冻得发红的耳朵。

"你不开心也不能糟蹋自己啊。"

程柔看着他。

徐燃一本正经地指了指自己:"你可以来糟蹋糟蹋我。"

程柔:"……"

程柔今天刚知道徐燃的一个大秘密,心里正心软呢,没兴致和徐燃斗嘴皮。

入夜的秦淮河边行人稀疏，夏天饭饱后走河道散步消食的人，这会儿估计都窝在暖气旁边喝热茶。程柔跟在徐燃身后，能够清晰地听到两人交错的脚步声闷闷地踩在地上，程柔略带疑惑地望向眼前延伸而去的道路。

这是通往花鸟市场的路，程柔之前跟着程莹去过那里，但没有往更深处走，直到徐燃停住脚，她才发现花鸟市场后面有一栋带院落的小房子。

程柔的视线从上往下扫了一眼，哦，应该是两层半式的别墅。

徐燃推开金漆大门，按了按密码锁才回头等程柔。

程柔一脸平静道："这不会是你家吧？"

徐燃伸手拍在灯源键上，一室通亮，他一边调整地暖温控器，一边道："嗯，我十四岁之前都住这里。"

徐燃还真带她回家了？

程柔内心一阵复杂，她把书包放在手上提着，顺势问道："为什么是十四岁以前？"

徐燃站在水晶吊灯下凝眸看着程柔："十四岁之后你不是来秦淮了吗？我得忙着当你邻居。"

程柔眨了眨眼，有点茫然，徐燃却已经起步上二楼。

"你到底要带我看什么？"程柔紧随其后，忍不住发问。

徐燃站在楼梯口旁边的房门前，少见地认真道："我想给你看看我喜欢的东西。"

程柔顺着对方的视线望过去，看见房门大敞后，视线落在中央的一面架子鼓上。

琥珀渐变色的架子鼓立在靠墙的一边，在它的旁边有一张下沉式的软榻，大约有两三米宽，上面放置着两个懒人沙发，原本的墙壁变成一整块通透的玻璃，程柔能够清晰地看见漆黑如墨的夜空以及半掩在夜色中的房屋。

徐燃脱掉室内拖鞋，下两三层台阶，坐在其中一张沙发上，又从旁边的角落取出一张方木小桌,程柔目瞪口呆地看着他从旁边的小箱子里开始取零食盘、纸盒蛋糕,又从保温杯里倒热水冲泡奶茶。

"太着急了,阿姨只买到这些,你将就着吃点吧。"

徐燃俨然一副招待客人的表情,程柔硬着头皮坐在他对面。他把眼前的零食都往她身边推了推,一脸期待地看着她。

徐燃是被调包了?还是被附身了?

程柔心里一阵纳闷,试探性地捧着热奶茶喝了一口。

"好喝吗?"

"好……好喝。"程柔为表示诚意,又喝了一口。

"你喜欢就好。"

程柔嘴角一阵哆嗦,咳嗽不止,终于忍不住发问:"徐燃,你没毛病吧?"

徐燃顿了一下,一只手支着桌子问:"你不喜欢啊?林晏说我脾气太大了,要温柔一点才能讨人喜欢,我这辈子就没想过这个问题,初次尝试,你多担待。"

程柔眨了眨眼,如坐针毡。

徐燃直起身,微抬下颌望向一旁的架子鼓,又挥了挥左手。

"手没好,影响发挥,我下次表演给你看。"

徐燃虎口处的线已经拆了,现在只剩一条狰狞、微微隆起的伤疤,程柔从来都不知道徐燃会玩架子鼓,见状不免好奇多问了几句。

"小时候我妈让我学钢琴,我不喜欢,就自己跑去培训机构的三楼学架子鼓,被她发现当着众人的面训了一顿,我就跑去找我奶奶,奶奶护着我,我才能继续学。"徐燃靠在软沙发上,往嘴里扔小饼干,"其实我也没多想学架子鼓,我只是喜欢跟她对着干,后来她就很少管我了,你看,我从小就不会讨人喜欢。"

程柔下意识否认:"不是的,阿姨或许只是不善言辞,她……"

"程柔。"

徐燃侧身靠近玻璃窗,外面风声喧嚣,室内的暖气开了一会儿,玻璃上就氤氲起成片的水雾。

徐燃抬手抹了抹玻璃："我没沈落说的那么惨。"

程柔心里顿时一跳，徐燃却好似没事人般继续道："沈落刚自己发信息跟我负荆请罪了，其实我也没觉得多大不了。你看我，从小到大衣食无忧，无拘无束，不知道有多好，靠着喜欢的乐器没事还能去兼职赚赚钱。哎，我跟你说，今天平安夜阿姨做了很多菜，还有你喜欢的可乐鸡翅，但你不在，我只能自己吃了，我妈刚还给我转了五千块买礼物呢，你说作为一个高中生，我是不是已经……"

徐燃张了张嘴没继续往下说，程柔红着眼眶，像一只可怜兮兮的小兔子。

温热的奶杯贴着手心像燃烧起一个小太阳，奶香的袅袅雾气直往上冲，熏得程柔眼眶一阵发烫。她想起沈落说过的话，越发觉得徐燃可怜，但她不敢开口，只是欲盖弥彰地吸吸鼻子，小声抱怨："这奶茶也太烫了。"

徐燃看着她没说话。窗外突然蹿升一抹微光，随后五光十色的烟花接二连三地从空中炸响，今天是平安夜，广场上会有一场烟火表演。

徐燃侧过头，眼睛里落满耀眼的火光。

"程柔，你知道那时候在临湖……就是你物理竞赛来临湖踩点，撞见我打架的那天，我当时打人，是因为他们说我是一个连爸妈都不要的人。"徐燃视线晃了晃，"可他们说的都是真的，这话是我妈说的。"

程柔眼底的水纹越来越深，稍一松口就要决堤，她抽抽搭搭也不知道说什么，笨拙地把手边的小蛋糕推给徐燃。

"我也不讨人喜欢。"程柔还惦记着安慰徐燃，眼眶红红，继续道，"有时候我很想念家人，可是他们不说，我也从来不会说。我总觉得他们不需要我，这个世界上好像没有人需要我。"

"我需要。"

程柔一愣。

"我需要。"徐燃轻声重复一遍，抬手抹了抹程柔的脸，"你怎么看起来比我还惨？"

程柔不说话了，快速眨了眨眼，想要把眼底的光悉数挥灭。

徐燃深深地叹了一口气，小声道："我可真是一个坏人，我故意说出来就是想你心疼心疼我，可你要是真心疼，我又觉得受不了。"

他所有的小心机都不过是希望程柔能够多了解他一点。

烟花炸裂的声响轻轻敲在玻璃窗上，徐燃突然想起梁琳发的那条转账信息以及那句言简意赅的"平平安安"。

失策啊，他把自己说进去了。

徐燃闭了闭眼，再睁开时，眼底一片清明，他伸出食指在旁边的水雾上画了一个苹果。

"程柔，你也要平平安安。"

Chapter 6
● 我拍不出它的好看,可又实在想要分享给你

（1）

临近期末时,学校召开了高二年级的家长会。张印一早等在教室里安排同学们摆放桌椅,西装革履的模样引来众人一阵围观。

吴琛左右看了看:"张老师,要不是我是你的学生,知道你是开家长会,我都要以为你要摆酒席邀我们当你的花童呢。"

张印瞬间被气笑:"就你们这样还想当花童?给我把文言文背熟再说吧。"

大家被"酒席"戳中灵感,闹闹哄哄地说张印办婚礼,要集体当花童,还要现场给他朗诵一篇文言文。他笑骂几句,忙催着他们干正事。

人群三三两两地散去,温思屿突然从座位上跑到讲台前,拉着张印说悄悄话。

程柔站在讲台旁边粘贴期中考试的年级排名,正好一字不落地将他们的对话全听进耳朵里。

温思屿小声道:"张老师,一会儿家长会结束,我妈肯定会过来找你,我也不期望你帮我美言几句了,这样,你稍微对我的情况

润润色行吗?"

张印同样小声地问:"怎么润色?"

"呃,你要给她一种,虽然我成绩不好,但是已经很努力的错觉。拜托你了老师,不然我妈得给我转学了!"

张印半点不信,这借口他都听腻了,但他还是拍了拍温思屿的肩膀:"不是我说啊,就你考的那点分数,我再怎么润色你妈都得打你一顿。"

温思屿垂死挣扎,还想再扑腾几下,张印直接言简意赅地抓着他转了个身。

"老师心里有数,放心吧。"

温思屿叹了一口气:"我心里更慌了。"

程柔乐不可支,周甜甜突然从外面闯进来,视线围着教室一通转。

"你找谁啊?"程柔问。

周甜甜一脸欣喜:"你啊!"

"我跟你说啊,我刚看见一个同学家长长得特帅,旁边有女生不小心撞到他,他还一脸温柔地问对方有没有事,声音特别好听!我怀疑那女同学是故意的!这种行为实在是太优秀了!"周甜甜探头往走廊上看了眼又立马缩回脑袋,"他过来了!过来了!一会儿你推我一把,我只跟他说一句话。"

"林晏。"

周甜甜立马捂住耳朵:"听不到,听不到,听不到……"

程柔一阵失笑,周甜甜左右为难,往外又看了一眼,立马道:"徐燃,对不起了。"

程柔正想问关徐燃什么事,周甜甜却一把抓住她的肩膀微微使劲把她推出教室门。她稍一趔趄,余光只瞄到一抹白色便知道周甜甜计算失误。不过人没撞上,倒是挡住对方的去路,她不免觉得窘迫,正想转身道歉,电光石火间却被揽进一个温热的怀里。

周甜甜一脸呆滞:"完了,完了,完了,徐燃得杀了我。"

程柔微微一愣,片刻后就感觉到对方的手掌轻轻拍了拍自己的后脑勺。她抿着嘴,惊慌失措下竟有点想哭。

程桉笑了笑,语气温柔:"你连班级都不告诉我,可让我一阵好找。"

周甜甜歪着脑袋,一头雾水:"柔柔,这是?"

程柔顿了一下,难得别扭地往程桉身上指了指:"我哥,程桉。"

家长会最初在多媒体教室举行,由校长主持,后面转战各自班级时便由班主任主持。程柔站在走廊时,总是心神不宁地往里看,次数太频繁,程桉不得不偷偷摸摸给程柔发短信,让她别担心。

程柔就像瞬间被喂下一颗定心丸,但表面依旧不动声色。周甜甜过了一开始的激动劲,这会儿已经镇定下来,在一旁玩游戏了。走廊上的人不多,大多数人都聚集在食堂、奶咖和小卖部里。

"反正左右都是一刀,先吃饱再说。"周甜甜退出游戏界面,给吴琛发语音,让他一会儿给她带烤肠,她头都不抬地问程柔,"你要什么?"

"两瓶酸奶。"程柔顿了一下,改口,"一瓶酸奶,一瓶热的维他奶。"

周甜甜低头打字,张印这会儿正在做总结,笑容满面地宽慰着底下一众忧心忡忡的家长。家长会刚结束,温思屿的妈妈就一个箭步冲到讲台前,一脸愁容地跟张印说话,程柔装作不经意地趴在门框边上细听。

"张老师,我是温思屿的妈妈,我们家思屿吧,成绩总是上不去,我和他爸都挺担心的,之前给他报补习班也没什么效果,我们琢磨着给他换换环境会不会好一点?"

张印笑了笑:"思屿在学校表现其实挺好的,成绩上不去或许是学习方法不对。您看,距离高考也不远了,您这会儿给他换学校,他还得花时间适应呢。"

"但是,他这成绩总这样也不是办法。"

"这样,我改天找他聊聊,问问情况。"

温妈妈挤出半张笑脸,显然还是摇摆不定,但也没多说,给其他家长让了让位置准备离开。程柔立马一个转身，不想直直撞上许舒亭。

程柔哀号一声，揉着胳膊问："你怎么在这儿？"

"我等我爸出来。"许舒亭穿着一件白色羽绒服，整个人圆鼓鼓的像一只小河豚。

她看了看温妈妈的背影，回头垂着眼小声问："你说，温思屿会转学吗？"

程柔本来想说不知道，但顿了一下改口道："应该不会吧，张老师都这么说了。"

许舒亭双手插兜没说话，过了一会儿，她意识到程柔在看着她才撇了撇嘴，一脸毫不在意。

"管他呢，他要是转学了更好，那就没人欺负我了！"

她眼神飘了飘，掠过程柔走进教室。周甜甜蹲在不远处笑了一声，显然是听到了她们之间的对话。

周甜甜缩了缩脖子，突然把视线从手机上移开，呢喃道："生物课代表喜欢学习成绩好的？我是不是该努力努力……"

程桉从教室里出来，手上提着程柔的书包，程柔赶紧同周甜甜挥了挥手，跟着程桉下楼梯。

"张老师说你成绩挺稳定的，要继续保持，但相对来说数学还是差了点，我记得徐燃好像数学挺厉害？"

程柔点点头，又不甘心道："他也就数学厉害。"

程桉走在程柔后面，抬手揉了揉程柔的脑袋："你之前的成绩我都看过，你能一直保持年级前几名已经很不容易了，这次化学还比之前提高不少，我妹妹很厉害啊。"

程柔拉高外套的领子，轻轻地哼了一声作为回应，走到二楼时，她才想起一件事，视线下意识往七班看了看。

徐燃今天的家长会是助理先生过来吗？

程桉似有所觉，一把勾住她的肩膀往七班推了推："放心吧，我让朋友帮忙了。"

程桉的朋友？

程柔一个激灵，不会是……

"徐燃同学的数学成绩很突出，但偏科比较严重。"

梁续的声音很温和，细听之下还带着点迟疑。程柔趴在七班的窗户上往里偷看，果不其然，她看见一脸匪气的三哥靠在第一排的课桌上，后颈的文身显眼又凶狠——是一只龇牙的狮子。

梁续双手奉上成绩单，空闲下来的手无意识地叩着讲台桌，随时做好双方一旦动手就立马拦住的准备。

三哥扫过成绩单，挑了挑断眉："这已经不是偏科了，你小子是只上了数学课吗？"

徐燃笑了一声："没有。"

梁续舒出一口气。

徐燃："我数学课也没上。"

梁续顿时警惕起来，他之前不知道徐燃有这么一个哥哥，看样子甚至比徐燃更难管教，他生怕对方一个冲动把徐燃就地正法，正想劝说几句，没想到对方只是皱了皱眉，转头看向他。

"老师，我第一次当家长，没什么经验，不听话的小孩是不是打一顿就好了？"

梁续立马道："那不行！您回家之后多督促他学习，催他按时完成作业，保持阅读的好习惯就可以了。"

三哥："这么麻烦，还是打一顿算了。"

梁续："……"

程柔靠在窗边哭笑不得，舔了舔干涩的嘴唇，才想起书包在程桉手上。她转身走回程桉身边，接过书包往侧边摸了摸，没摸到水杯。

程桉看着她："怎么了？"

"水杯忘拿了，我上去拿水杯，你在这儿等我？"

程桉点点头，接过她的书包："别跑太快。"

程柔哼哧哼哧地往楼上跑，刚跑进教室就遇到陈北洺坐在座位上等人。陈北洺抬手从抽屉里拿出一个塑料袋递给程柔。

"我还以为你已经走了,给,你的酸奶和豆奶。"

程柔显然已经忘记让吴琛带东西的事情,一边从抽屉里拿水杯,一边问陈北洺把钱转给谁。

陈北洺转过身,一只手支着下巴笑了笑:"你也不用给我转账了,不过你得帮我一个忙。"

"什么忙?"

陈北洺指了指身后同张印说话的女人:"那是我妈,我之前跟她提过你,说你总教我做题,她特别想见见你。"

程柔一脸茫然:"我也没教多少,你本来就聪明。"

陈北洺挠了挠脑袋,脸上有点红:"你比我聪明多了,也不用说什么,就打个招呼,不然她以为我骗她呢。"

程柔点点头,提着袋子和水杯同陈北洺等在一边,待对方转过身便大大方方地问了好。陈北洺立马滔滔不绝地夸起程柔,程柔脸上红了红,连连摆手。张印正好听见了,见缝插针地多说了两句,夸程柔学习认真,作文写得不错。

程柔下意识否认:"没有,没有,我的作文就是瞎写的。"

陈妈妈一脸激动地拉过程柔的手拍了拍:"好孩子,我家北洺就拜托你了。"

这托孤的戏码……

程柔的脸上僵了僵,不知道该点头还是该摇头,但不等她回应,徐燃突然从旁边蹿出来,一把拉住她的手拖着就往外走。

"你快点,我哥还在外面等着见你。"

程柔:"……"

程柔走出教室门,就看到程桉和三哥站在楼梯口等他们。三哥靠在楼梯扶手上,手上捏着一根未点燃的香烟,他刚塞嘴边咬着,程桉就眼明手快地一把掐断。

三哥无奈地把香烟塞回烟盒里:"我就咬着过瘾,不点。"

"这是在学校,你别带坏别人。"

"行,敢情别人都是乖乖仔,就我是坏人。"

程桉听见响声,回头冲程柔笑了笑,拉着三哥下楼梯:"我不是这个意思。"

三哥不依不饶:"那你是哪个意思?"

程桉哭笑不得,憋了半天,憋出一句:"嗯,就你认为的那个意思。"

三哥笑骂一声,伸手勾住程桉的脖子往下压,程桉直不起腰只能笑着讨饶。

程柔站在他们身后,见状顿时有点恍惚,或许是因为程桉在她面前永远是温柔和煦的模样,她已经很久没看到他在朋友面前的状态了。

徐燃以为她担心程桉的身体,慢悠悠解释道:"没事,他们俩都认识好多年了,三哥有分寸。"

"你知道?"

"听三哥说过。"

"那你呢?"

"嗯?"徐燃竖起领口遮住脖子,"我什么?"

程柔掛酌着把沈落说过的话复述了一遍,她一边下楼梯,一边回头看徐燃:"那个外校帮手,不会是三哥吧?"

"看路。"徐燃伸手提了提程柔的领口,沉吟半晌才笑了笑,"嗯,是三哥,但是喊他帮忙的人可不是我。"

楼梯平台上面的玻璃窗口在风声中微微战栗,有细碎的风窜过来绕着程柔的脖子兜转,程柔刚缩了缩脖子,就听到徐燃落在后面的声音。

"人是你哥叫的。"

程柔下楼梯的右脚稍一迟疑,差点踩空。

徐燃继续道:"程柔,你哥比你想象中更关心你。"

(2)

程桉今年上大三,临近期末正在紧赶慢赶地准备考试,所以只能请到两天的假。临走的前一晚，程莹亲自下厨做了一桌子的美味佳肴，势必要把程桉喂胖两斤。程桉原本就是能言善辩的人，餐桌上更是把程莹逗得眉开眼笑。客厅的电视在小声地播放着晚间新闻，窗外是星光点点的黑夜，笑声交织，热气腾腾的夜晚，程柔已经很久没有感受到了。

饭后，程桉帮着收拾碗筷，他不让程柔接手，程柔只能拿厨房纸擦拭干净碗筷上的水渍，再一一放进消毒柜里。程柔转身时瞥见身后的玻璃门上程桉挺拔的身影，她往他身边小心翼翼地挪了挪，一点一点地靠近。

程桉低头笑了一声，程柔顿时一僵。

"还是到脖子，你这身高倒是没什么长进。"程桉抬起湿漉漉的手比画了两下。

程柔不满道："你比我多吃四年的饭，当然比我高。"

程桉没反驳，低头继续清洗瓷碟上的污垢。程柔百无聊赖地问起三哥的事情，程桉细想片刻才说起他跟三哥是在网吧认识的。

"十六岁那年吧，我去那边玩就跟那人认识了。"程桉顿了一下，突然想起什么，"我好像还遇见过徐燃，他当时才十二岁，但网吧里没一个人当他是小孩子，他倒是从小就皮。"

十二岁的徐燃，程柔脑补了一个头长犄角、凶神恶煞的小魔王，忍不住笑出声。

程桉把手边的筷子递给她："你也记起来了？"

"没有，我就瞎想，我当时又没见过他。"

"嗯？我以为你们当时就认识了，他还问我，你叫什么名字。"

程柔微微一愣："问我名字？"

程桉点点头："可能你们什么时候见过，但你忘了。"

程柔也没细究，背靠在料理台上，漫不经心地擦拭碗沿上的水珠。两人一时安静下来，厨房暖灯落在乳白色料理台上，铺就一条小小的银河。程桉顿了一下，侧头看程柔，直到程柔回望他，他才轻声说道："你还想学画画吗？其实也不一定要用颜料。"

"不想了。"

程柔打断道："爸爸说得对，你比我更适合学画画，况且喜欢也不一定就要去学。"

程桉眼带笑意，柔声道："那你如果有需要的东西，就告诉我。"

"嗯。"

程柔顿了一下，终于鼓起勇气探头往程桉身边偏了偏，声音软糯糯地响在程桉耳边。

"谢谢。"

程桉微微一愣，似是没听清。

"你能来，我很开心。"程柔脸上微微发热，但还是努力说完整，"谢谢你，哥哥。"

程桉反应过来的时候，程柔已经一溜烟跑了。他站着冲了冲沾满泡沫的双手，擦拭干净后从口袋里掏出手机给三哥发信息。

——我妹刚喊我哥哥了！

三哥言简意赅。

——你妹不喊你哥哥，难道还喊你爸爸？

——滚！

程桉收起手机，终于心满意足地继续洗碗。

晚上，程柔酣梦正甜时，程桉蹑手蹑脚地在她书桌上放上小礼物，他明天得搭乘最早的航班回津沽，估计来不及和她道别。他犹豫着是不是要给她留一张字条，余光却瞄见笔筒上有银光闪了闪。

那是他很多年前送给程柔的弹弓，而弹弓旁边的是他精挑细选的圣诞风灯摆件，他无声地笑了笑，把侧在一边的摆件移正，视线却倏忽一顿——在它背后有一张粘贴在墙壁上的便利贴。

程桉俯低身子，终于在朦胧的夜色里看清了那行字。

希望我的哥哥，永远平平安安。

时间是十二月二十五日，圣诞节当天。

家长会结束之后，秦淮十三中就进入紧急的备考状态，程柔对于自己的能力心知肚明，她一没有天赋异禀，二没有聪慧过人，只能拿出十二分精神来应对期末考试。考试即临的这段时间里，各班现象空前一致，所有人，哪怕是平时吊儿郎当、不学无术的人都会异常紧张，过道串桌地交流试题，早读课的声音嘹亮又整齐。张印好几次悄无声息地从走廊穿过，见状频频点头。

"不错不错，我还以为你们死猪不怕开水烫。"

程柔这几天忙着查漏补缺，偶尔会跟余一坐一块讨论试题。余一的数学比她好，逻辑思路和解题步骤也比她更清晰，能省不少时间。她反向坐在余一前桌的位子上，低头认真看余一在草稿纸上画图，双曲线一直是她搞不定的题型，所以她听得格外认真，过程中忍不住多嘀咕几句。

"数学老师总说让我们揣摩出题人的意图，我觉得出题人的意图就是不想让我们做出这道题，还让我们回归定理找答案，定理它就是一个哑巴！"

周甜甜从旁边转过身，耳边还夹着一根铅笔，一脸坦然："我就不一样了，我考试的时候压根就做不到那里。"

双曲线方程式之类的大题都会出现在试卷的第四页，周甜甜每次都自嘲她的数学试卷只有三页，因为第四页那两三道大题她不用看也知道自己不会。

程柔虚虚地拿手上的笔冲她比画："你还是好好听生物课吧！"

陈北洺自从被"笑面虎"盯上后，生物成绩一路噌噌噌地往上走，这会儿正教周甜甜做生物试卷。

陈北洺闻言，立马哀号一声："这位同学太难教了，这道题问，分离定律和自由组合定律统称为什么定律，这分明就是送分题啊！她给我写王尔德！"

周甜甜一脸无辜："不是他吗？我记得就叫这名字啊。"

"王尔德是作家啊，姐姐！孟德尔得被你气醒过来。"

程柔趴在桌子上哭笑不得，陈北洺手上转着铅笔，抬头看着程柔。

"程柔,我高三有认识的学长,数学特别厉害,我把他的笔记借来给你?"

"不用,不用,"程柔连连摆手,"我就几个题型不懂。"

余一突然把手中的草稿本转了一圈放在程柔面前,说:"我也有一个认识的朋友,数学特别厉害,他可以现场教你。"

程柔似有所觉,立马回道:"不用了!"

余一抬了抬眼,意味不明道:"我指的是自己,你想到谁了?"

程柔轻咳一声:"没谁。"

余一低头笑,左边脸颊的小酒窝若隐若现,程柔伸出手指轻轻碰了碰,片刻又自觉失礼,便收回了手。

"对不起,我就是觉得挺可爱,没忍住。"

余一又恢复冷冰冰的小脸,轻声道:"酒窝是由于面颊部肌肉缺陷而导致,并不是什么可爱的东西。"

"不会啊,我觉得很可爱啊,你笑的时候比不笑的时候好看多了。"

余一顿了一下,摊开草稿纸继续讲题,程柔便也收起心思听题。

考试前一天,张印反复嘱咐考试注意事项,光是作弊这一项就费尽口舌。

"你们谁要是给我作弊,我就把谁提溜到窗口扔下一楼。"

吴琛语重心长道:"老师,杀人犯法,不可取。"

张印笑了:"行,那就一人作弊,全体跑操场二十圈,写三千字检讨。"

众人拍着桌子抗议。

张印置若罔闻,继续道:"语文作文别再给我乱编名言名句,这张冠李戴,也太丢我的脸了。温思屿,别张望了,就是你,别什么都是鲁迅说的,你问人家意见了吗,你就写?"

温思屿靠在椅背上,叹气道:"我倒是想问,鲁先生也没给我机会啊。"

全场哄笑,一阵阵唏嘘坠地,张印一只手撑着桌子笑骂一句"小兔崽子"。

"还有,会做的题目先做,不会做的……"

"就别做了。"有人接了一句。

张印一瞪眼:"不会做的就乱做,不准给我空着!"

周甜甜小声地凑近程柔耳边:"你寒假干吗呀?"

程柔看着台上与众学生斗智斗勇的张印,笑了笑:"可能得回趟津沽吧。"

周甜甜瞬间蔫了:"那我不能找你玩了?"

"春节之后我就回来了,到时候我给你发信息。"

周甜甜眼睛亮亮的,点点头,小声地让程柔放假期间要跟她通视频,还说她没看过津沽的大雪,让程柔给她拍照片,程柔一一应下。

"还有啊,我寒假作业肯定很多不会,你到时候回来要借我,不然我得烦死了。"

"甜甜。"

程柔突然喊了一句,周甜甜一脸疑惑地抬起头。

"我会想你的。"

周甜甜愣了愣,突然一巴掌捂住自己的脸:"造孽啊,今生恨为女儿身。"

张印不知道说了句什么,教室里又是一阵欢声笑语。

程柔支着脑袋突然想,很久很久之后,她还会记得这一天吗?记得这平淡无奇的一天,一群人坐在不大的教室里,因为即将到来的考试惶惶不安,又因为一句话笑得前仰后合。

这时,窗外的冬天还未过去,但春光的影子已经在悄无声息地来临,像无数个期盼已久的天明。

下个春天,下下个春天……那之后也会记住吗?

一定会的。

考试结束当天,程柔回原教室收拾放在讲台下面的几本课本。整个校园都一片祥和,众人一蹦一跳地欢呼雀跃,低头讨论寒假去哪里玩。周甜甜的爸妈来接她去吃饭,她腻腻歪歪地抱了抱程柔后就消失无踪了。程柔走出教室时,看见靠在走廊上的徐燃。

"你怎么在这儿?"程柔问。

徐燃把嘴里咬着的棒棒糖移到一边,顶着胀鼓鼓的脸颊道:"等你回家啊。"

许舒亭从教室里跑出来,路过程柔时和她挥了挥手。

温思屿紧随其后,一把揪住许舒亭的发尾,习惯性地对着许舒亭说了一句:"明天见。"

许舒亭怒不可遏,大吼:"明天就寒假了,谁要和你明天见啊!"

温思屿停在走廊上,表情有点呆。

许舒亭气得抬手整理头发,顿了一下,突然回头。

"什么明天啊,明年见吧。"

程柔没忍住笑了一声,徐燃突然停住脚,靠在走廊上不走了。

程柔一脸莫名其妙:"你干吗?"

徐燃压了压往上翘起的嘴角,没压住,索性捏着糖柄笑:"我们就不一样了,我们是邻居,我每天都能见你。"

温思屿:"……"

程柔:"……"

温思屿冲程柔摆摆手,转瞬就消失在楼梯口。徐燃还在一边喋喋不休地逗弄程柔。

"你寒假回津沽吗?你要是回去,我就陪你一块回去。"

程柔眼都没抬,径直下楼梯。

徐燃保持在距离她半步远的位置,换了一个话题:"我爸过几天估计要回家,你来我家吃饭吧!"

"为什么?"

"啧,你都见过陈北洺他妈了,见我爸为什么需要理由?"

程柔哑口无言,走到楼梯平台处才突然想起一件事。徐燃毫无察觉地走到对方前面,嘴里咬着棒棒糖含糊不清地问:"你们班都不换座位的吗?我觉得你那个位置前有狼后有虎,不太吉利,不如……"

徐燃"不如"后面的话还未出口，防不胜防地被程柔推了一把，背脊轻轻磕在墙上，他瞬间浑身紧绷，瞪大的双眼里藏着越来越靠近的程柔。

程柔伸手抓住他的衣领，踮脚凑近他闻了闻。

"你抽烟了？"

徐燃喉间滚了滚，程柔离他只有几厘米的距离，对方唇齿间呼出的热气像火星子落在他的耳垂处，让他整个人冒火似的烧起来。

"我……"

声音低沉又喑哑，他瞬间说不下去。

程柔松开手，往后退了一步："你不是答应徐奶奶不抽烟了吗？下次要是再让我发现，我就告……"

徐燃突然一声不吭地蹲在地上。

程柔吓了一跳，没顾上放狠话。

"你怎么了？"

徐燃一只手捏着糖柄架在膝盖上，一只手捂住脸，声音闷闷地从喉间溢出来。

"我走不动了，你让我缓缓。"

（3）

程柔一直觉得自己本质上是一个又闷又无趣的人，连朋友圈都带着浓厚的老干部气息。她鲜少发自己的状态，大多数是转发的文章和歌曲分享。她百无聊赖地翻着朋友圈，看到周甜甜发了最新一条状态，是周甜甜站在娃娃机前面的自拍，后面隐隐露出半个脑袋的林晏。

津沽的冬天比秦淮更喧嚣，程柔起身关上半开的窗户，顺势坐在飘窗柔软的棉垫上，室内有暖气，她便只在腿上盖着一张毯子，再拿起手机时便看到周甜甜发过来的信息。

满屏的"啊"字。

这会儿临近年关,廖慧慧和程尚彦都出去买年货了,程莹这会儿正在屋内睡午觉,整个房子异常寂静。程柔索性给周甜甜弹了语音,周甜甜欣喜若狂地跟程柔说,早上他们一块去游乐场玩了一圈,下午准备去看电影。

"就你们俩?"程柔问。

周甜甜的声音往下压了压:"哪能啊,还有他们班的几个同学,那个生物课代表也在,你能相信吗?今天秦淮都五度了,她还穿着小裙子!是在下输了。"

程柔握着听筒笑了笑,突然瞥见朦胧不清的窗户上有白色的东西一晃而过,她推开窗户,席卷而来的冷风中,白色的雪花扑簌簌地落下来,覆在地上。周甜甜没听见声音,冲电话喊了几句。

"甜甜,我给你弹视频!"程柔迫不及待地挂了语音,裹着一件羽绒服跑出阳台,重新给周甜甜弹视频。眼前的鹅毛大雪纷飞而下,周甜甜在视频另一边嗷嗷直叫,程柔伸出手承接到小小的雪花,把镜头往手心凑了凑。

周甜甜笑着说,想去雪地里打滚,顿了一下,突然黏糊糊地问程柔想不想她。

程柔把冻僵的手一把塞进口袋里:"想啊。"

"嗯?什么?"

程柔问:"信号不好吗?"

周甜甜那边短暂的停顿后,才传来她夹杂在电流里的声音。

"你说什么啊!我这边听不清!你大声一点。"

程柔无奈,嘴巴凑近听筒的位置,拔高声音道:"我说,我很想你!你到底听没听见啊?"

半秒后,电流杂音里隐隐传来她的回音。

回音?为什么会有回音?

程柔拉远手机,看清屏幕后浑身血液一僵,屏幕里神色各异的一群人同时望着她。

程柔:"……"

徐燃松开嘴里咬着的吸管，弯腰凑近镜头，他的眼睛像落着一片雪花，干净又明亮，声音却放得很轻，带着浓浓笑意。

"听见了。"

他伸出食指碰了碰屏幕，程柔条件反射地往后一退，后知后觉地抬手挂断视频。她脸上一片火热，退回屋里时恨不得冲去秦淮把周甜甜吊打一顿。

周甜甜发来好几条语音道歉，先说信号不好，后面又说是徐燃自己要求看视频的。

"而且，你刚看到了吗？那一群花蝴蝶正在搭讪徐燃呢，你这几句话，瞬间让她们知难而退！你真是菩萨心肠！"

程柔冷哼一声："要什么菩萨心肠，我是小肚鸡肠。"

手机一直在振动，程柔退出聊天框，看到徐燃发来的两条短信。

——把围巾围上，别站在室外。

——今天是腊月廿四，你过完年什么时候回来？奶奶今天还说很想你。

程柔确实很久没见到徐奶奶，她心里一软，手指按在屏幕上正想打字，就看到聊天框底下又跳出一行字。

——早点回来。

程柔窝进鹅绒沙发里，拿着手机迟迟没有回复，程莹的房间隐隐有窸窣的声响传来，大概是在穿衣起床。程柔的脑袋偏了偏，把半张脸塞进羽绒服的立领里，脑袋浑浑噩噩地想起一些事。

刚放寒假时，徐江确实回了一趟秦淮，程柔和程莹当时还未回津沽，被徐燃胡搅蛮缠拉着在他家吃了一顿饭。程柔见徐江的次数屈指可数，但每一次见心里都会隐隐发怵，并非徐江长得凶神恶煞，而是他天生就是属于不怒自威的人，一举一动都让程柔胆战。

当天饭后，徐燃陪着程莹在阳台看花，徐江知道程莹喜欢花卉，特地带回几盆澳洲石斛兰送给程莹。程莹喜上眉梢，恋恋不舍地一看再看，徐燃还和程莹讨要了一盆，说要自己养养看。阿姨在厨房清洗碗筷，整个客厅只剩程柔和徐江面对面坐着，程柔坐立不安地搓搓腿,每隔几秒就往阳台望过去。徐江慢条斯理地烫杯温壶,斟了一杯茶递给程柔,程柔诚惶诚恐地用双手接过,小声地说:"谢谢叔叔。"

"我听助理说,前阵子徐燃惹事住院那会儿,你也在场?"

程柔心里一跳,窘迫地捧着茶杯道:"对不起,叔叔,那件事其实是我自己不小心,徐燃受伤也是因为我。"

徐江一脸平静地笑了笑:"我不是怪你的意思,我是怕徐燃没个轻重,自己惹事不够,还拖上你。"

程柔下意识往阳台看了眼,徐燃这会儿正蹲在地上和程莹说话,脸上带着少见的温顺。

徐江扫了一眼,抬手继续斟茶:"徐燃跟我不太亲近,有什么事也不会同我说,跟他妈妈就更少了,我以前没注意,这会儿想同他亲近,可他已经不需要了。所以,你能帮叔叔一个忙吗?"

程柔看着对方,有点茫然:"我?"

"嗯,你帮我多看着他,我对他没别的要求,就希望他别再惹事受伤,如果是你的话,他应该会听的。"

程柔干巴巴地扯扯嘴角:"其实我们很少在一块,他也不一定会听我的。"

徐江的视线顺着杯沿落在程柔身上,咽下一口热茶后才笑道:"他当初可不是这样跟我说的。"

程柔摩挲杯壁的手指一顿,没明白徐江的意思。

"徐燃性子倔,开口让我帮忙的次数少之又少。有一次他跟我借了一笔钱,后来硬是自己出去兼职分毫不差地还我。所以我记得很清楚,当时他给我打电话,指明要转学去秦淮十三中。他虽不说,但我想应该与你有关。因为这件事,他才愿意心平气和地同我坐在一块吃饭,说到底,也是多亏了你。"

程莹拉开房门,锁头转动的声音惊醒了陷入回忆的程柔,程柔心中一跳,莫名觉得慌张。

程莹把手上提着的暖水袋塞进程柔怀里,笑着摸了摸她的头顶:"想什么呢,这么入神?"

程柔搓了搓脸,答非所问:"奶奶,你和徐奶奶通过视频了吗?我听说她已经回秦淮了。"

"阿姝前几天就和我说了,还催我赶紧过完年回去呢,不过你想多待几天,奶奶就陪你一块多住几天。"

其实程莹并不喜欢待在津沽,她总嫌吵,没事还念叨着秦淮屋外的几盆花,而寒假初始就往这边赶,不过是她怕程柔想念父母。

程柔自知这一点,现下便摇摇脑袋,说:"我听奶奶的。"

上学时,课堂四十五分钟总是很缓慢,但放假时,一眨眼就是一星期,程柔常常觉得自己像一个自由自在的废物。但做废物的感觉太好了,以至于她把寒假作业拖到除夕当天才完成。

除夕当晚,程尚彦画了一幅水彩的全家福要挂在餐厅的墙上。程柔摆放碗筷时,他便叫住程柔让她看看位置是否合适,她点头,他才开始上钉子把画挂上。廖慧慧端着一盘热气腾腾的可乐鸡翅上桌,特地放在她的面前。

程柔默不作声,但内心里都能感受到他们在小心翼翼地亲近她,说来奇怪,他们原本就是一家人,却连亲近都显得刻意。她突然想起徐江的那一句:"我想要亲近,但徐燃已经不需要了。"

怎么可能不需要?家人的亲近是无论多大年岁都渴望拥有的东西。

"你才几岁啊,怎么总是一脸苦大仇深的?"程桉突然从身后探出头,伸出两指掐了掐程柔的脸颊,"给哥哥笑一个。"

程柔转身双手齐上,作势要打对方,奈何被程桉长手压住脑袋,愣是一拳都没打中。

程桉顿时笑得见牙不见眼,但怕程柔真生他的气,便松手从口袋里掏出红包,讨好地塞给程柔。

"来,给你的。"

程柔捏着厚厚的红包,陷入沉思。

程桉是把他的整个小金库都搬进去送她了吗?

程柔一脸震惊地转头看程桉，程桉退后两步，笑着伸手在头顶比心。

"新年快乐，哥哥爱你哦。"

程柔："……"

她怎么感觉程桉自从参加完家长会之后，整个人都不太正常？

程柔原计划是晚饭后同家人一块看春节联欢晚会，但遭到程桉的强烈反对，他晓之以理、动之以情，愣是把她拖到广场上看烟花表演和杂技表演，后面一块去吃了夜宵才回家。到家时已经接近十二点了，她走得匆忙，把手机忘在房间里，这会儿满屏都是同学的祝福。

程柔坐在床上慢悠悠地一一回复消息。张印在群里发了红包，顺带催了一波寒假作业，众人列队般整整齐齐地回复道：谢谢老师，老师再见。

程柔乐不可支，回复到最底下才看见徐燃从八点钟就开始给她弹视频，一共是十二个，最后一个是在半小时之前。她顿了一下，给对方拨了语音通话，徐燃秒接，只说了一句"等会儿"就挂了。

程柔一脸莫名其妙，坐在书桌前开始检查自己的寒假作业，五分钟后徐燃才弹了视频过来。

徐燃围着一条棕色的围巾，说话间有白色的热气不断往上冒，他凑近镜头却没看着程柔，像在把手机支撑好。

"你等我一下。"

徐燃冲镜头笑了笑，跑远了一段距离，开始点燃摆放在地上的烟花。程柔看着他从远处往自己这边跑，落在书桌上的手指突然颤了颤，在他身后是不断冉冉升起的火光，炸裂声之后就是成片的烟火，在茫茫黑夜中，璀璨又夺目。

徐燃摸了摸鼻子，后知后觉问："你今天看烟花表演了吗？"

炸裂声接二连三地响起，徐燃不得不凑近屏幕说话，这么近的距离，程柔都能看见他冻得冒红的耳垂和湿漉漉的眼睛，像热气蒸腾出的水珠一不小心化在他眼里，一晃一明亮。

程柔顿了一下，道："没有，这是今天我第一次看。"

徐燃抬眼看了看时间，拿着手机往前走，一脸郑重其事。

"还有一个东西要给你看。"

视频的镜头一晃，程柔才注意到徐燃在别墅的家里。徐燃风驰电掣般跑到二楼的露天阳台上，夜晚长风喧嚣，他微微眯着眼把镜头拉远，让程柔看到身后挂满红灯笼的秦淮河。

秦淮河蜿蜒而去像一尾红鲤鱼，两岸灯火与涌动的人潮在程柔的眼睛里微微晃动，河中央停靠着好几艘游船，通体彩光与河水一同荡漾。

徐燃微微侧过身，压低声音，一字一句像在擂鼓，骤然落在程柔耳边。

"今天的秦淮河很好看，我拍不出它的好看，可又实在想要分享给你。"

徐燃呼出一口热气，笑着舔了舔上排的小虎牙："程柔，新年快乐。"

程柔握住手机的手一滑，堪堪抓住手机后又觉得心里像被什么东西轻轻戳了一下，有点酸又有点软。

她把脑袋枕在膝盖上，轻声道："新年快乐。"

（4）

二月六号是秦淮十三中开学的日子，程柔陪着程莹提前两天回到秦淮。徐殊当时还未离开，整天兴高采烈地拉着程莹去逛花鸟市场，回来后，姐妹两人就坐在院子里聊天。程柔在屋内刚给周甜甜拍了一道物理大题的答案，就听到她们在讨论她与徐燃。

程莹说："燃燃可乖了，经常过来给我帮忙，嘴又甜，一口一个奶奶叫得我心都软了。"

徐殊摇摇头："哪能啊，他就一个臭小子，我看还是程柔乖，懂事有礼，成绩好！"

程莹立马笑眯了眼："柔柔是一个好孩子，你别看她这样，心可细了。我回津沽那段时间,她怕我无聊,晚上总陪我一块听黄梅戏,但她哪儿听得懂啊,脑袋靠着椅背打瞌睡,还怕我发现。"

徐殊不甘示弱道:"唉,我家徐燃那小子就没什么优点,这半大孩子还总喜欢出去兼职,你不知道吧,上次他还偷偷拿兼职的钱给我买了一条围巾。"

"那是你的好福气,我家柔柔就只会读书,作画,拿拿奖状而已。"

"你才是有福的人,徐燃也只是会打打架子鼓,赚赚钱。"

程柔:啧,这一波明贬暗夸的高手过招让她大开眼界。

程柔正咋舌,她们突然抬头互相对视一眼,达成共识般凑在一块说悄悄话。程柔无意偷听,正想往房间走就被徐殊喊住了。

徐殊比程莹小几岁,一头齐肩小鬈发下围着一条深红色羊绒围巾,抬眼看程柔时眼底一片暖意。

"柔柔啊,你觉得徐燃怎么样?"

程莹探过脑袋,双眼放光。

程柔眨眨眼,试探道:"挺好的?"

徐殊立马低头一笑,转身同程莹击掌:"成了!"

什么就成了?她刚说什么了?她不就说了三个字吗?还是疑问句呢。但两人都没回答,转身又凑在一块说悄悄话。

程柔只当是两个老小孩的秘密,便悄无声息地走回屋子里。

直到有一天,徐燃酒后失言,她才知道是怎么一回事。

那时候秦淮已经开学一个月,气温回转,春光正浓,校方破天荒地举行了一场全校的篮球赛。十二班的男同胞们个个跃跃欲试,一群人见缝插针就往篮球场上跑,张印起初并不在意,男生好动是常态,运动运动也并非坏事。

"但你们也不能无视纪律啊!我让你们运动运动是为了有更好的体魄去学习!不是让你们一天天光顾着打篮球!"张印恨铁不成钢地往走廊上的一排人指了指,"你们说说,这都第几次了!你们是不是要等下课铃响才进教室啊?我的课你们都敢这样,其他老师的课你们岂不是……"

一排人抬眼看了看张印,心虚地垂下脑袋。

张印心口一窒:"不是,你们不会就只对我这样吧?其他老师的课都没有?"

吴琛顶着巨大的压力摇了摇脑袋。

张印瞬间面如死灰,按了按睛明穴,叹气道:"你们起码雨露均沾,这样我多没面子啊。"

教室里伸长脖子偷听的众人顿时一笑,陈北洺站在张印旁边,拍了拍他的肩膀:"老师,我们不是不在意你,正是因为我们感情好,我们才敢这样啊。"

张印冷哼一声:"恃宠而骄!惯得你们!反正以后不许再出现这种情况,一个个的上课后才进教室,其他同学还怎么听课啊!"

"可是快篮球赛了……"有一个同学不怕死地小声道。

张印刚熄灭的怒火瞬间死灰复燃。

"你们是学生,当然是以学业为主!是,我知道,篮球赛也重要,但你们不能搞不清主次啊!你们是要气死我啊……"

张印的暴脾气一上来,无人能敌,众人只能顶着乖乖认错的表情受训,时间一长,大家都不免有些走神。整个校园除了张印的怒骂,就只剩音乐教室隐隐传出的歌声。

张印一只手撑着额头训斥道:"你们到底什么时候才能懂事?什么时候才能明白老师的良苦用心?什么时候?"

温思屿:"当山峰没有棱角的时候。"

吴琛:"当河水不再流。"

陈北洺:"当时间停住,日月不分。"

同学A:"……当……当天地万物化为虚有?"

张印:"……"

周甜甜拍着桌子大笑:"人才!"

教室里的哄笑声起起伏伏,张印一记刀眼甩过,大家才猛然合上嘴,镇定自若地扭回脑袋翻书写字。

温思屿后背一僵,连连讨饶:"老师!是音乐教室先动的手!"

张印皮笑肉不笑:"操场,十圈,少一圈我就让你们知道什么叫化为虚有。"

后来,《当》光荣成为高二十二班的班歌,吴琛理直气壮地说,里面倾注了他们五人半桶高的汗水,不给它一个名分说不过去。

高三因为要奋力备考,这次篮球赛便只有高一、高二级的学生参加。比赛第一轮采用小组出线制,第二轮采用单败淘汰制,除去不参加的班级,一共有三十五组。

篮球赛前一天,各班派代表去体育室抽签,然后按抽签结果进行比赛。

张印嘴上说着让他们放宽心,牢记友谊第一,比赛第二,但看见十二班杀出重围,进入第二轮比赛时,脸上一阵眉飞色舞。程柔也是在这时候才知道陈北洺高一时经常同张印打篮球,难怪开学那会儿张印对陈北洺的态度那么熟稔。

"我当时还见过你呢,不过你可能忘了。"陈北洺转了转手上的腕带,笑着道。

程柔眨眨眼:"什么时候啊?"

"高一第二学期,张印那会儿是你们班的班主任。有一次你跑来球场拿资料给他,当时我就坐在篮筐旁边的空地上喝水呢,你等了好一会儿,估计是急着回家吧,就把资料给我了。"

程柔想了想,实在没印象。

陈北洺也不在意,转着腕带问:"放学后篮球赛,你来看吗?"

程柔对篮球的兴趣不大,但是毕竟关乎班级荣誉,便点了点头。

"我们和哪个班打?"

"十七班,十七班有一个三分王挺厉害的,但是团队配合不好,应该没什么悬念。"陈北洺顿了一下,"另一组是七班对高一三班,七班应该会赢,所以三进二,应该是我们班对七班。"

事实上也确实如陈北洺所言,十七班占据风头没多久就被十二班追平了分数，吴琛虽然个头不小，但站在比他高半个头的陈北洺和温思屿中间时总显得娇小，但他胜在敏捷，断球之后就给他们俩传球。

周甜甜从二号球场跑回来，气喘吁吁之下正好看见陈北洺起跳后仰，投了一个三分球。她立马兴奋得随着声浪一阵欢呼。

"陈北洺这次球赛后，估计又会收获一堆迷妹。"

程柔问："那边怎么样了？"

周甜甜挺挺胸膛，与有荣焉道："毫无悬念！你是没看到，林晏灌篮的时候帅死了！就是校服太短，都露腰了，场外女生的尖叫都要掀顶了。"

周甜甜气愤地挥挥手，势要在林晏的校服下摆再缝一块布料。

程柔顿了一下，想问问徐燃的情况，又觉得显得太刻意了，只能一个劲地拧手上的矿泉水。

尖锐的哨声骤然响起，围观群众的尖叫和欢呼争先恐后地涌现在整个操场，一半是冲着场上，一半是冲着缓缓而来的徐燃。

程柔抬眼望过去，徐燃低头咬着衣领，一只手拉下校服外套的拉链，把外套抖了抖胡乱绑在腰上，潮湿的发梢下面是一双似笑非笑的眼睛，他不过扫了一眼人群，就有女生低声喊他的名字。

吴琛一边抬手擦汗一边走下场，见状一脸气急："哎哎哎，你们可是十二班的人啊，我刚在场上抛头颅洒热血的时候怎么不见你们这么样啊？"

周甜甜笑着带头喊了一句"体委威武！"才平息了吴琛的怒火。

徐燃抬手抓住林晏的胳膊，待林晏站直后才笑着道："人家叫的是他们班体委，你脚软什么？"

林晏闷闷道："踩空了。"

陈北洺和班里一群人勾肩搭背地走过来，班级里的女生连忙给他们递纸巾递水。程柔站在后面没动，陈北洺却径直往她身边走，差两步的时候眼前突然一晃，徐燃先一步拿过程柔手里的矿泉水，拧盖，仰头灌了一口。

陈北洺脸上的笑意瞬间消失无踪，抬手抓住徐燃手上的瓶子，瓶子里的水摇摇晃晃从瓶口溢出洒在地上。

"同学，你走错地方了吧？"

徐燃没放手，笑了一声："我走到哪儿，哪儿就是我的地方。"

程柔惴惴不安地从旁边冒出头，递上新的矿泉水："你们没看到吗？身后有一箱。"

徐燃："看不到！"

陈北洺："看不到！"

程柔："……"

周围的声浪瞬间往下压了压，体育老师在另一端喊了一句，让他们准备准备，比赛十分钟后开始，但两人置若罔闻，看着对方也不动，瓶子在双方压力下逐渐凹陷扭曲，大片的水花从瓶口溢出。

程柔不明所以，但怕徐燃无端生事，便小声地喊了喊他的名字。

徐燃顿了一下，大大方方地松开手，转身拿过程柔手上的水，还褒奖似的说了一句："真乖。"

程柔一脸无奈，徐燃拧开瓶盖后把水往她面前递了递："你渴不渴？"

"不渴。"

方才剑拔弩张的气氛瞬间腾空一消，徐燃收回手，泰然自若地走到七班的队伍里。程柔转头时，陈北洺已经和温思屿他们坐在一块说话，神色淡淡的，倒也没看出生气的影子。

周甜甜难掩兴奋地撞了撞程柔的肩膀："我有预感，一会儿比赛会很好看！"

岂止是好看，场外一众女生的喉咙都快喊破了。

徐燃和陈北洺完全是一对一地相互警惕，隔三岔五在篮筐下碰到，两人半弯着身子视线纠缠在一块。陈北洺左右移动都被徐燃堵住去路，脸色越发难看，他把篮球狠狠砸在地上，一转身抱住篮球起跳，被徐燃一个盖帽拦住，篮球脱手飞出滚落到林晏脚下。

吴琛咽了咽口水："没必要吧，不就一场比赛，他们俩也太拼命了。"

林晏感同身受地点点头："而且徐燃今天不太正常。"

吴琛跟着林晏跑："怎么说？"

"他今天太认真了，你不知道，他有时候打篮球连外套都不脱就上场了。"

吴琛还想再问，突然被人一把揪住后领往回拖。

"哎——"

"思屿，你干吗啊？"

温思屿冲林晏点点头，拽着吴琛回队伍里："我再不拉住你，你怕是都要忘记回家的路了。"

周甜甜意犹未尽地喝了一口水，一抹嘴道："全场多和谐啊，就他们俩一山不容二虎似的你追我赶。"

程柔叹了一口气，刚想说话，耳畔突然爆发一阵毁天灭地的叫喊声。程柔捂住耳朵往球场看过去，徐燃带球攻到对方篮下被陈北洺拦住了，两人一路火光带闪电的对视后，突然都往前凑了凑，距离很近，程柔感觉他们再近一点都能亲上了。

见状，全场的欢呼声更高了。

程柔往后看了看，看到咬着半根辣条的许舒亭正面红耳赤地摇旗呐喊。

周甜甜喝进嘴里的水突然吐了一地，程柔正想问她怎么了，就看到徐燃突然伸手推了推陈北洺，陈北洺稍一踉跄往后倒退几步，一脸惊魂甫定。徐燃转身蹲在地上找东西，程柔只看见他急急忙忙地四处张望，弯腰在后侧方的地上抓了一把。

事情发生得太突然，场上众人皆是一愣，还没反应过来，徐燃已经怒气冲冲地上前揪住陈北洺的衣领往篮球架上一摔。

林晏一个箭步上前，不管三七二十一从背后一把抱住徐燃就往后拖。

"哥！哥！你干吗呢？"

场上瞬间乱成一团，余一眼明手快一把拉住体育老师："老师，没事，不小心撞上了。"

七班一众人迅速凑上前，形成不小的包围圈，程柔被周甜甜拉着挤了进去，徐燃冷着脸，手上握着一条断裂的黑色编织绳。

陈北洺也是一脸错愕，似是没想到会拉断徐燃的项链，靠着篮球架闷声闷气地道歉。

徐燃勾嘴嗤笑一声："你道歉是你的事，我接不接受是我的事。"

场面瞬间一僵。

周甜甜推了推程柔："你快去讲两句，不然一会儿打起来了！"

程柔被推得一个趔趄，正好挡在陈北洺身前，她心里远没有表面来得镇定，徐燃虽然表面看起来吊儿郎当，但对于自己的东西特别维护。陈北洺一脚踩在他的软肋上，小魔王肯定暴跳如雷。她心里一番嘀咕，但现下也只能干巴巴地搓了搓手当和平鸽。

"徐燃，他不是故意的，打篮球没注意到也正常对不对？"

徐燃看着她，面无表情地抬脚踩住眼前的篮球："你怎么知道他不是故意的？"

"那我替他向你道歉，你别生气了。"

程柔原本是想以示弱顺一顺小魔王炸起的锐刺，但不想徐燃的脸色更难看了，阴沉得像风雨初来时的浓雾。

"你替他？你凭什么替他？程柔，你们俩什么关系啊？"

程柔被噎了一口，心里瞬间一阵难受，放在平时徐燃可不会对她这么咄咄逼人，她张了张嘴，也没说出个所以然来，气氛瞬间到达零点。

徐燃挣开林晏的桎梏，头也不回地走出篮球场。

周甜甜拍着胸口吐气："吓死我了，我就怕徐燃一个冲动大开杀戒……不过那是什么项链啊，徐燃这么宝贝。"

众人下意识把目光落在林晏身上，林晏挠了挠脑袋："我也不知道，好像是一颗宝蓝色的珠子吧，徐燃平时放衣服里面，我也没怎么注意。"

体育老师见无事发生，便睁一只眼闭一只眼继续比赛，七班没有徐燃上场,命中率降低了不少,拖到下半场时形势已经一清二楚。

十二班以三分险胜七班,接下来便要与体育生云集的五班争夺第一。

五班是高二级体育生最多的班级,参赛的五人皆是练田径的学生,体力能顶两个吴琛,况且他们默契十足,战术精准,十二班输给他们早已是板上钉钉的事情。程柔兴致不高,退到人群最后面站着。夜色渐浓,晚风带着钩子似的轻轻撩拨她的思绪,她心里莫名一阵郁结,这种感觉有点微妙,就像一只一直对她百依百顺的猫,突然有一天伸出它的小利爪轻轻挠了她一下,明明不痛不痒,但她就是觉得有点难受。

可是徐燃不是猫,更不是她的猫。

今天正好是周五,篮球赛结束后,一群人便闹哄哄说要去吃火锅。程柔慢半步,落在他们身后,延伸出去的身影旁边突然冒出一道影子。

"他没事,正在店里等我们。"余一推了推眼镜,一脸若无其事地说。

程柔应了一声,后知后觉脸上一热,欲盖弥彰道:"我……我刚是在想怎么跟我奶奶说。"

前面有女生凑过去跟林晏说话,周甜甜隔三岔五跑过去打岔,对方大概是察觉到了,看了看林晏,又看了看周甜甜,欲言又止地低着头。林晏立马凑过去问她说什么,周甜甜在一旁皮笑肉不笑地转头冲程柔比了一个抹脖子的动作,双唇一启一合。

——是在下输了。

不等程柔说话,周甜甜又转过头一脸警惕地听他们说话,浑身上下散发着越挫越勇的光芒。笑声从耳边传来,程柔转过头,看见余一左脸颊的酒窝里盛着一抹灰蒙蒙的月光。

余一收敛笑意,顿了一下才说:"高一的时候,有一次我碰见你和周甜甜在看学校光荣榜,周甜甜当时说我名字太省事了,省下的笔墨估计都用来读书了,你说,我哪怕叫饕餮,那也是第二名。"

程柔耳垂一红，恨不得凿一个地洞把自己藏起来。

高一时的程柔除了在面对徐燃的突然出现会心惊胆战之外，就只剩一门心思扑在学业上，因为只有成绩够让更多人看见她。她胆小懦弱，又渴望得到新环境里众人的目光与认同，所以难免争强好胜。当时余一已经连续两次压她一头排在她前面，周甜甜便拐着弯安慰她，她心里难过才说了那句话。

程柔恍然想，上学期期末考余一好像低她一名。

程柔想到这儿便笑着说："你不知道，高一时你总比我高一名，我都快有阴影了，不过好在我上次考过你了。"

余一配合道："嗯，你很努力，一直都是。"

程柔原本就是随口一说，他突然认真起来她反倒觉得脸热，她话锋一转，问起余一怎么和徐燃认识的。

"感觉你们是完全不同的人，你怎么会和徐燃玩在一块的？"

余一脚步一缓，微微发愣，程柔以为他没听清，重复了一遍。余一的视线落在前方的地面上，嘴角微抿，神色不明。

"他帮过我，我欠他一个人情。"余一继续往前走，仿佛刚才突如其来的停顿是程柔的错觉。

他顿了一下又加了一句："你应该多关心关心徐燃。"

程柔还没反应过来，他已经不慌不忙地融进前方的队伍里。

三个班级聚在同一个火锅店，程柔进门的时候正好看到徐燃斜靠在一张椅子上玩游戏，听见声响才抬了抬眼皮，转瞬又低头看手机。沈落正好从旁边的包厢出来，抬手让林晏帮忙搬凳子，视线落在程柔身上时还友好地冲她挥了挥手。

七班和十二班因为有女生在场，喝的都是橙汁和汽水，只有五班一群大男生搬了一打啤酒上桌。这家火锅店空间不大，但胜在食物新鲜又实惠，他们一众人占据了大半个地方，七嘴八舌地过桌聊天，滚烫的锅炉上蒸腾的热气和火锅香料味越发浓厚，氤氲满室，让人食欲大增。不过一会儿，大家便只顾着埋头吃饭，程柔心不在焉地嚼着一片土豆。

"你和徐燃怎么回事？"

耳边突然吹来一股热气，程柔惊魂甫定地转过头。沈落冲旁边人笑了笑，对方便知趣地空出一个位置让她坐下。

"我下午没去球场，听说你们吵架了？"

程柔顿了一下，又夹起一块莲藕放入嘴里，随后把事情三言两语说了。

"啧。"沈落咬着可乐瓶里的吸管，半垂着眼没说话，程柔摸不清她想表达什么，小口地喝着杯子里的橙汁。

热气萦绕在周身，连沈落的模样都模糊了几分，程柔味同嚼蜡地咬着半块土豆，一侧头就看到沈落神秘莫测地凑近她。

"怎么了？"程柔问。

"你觉得徐燃怎么样？"

程柔愣了两秒，突然想起徐殊也这么问过她，她莫名觉得别扭，噌地一下站起身。旁边正好有举着酒杯经过的五班同学，她推开的椅背撞在对方手肘上，杯中啤酒洒了大半。众人聚光灯似的目光让她脸上越发滚烫，周甜甜打圆场问她是不是要去洗手，自己也一块去，她胡乱点点头却被拦住去路。

对方大概是喝醉了，双脸通红地把剩下半杯酒往程柔怀里推。

"同……同学，来，我们喝一杯！"

周甜甜推回对方的手："喝你个鬼！你是不是醉了？"

对方傻兮兮地看着程柔："没醉，你是程柔吧？我知道你，你……"

"我陪你喝。"

徐燃从旁边站起身，抢过酒杯一口下肚，片刻才抹了抹唇角，手腕一转，把空杯子倒扣在桌上。

"谁认输，谁是孙子。"

全场顿时热血沸腾，余一和林晏担心徐燃，硬是挤到五班的座位上坐着不走，陈北洺从五班男生让程柔喝酒开始便站起身，但还没跨出去就被徐燃抢先，吴琛不明所以地一把拉下面色复杂的陈北洺。

"来，你帮我找找毛肚去哪儿了，刚才还在的……"

后续场面有些不可控制，程柔多待了一会儿，就被十二班男生送回了家里。一楼亮着暖灯，程柔轻手轻脚地推开门，就看到程莹坐在摇椅上昏昏入睡，电视放得很小声，此刻正在播放公益广告。

程柔轻轻推了推程莹的手臂，柔声道："奶奶，进屋睡觉了。"

程莹迷迷糊糊醒来，推了推鼻梁上的眼镜，这才看清程柔："柔柔回来啦，厨房里有银耳雪梨汤，你喝了再睡啊，奶奶这一把年纪熬不住了，要去睡了。"

程柔眼眶一热，扶着程莹进房间后才摊在沙发上发呆。

你觉得徐燃怎么样？

为什么他们都会问这个问题？徐燃怎么样与她又有什么关系？但关键是她无从开口，徐燃以前张扬跋扈，目中无人，她有千千万万句谴责他的话，但现在他不一样了，尽管她自己都觉得匪夷所思，但他确实在渐渐地变得更平和，甚至是温柔？

这个词在脑袋里蹦出来时，程柔自己都吓了一跳，她想不透，索性起身回房。她洗了热水澡后便坐在床上看书，书桌上的指针一点一点地落在晚间十点的位置上。她犹豫再三还是给余一发了短信，对方过了十分钟才回她。

——刚送回家，他喝醉了，你如果方便就过去看看他。

程柔随手披着一件外套便跑出院门，徐燃家里黑漆漆一片，院门半掩着，在风中轻颤。她站在门外突然一阵难过，她回家时尚有程莹预留的一盏灯火，但徐燃什么都没有，没有灯盏，也没有人等他回家。

程柔越发自责，轻轻拧开未落锁的门，屋内没有开灯，程柔借着室外的微光左顾右盼。她一边往开关的位置摸索过去，一边喊着徐燃的名字。突然，一道影子覆上来，把她往后一推，她背靠在墙上，吓了一大跳，下意识想尖叫出声，却被徐燃捂住了嘴。

徐燃有点茫然地看了看她："你干吗？"

你干吗？

程柔心脏怦怦怦直跳，好不容易回过神，却感觉徐燃伸手捏了捏她的脸，挥袖间除了酒味还有若有若无的烟草味。

徐燃抽烟了？

程柔还未来得及思索，耳边突然袭来一阵热风，她瞬间乍起一身皮毛。徐燃低头嗅了嗅，过了半晌才松开手退回沙发上，继续蹲着找东西。

这场景怎么这么熟悉？

程柔一边抬手摸脖子，一边按下灯源键，室内乍然一片光亮，而徐燃光着脚蹲在长桌前翻找抽屉。程柔没见过喝醉后的徐燃，一时半会儿摸不清他的想法，只能胆战心惊地凑近问他："你找什么？"

徐燃眼都没抬："棒棒糖。"

程柔："……"

喝醉之后要吃糖是什么毛病？

程柔生怕惹恼对方，小心翼翼地商量道："明天再吃行吗？现在该睡觉了。"

"不行。"徐燃板着小脸，眼底一片朦胧，难得看起来有点呆。他顿了一下，小声道："有烟味，程柔会生气。"

程柔微微一愣，徐燃已经从第四个抽屉里翻出一颗薄荷糖含着，曲着腿一动不动地坐在沙发上。程柔抬眼望过去，正好看到他从脖子一路蔓延到双颊的红晕，他的手上抓着下午断裂掉的项链，黑色编织绳里串着一颗半节尾指大小的珠子，通体宝蓝，中间有稀碎的银光闪了闪。

有点眼熟……

程柔指了指他手上的东西："这个很重要吗？"

徐燃歪着脑袋看程柔，程柔蹲着，他的眼尾便微微往下压着，看起来像一只乖巧的大型犬。

"嗯。"

"你爸妈送你的？"

徐燃盯着程柔看，嘴角紧紧抿成一条线："是程柔的。"

"我？"

程柔一脸错愕，她记忆里就没有出现过这种项链，但是这颗珠子确实很眼熟，像程桉小时候买给她当"弹药"的玻璃珠，可是怎么会在徐燃手上？

程柔轻声道："那它为什么在你手上啊？"

徐燃看着她不说话，反倒把脑袋往膝盖上藏了藏。

程柔恍惚想起程桉说过徐燃十二岁那年曾经见过她，会是那时候吗？原来在那么久之前他们就已经见过吗？她莫名觉得窘迫，总觉得徐燃把她的东西挂脖子上这一举动，有些让人匪夷所思。

徐燃突然冲她张开手，小声道："碎了。"

程柔视线下移，徐燃的掌心里躺着那颗玻璃珠，侧边缺了一个口子，掉落的碎片也在手心里。

徐燃看着她，一脸认真地问她："怎么办？"

程柔心里像被塞进一颗破碎的柠檬，徐燃的表情执拗又直白，让她瞬间有点后悔下午所说的话。无论这条项链是什么，但徐燃喜欢它，那便是他宝贵的东西，她没有资格要求他原谅陈北洺。

程柔试探性地伸手碰了碰玻璃球，见徐燃没反应后，才伸手拿过项链与碎片握进掌心："对不起，我帮你把它粘好。"

徐燃转过头一声不吭，过了一会儿才蹙眉道："你什么都不知道。"

程柔一阵语塞，不知道对方是酒后说醉话还是在跟她说话，只能试探性地回应："那你告诉我。"

"我不能说，说了就……"

"就怎样？"

徐燃又不说话了，程柔觉得脑袋有点疼，只得放弃沟通，催着徐燃回房间睡觉。徐燃倒是没反抗，直接两腿一伸，乖巧地躺在沙发上不动了。

"我要睡这里。"

程柔无奈,只能拿过一旁的毯子盖在徐燃身上,徐燃眼睛眨了眨,似是才看清她的模样。

"程柔。"

"嗯?"

"奶奶说,你以后是徐家的人,让我对你好。"

程柔脸上瞬间一片绯红,程莹和徐殊的秘密就是这个?她紧紧捏着毯子的边沿,一时忘记徐燃是一个醉酒的人,支支吾吾反驳道:"这……这……奶奶骗你的,你怎么能信!"

徐燃摇了摇头,眼睛里带着醉意的水光和头顶的水晶灯影。他悄悄地伸出两指,隔着毯子捏了捏程柔的尾指,声音却轻得恍若自语。

"我会对你好,我会对你比对这世界上任何一个人都好。"

程柔心里一阵塌陷,尾指上的热度往上攀爬,直至整个手臂都隐隐发烫,她鬼使神差地低下头看着徐燃。

"你喝醉了吗?"

徐燃歪了歪脑袋,一脸困惑。

程柔叹了一口气,把徐燃的手臂塞进毯子里,转头在抽屉里找镊子和胶水。

Chapter 7 ♥
● 世上无难事，只要肯放弃

（1）

阳春三月，春光撩人，睡意昏沉的程柔撑着脑袋看题，吴琛和陈北洺正在讨论篮球明星，转头问她喜欢谁。

"科比吧。"

因为她只知道科比。

陈北洺得意扬扬地冲吴琛抬抬下巴，转瞬又叹了一口气："可惜我男神去年退役了。"

程柔对于科比退役这件事印象还挺深刻，主要是当时张印哭得有点惨。科比所在的湖人战队与爵士的常规赛结束后，张印有一次上课提到关于"偶像"的话题，专门在投影仪里播放了关于科比的影像视频，从第一句"科比·布莱恩特"开始便红了眼眶，视频结束后，全场寂静，大家都缄默不语地看着张印背对着他们抹眼泪，等他平复心情后继续上课。

程柔也是那时候才知道表面"凶神恶煞"的人，指不定心里有多感性。

陈北洺侧坐着继续和吴琛聊天，程柔终于集中精神看完一道数学大题，但她刚写完一个 f(x)，周甜甜就咬牙切齿地从教室门进来。

周甜甜面无表情道："林晏说要送我一个礼物。"

周甜甜之前旁敲侧击地向林晏表示，她想和林晏的生命产生关联，最好是长久性的羁绊。

林晏愣了愣，瞬间瞪大眼睛。

"你想和我拜把子？"

周甜甜一口血如鲠在喉，最后只能认命地从"兄弟做起"，没想到才几天，礼物都送上了！

程柔一脸好奇地凑近她："什么礼物啊？"

"游戏里的一套牛魔王皮肤，因为他玩孙悟空。"周甜甜叹了一口气，一脸绝望，"他是真把我当兄弟了，可我压根不想当他兄弟啊！而且他最近光顾着玩游戏，我发信息他都不回！好不容易让他答应带我玩，我被敌方秒杀后，他在一旁哈哈哈。"

周甜甜突然抬起头瞪着吴琛和陈北洺："你们男生是不是都这样？"

吴琛顿了一下："电子竞技没有爱情。"

周甜甜冷哼一声："我要是有钱人就好了，买下整个游戏，我玩紫霞他就只能玩至尊宝！"

吴琛语重心长道："金钱是买不来幸福的。"

周甜甜说："那是因为你钱不够。"

吴琛："……"

陈北洺在一旁直笑："你还是好好学习吧，种树之后又要测试了。"

周甜甜被戳中痛处垮下脸，长手一挥："万丈高楼平地起，学习只能靠自己。我寄愁心与明月，明月不知我老几。"

程柔笑得眼泪都要掉出来了："什么乱七八糟的，你最近说话怎么总是咬文嚼字？"

"你不知道，对生活的感悟多了，遣词造句的能力也噌噌噌地往上跑……唉，我这该死的才华横溢。"

周甜甜自我欣赏了一会儿，总算不再因为林晏的榆木脑袋生气了。

学校原本计划植树节前后安排学生去后山种树，但当时恰逢流感，活动便往后推迟了一段时间。这会儿三月末，临近第一次模拟考，校长才想起来后山的树没栽，便在大会上通知众人后天下午一起去后山栽树。

程柔对于种树没有太大兴致，倒是周甜甜这几天对此体现出前所未有的热情。程柔捉摸不透，直到当天下午一众人跃跃欲试往后山跑，周甜甜坐在半路的凉亭里，从背包里拿出两棵富贵竹冲她晃了晃。

程柔一阵失笑："你对成为有钱人的执念也太深了吧。"

"我本来想买别的，但去得晚，很多门店都关了，左挑右选才选了这个。"

富贵竹株态玲珑，根茎是结节状，下面根须部分用透明的塑料纸裹着厚厚一层泥土，程柔拿在手上掂了掂，总觉得它们往后山上一栽，也活不了多久。她的手指漫无目的地蹭了蹭，突然摸到一节凹凸不平的表面，是一串刻上去的英文字母。

程柔顿了一下，还是把嘴里的话咽回了肚子里，她觉得周甜甜大概是疯了，但又没办法对于周甜甜所做出的幼稚举动提出半点否定。

张印先是在半山腰的空地上让语文老师帮忙给十二班拍了一张集体照，后面又交代了一些注意事项，才让众人在划分好的地方种树。香樟树苗很小一棵，程柔三两下便挖出一个浅坑把树苗往下试了试，没过根部之后便开始填土压平，相较于周甜甜的小心翼翼，她算是简单粗暴得让人心惊。

下山时，周甜甜还在惦记着那两棵与众不同的富贵竹，一会儿担心阳光暴晒它们会死，一会儿忧虑天降大雨它们会死，反正左右都觉得它们会死。

程柔一直觉得"借你吉言"这四个字往往没有"一语成谶"来

得痛快，上帝似乎特别钟爱坏事的降临，所以周甜甜的担忧隔天就印证了。

春雨来得又急又猛，天际像砸破了一扇玻璃窗，雨来势汹汹，瓢泼而下。周甜甜心不在焉，一会儿看书，一会儿看雨。当程柔觉察出来时，周甜甜已经趁着渐小的雨势一鼓作气跑去了后山。

当时刚放学，行政楼前一众等雨停的人目瞪口呆地看着程柔冒雨跑出校门口。后山的泥土因为植树活动被人为处理过，雨后泥土松散又湿滑。程柔担心周甜甜的安危，跑出去后才想起来自己忘记拿雨伞了，等找到周甜甜时，她已经淋了一脸雨水，校服外套萦绕着一层水汽，她莫名打了个哆嗦，就被周甜甜拉到凉亭里一把抱住。

"别抱，我身上湿，你的伞呢？"程柔往旁边退了退才开口问。

周甜甜往身后瞥了瞥，程柔顿时了然，连富贵竹都有伞撑着呢。

亭外雨势骤然变大，她们看着朦胧的雨帘一时无言，过了一会儿四目相对，两人同时笑出声。

程柔压下周甜甜脱外套的举动，自己把校服领口往上立起，意有所指地笑了笑："你这个傻瓜。"

周甜甜略带讨好地晃着上半身去撞对方："你不也是。"

程柔捏了捏潮湿的袖口，不置可否。凉亭四面有清风仓皇而入，带着潮湿的泥土气味环绕周身，周甜甜低头，脚尖在地上蹭了蹭，略带迟疑地望向程柔。

"柔柔，我有一件事要告诉你。"

程柔看着她。

周甜甜咬了咬牙："其实我很久之前就认识徐燃了，高一我们同班那会儿，有一次我负责收集生物资料的费用，你还记得吗？"

程柔顿了一下，记起有这回事便点了点头。

"其实那一次我把钱弄丢了，我不知道徐燃是怎么知道的，他找到我说，帮我先垫上，但是条件是让我跟你做朋友。我当时太害怕了，明天就需要把费用交给生物老师，我又不敢跟我爸妈讲，所以我就答应了，但是我不是因为这个跟你交朋友的！我的意思是最开始可能是，但是后来我是真心跟你交朋友！唉，我说不清楚了。"

周甜甜烦躁得扯扯头发，装似不经意地扫过程柔，其实心里一阵慌乱。

程柔笑了一声："嗯，我知道了。"

原本设想的怒骂和冷眼统统都没降临，周甜甜瞪大眼，一脸讶异。

"你……你没什么要问的吗？"

程柔想了想，言简意赅道："其实徐燃跟我说了。"

周甜甜眨了眨眼，瞬间如释重负，过了一会儿才反应过来的周甜甜立马狡黠地抬手戳了戳程柔："哎，你知不知道徐燃……"

"程柔！"

周甜甜闻声，立马闭上嘴，徐燃和余一一众人撑伞从远处走过来。林晏皱着眉在一旁问周甜甜下雨天来后山干什么，周甜甜只是笑着不说话。程柔刚转过头，头顶就被校服堪堪罩住，徐燃穿着一件格子衬衫，伸手把自己的校服往程柔身上紧了紧。

"你们怎么过来了？"

徐燃挑了挑眉："班里同学看到了，见你很着急，怕你出什么事，就跑过来告诉我……我跟你说啊，你现在可危险了。"

程柔看着他，一头疑惑。

徐燃嘴边噙着一抹笑："全校都是我的眼线，你做什么、去哪里我都会知道，怕不怕？"

"有什么好怕的，你总不能把我吃了。"

"那还真不一定。"

程柔脖子僵了僵，抬眼看见对方锁骨处有蓝光晃了晃，徐燃的格子衬衫领口敞开着，能够隐隐看见那条修复后的项链，她轻咳一声，索性不再说话。

（2）

程柔当天回家后就冲了热水澡，进门时正巧碰到程莹和阿姨在讨论怎么做肉酿豆腐更好吃。她轻手轻脚地跑进房里，等浑身热腾腾出来后，程莹已经在桌上等着了。

程莹给她夹了一筷子西兰花，笑着问："你刚刚身上怎么穿着燃燃的校服？"

原本以为瞒天过海的程柔顿时一僵，只得解释说是徐燃不小心落在她教室里的，她回来时觉得冷就披上了。

"那你得帮燃燃洗干净才行，机洗不好，你手洗吧，正好我新买了一瓶洗衣液，广告词还写着，余香不散，永生难忘。"

程柔：嗯？要什么永生难忘？

但程柔从来不会反驳程莹，只能一边夹菜一边点头。

饭后，她就勤勤恳恳地蹲在厕所里帮徐燃洗校服。程莹坐在客厅里和徐殊讲电话，不知道提到什么，程莹一个劲地笑得停不下来，喘气的间隙里还夹杂着"还早""结婚"之类的字眼。她浑身一颤，总觉得脊背发凉，洗完衣服站起身时这种感觉更是严重。她揉了揉鼻子没在意，直到躺在床上时才察觉到不对劲，整晚一会儿热一会儿凉，冰火两重天，等终于熬过沉沉的黑夜，天一亮她就觉得脑袋一阵一阵地胀痛。她费力睁开眼，就看见徐燃站在床边和程莹说话。

程柔眨了眨眼，视线渐渐清明。

徐燃蹲在床边，笑着把她隆起的被子往下压了压："你怎么还卖起萌了？"

程柔无语，但浑身一片火热，脑袋跟被车轱辘碾过一圈似的刺疼，实在提不起力气开口。

徐燃拿起手中的体温计递给程柔看，小声问道："你发烧了，我带你去看医生好不好？"

程柔想起医生拿针筒挤药水的动作就一阵别扭，反问道："我说不好，你就不带我去吗？"

"不好也得去。"

"那你还问我？"

徐燃笑着抬手点了点程柔通红的鼻尖："学霸可不能讳疾忌医哦。"

程莹从外面进来,又从衣柜里拿了厚外套准备给程柔穿上。程柔趁程莹走近的时候,快速地冲徐燃瞪眼。

"别动手动脚。"

徐燃顺着杆子往上爬:"那我动嘴行吗?"

程莹就站在两步远的地方,一字不差全听了,她的手顿了一下,方向一转,把外套塞进徐燃怀里,一脸和蔼可亲:"我在外面等你们。"

程柔:?

程柔不让程莹跟着,最后便只有徐燃陪她一块去看医生。他们找的是附近的一家诊所,医生面善,笑着问明情况后便把温度计递给程柔。

"之前测过体温吗?"

程柔还未张口,徐燃就在身后回答了。

"测过。"

"几点?"

程柔犹豫再三:"七点左右吧。"

徐燃:"七点零五分。"

医生笑了笑:"几度?"

程柔:"三十八度左右。"

徐燃:"三十八度六。"

医生抬眼看了看徐燃,又笑了一声:"你们俩一家人?"

程柔立马摇头,摇到一半被徐燃抬手捏住下颌,动弹不得。

徐燃的声音从她身后缓缓响起,尾音还微微上翘。

"早晚的事。"

温度计上显示的数字比早上高了一点,医生便提议打一剂退烧针,程柔心里不愿,又不好意思开口说自己怕打针,低着头没说话。

徐燃的手指轻轻叩在桌上,一下一下敲着,冲背身准备药剂的医生道:"拿药吧,她晕针。"

程柔抬头看了他一眼,立马又低下头。

清晨的露水很重，路边的花草枝叶上落着露珠，小小一粒，晃着日照的彩光。程柔把医生送她的医用口罩挂在耳边，徐燃走在她左侧，提着一袋子药细细叮嘱。

"早上的份刚才吃了，中午和晚上你得记着吃药，如果晚上体温没下去，我就带你去打针。"

程柔抬起头欲言又止。

徐燃一口反驳："没得商量。"

程柔声音闷闷地从口罩里传出来："不是，我是想说我自己能去，不用你带。"

徐燃脚步一滞，眼神意味不明地落在程柔身上。程柔戴着口罩，他只能看见她的双眼，因为生病眼尾还微微泛红，此刻眼睛认真地冲他一眨一眨，他没由来有点惋惜，还是早上意识昏沉的她更可爱，这不，一清醒就把他往外推。

程柔垂下眼继续往前走："你看我干吗？"

徐燃脱口而出："你好看啊。"

程柔翻了翻白眼，徐燃却得寸进尺道："你笑的时候好看，不笑的时候也好看，看着我的时候最好看。"

晨光兜头而下，铺在微凉的地面上，拖着他们长长的影子往前拉扯。程柔握手成拳，凑到嘴边一阵咳嗽，待喉间的痒意退下去才无奈地喟叹一句："你能不能说话正经一点？"

徐燃顿了一下，抬手把程柔的帽子套在头顶，拉着两边的帽檐往自己的方向一扯，程柔被迫仰头望向徐燃。

徐燃低头看着她，一字一句道："正经一点就是你别看其他人，看我吧，他们都没我好。"

程柔原本因为发烧而混沌的脑袋瞬间一塌糊涂，她脸上的温度升了升，连她都分辨不清是因为生病还是因为徐燃，她心里一阵打鼓，好在徐燃大发慈悲松开了手。

徐燃一只手插兜，心情颇好地笑叹一声，话锋一转："早上我过去找你时，你估计正难受，意识不清地说胡话，一会儿喊爸爸妈妈，一会儿喊程桉哥，我就蹲在地上看着你，看你什么时候才会叫我的名字。"

程柔只模糊地记得自己当时做了一场梦，但没想到自己还自言自语地说出口，现下便有些好奇地问："我叫了吗？"

徐燃斜了她一眼，一脸不满地生硬道："没有，半个字都没有。"

程柔瞬间一乐，笑声轻轻敲在口罩上，连带口罩都微微起伏。

半晌后。

"徐燃。"

"怎么了？"

"没事，我叫叫你。"

程柔大跨步往前走，一边扯外套，一边脚底生风似的加快速度，徐燃愣了两秒才笑着赶上。

（3）

四月份的秦淮，已经在悄无声息地接近夏天的裙摆，白昼被不断延长，日光越来越热辣，学校里的大部分学生已经换上夏季的校服外套。程柔的高烧好不容易退了，却迎来了漫长的感冒期。她生病的次数不少，但这次意外地难以痊愈，所以，徐燃时常勒令她要穿外套，连中午日照最强时，她都没能摆脱外套——因为徐燃有线人，周甜甜。

周甜甜自从知道程柔已经得知她认识徐燃的事后，越发肆无忌惮地替徐燃看着程柔，程柔但凡有半点不配合就扬言要给徐燃打电话。

程柔一脸无奈："你觉得徐燃能管我？"

周甜甜顿了一下，把手中扬起的手机放下，讨好地笑着："我这也是为你好啊，不吃药怎么可能会好。"

事实证明，不吃药真的会好，程柔原本是因为感冒药吃太多，脑袋总晕乎乎的，无法集中精神听课才不愿意吃，但不想歪打正着，把拖了一个多星期的感冒治好了。当时正逢秦淮当地政府组织了一场半程马拉松比赛,在当地各校掀起一股运动风潮。十三中以高三学生为首,每天下午都有人去爬后山,跑操场或是慢跑秦淮河岸,程柔怕程莹让她去跑马拉松,便抢先开口说跟着陈北洺跑操场。

陈北洺有时放学后要去音乐教室上课,那时便只有程柔一个人跑,但今天原本要去上课的陈北洺却一路跟她到操场上。她站在跑道边沿做准备运动,陈北洺突然抬手把手腕上的腕带递向她,见她没反应,直接上手将腕带套在她的手腕上。

程柔有点茫然地拉了拉深蓝色的腕带:"这是什么意思?"

陈北洺摸了摸鼻尖:"给你擦汗,我新买的,还没用过。"

"我不用这个,我就跑几圈估计没出多少汗。"程柔一边解释,一边脱下腕带。

陈北洺没接,问道:"如果是徐燃呢?"

"什么徐燃?"

"没什么。"陈北洺踢了踢脚下的碎石,往旁边的一号篮球场一指,"我说徐燃在打篮球。"

程柔刚抬起头就见徐燃好整以暇地靠在篮球架上看着她,嘴角似笑非笑地往上翘起,对上程柔视线时便大跨步地走过来。

徐燃径直拉过程柔的手腕:"你这么闲,帮我看下书包呗?"

"我哪里闲了,我要跑步。"

程柔嘴上反抗无效,整个人半跑着被徐燃拉去球场,但刚跑了几步脑袋就撞上了他的后背。他拿过她手里的腕带,往后扔给陈北洺,转头继续往前走。

"你怎么能乱收别人的东西?"

程柔脚下一个踉跄,差点栽下去:"我?我哪有?"

"那你解释解释刚才什么情况?"

"我……"

"别你了,就你借口多,一天到晚不让人省心。"

强词夺理!程柔瞪大眼睛,不甘心道:"不是你让我解释的吗?"

徐燃佯装讶异地看她一眼:"你什么时候这么听话了,我让你解释你就解释？我让你亲我一下，你亲不亲？"

"你！你不要脸！"

"要什么脸，我要的是……算了。"

比脸皮，她永远比不过徐燃的钛合金大脸。

体育器材室门外有一排休息座椅，徐燃以她上次发烧为由，告诉她要知恩图报，让她乖乖坐在那里帮他看书包和外套。她瞥了眼蓝白的校服外套，便如被火舌舔舐般立马移开视线。学校是一个几乎没有秘密的地方，连鸡毛蒜皮的事转眼都会传进众人耳里，所以当她听说自己日日为徐燃洗手作羹汤时，整个人如遭雷劈。

后来，程柔通过周甜甜才知道，传闻因徐燃而起。徐燃经常把校服外套挂在椅背上，但不许人触碰，次数多了便有人问起原因，徐燃便会状似不经意地说，那是程柔帮他洗的外套。

"而且来一个解释一个，要是有不识趣的人多问了一句，程柔是谁，那不得了，一时半会儿还讲不完。"周甜甜啧啧称奇，难以置信地摇着脑袋，"我怎么觉得徐小霸王像变了一个人……他的叱咤风云怎么变成绕指柔了？"

程柔一想起这事就觉得苦恼，她觉得徐燃大概是病了，而且病得不轻。

一号篮球场有四个篮筐，徐燃他们在程柔前面的篮球场上打篮球。程柔撑着脑袋看他们左右移动，三步上篮，欢呼一声互相击掌，她突然觉得男生的快乐也是简单明了的可爱。但程柔向来不懂这些，看着看着便觉得眼睑频频下垂，她问徐燃能不能从他书包里找东西看，他也不知道听没听懂，大手一挥，十分爽快。

程柔拉开对方的书包，里面放着一瓶矿泉水，一包纸巾，一盒棒棒糖，一个充电宝，以及几本掩人耳目的教材。程柔往里翻了翻，才看到揉成一团皱巴巴的物理试卷。程柔再往里掏了掏，突然觉得有点不对劲，她拉开暗格的拉链，看到里面放着一本书——《月亮与六便士》。

程柔做贼心虚似的看了眼场上的徐燃，此时他正背对着她在抢林晏手中的篮球,显然没精力顾及她在做什么。她把书本掩在书包下,翻开第一页,右下角明晃晃落着烂熟于心的字迹——高二十二班,程柔。

林晏拍着手上的篮球,意味不明地往徐燃身后看了看:"燃哥,你身在曹营心在汉啊。"

旁边有人立马搭腔:"有什么办法啊,那么大一人在场外呢,他没抛弃我们已经算仁至义尽了!"

徐燃笑骂一声,身体一晃抢了林晏手中的篮球,侧身起跳投篮,篮球在篮筐上转了转才穿过篮网砸地落地。

徐燃抹了一把脸:"那今天就到这儿了,走了啊。"

"啧啧啧,只见新人笑,不见旧人哭啊。"

林晏捏着嗓子哀号一声,尾音刚颤了颤就被徐燃踹了一脚。众人皆是哄笑。

程柔手上捏着一张空白的物理试卷看着,眉间微蹙,一脸严肃。

徐燃抓起一旁的校服扔在肩上:"这么认真?看出什么了?"

程柔下意识"啊"了一声,似是才回过神。

徐燃接过书包把物理试卷胡乱塞了进去:"我还以为你在看题,原来是走神,想什么呢?"

程柔立马摇摇脑袋:"什么都没想。"

徐燃走在她身后,抬手轻轻推了推她的后脑勺:"走,回教室拿书包,一会儿哥请你吃煎饼馃子。"

然而他们并没有吃到煎饼馃子,倒是看见张印了。

煎饼馃子摊在闹市里面,在它身后有一家新开的寿司店,因着装潢好看,平时吸引了不少过路的情侣,但这还是程柔第一次在闹市遇见张印。张印站在寿司店门口,手上还提着一个甜品盒,对面长发披肩的女生应该是他女朋友,但气氛看起来有点僵,女生不知道说了句什么,他便低垂着脑袋跟在女生身后往外走。

程柔生怕被张印看见,半边身子躲在一旁的霓虹招牌后面,徐燃提着她的书包探头往外看了看。

"他们走了，要跟上去吗？"

程柔内心一阵天人交战，迟疑地抬头看徐燃："这不太好吧？"

徐燃看着程柔亮闪闪的双眼，挑挑眉，提着她的衣领往前走。

程柔对于张印的女朋友仅仅有一个模糊的概念，张印很少请假，一般请假都是为了她。张印也从不避讳自己对于她的宠溺与贴心，化学老师也说过，张印是为了她才来秦淮教书，所以整个十二班的学生都认为她要不是样貌惊为天人，就是性格极好，也潜移默化地对她充满好奇。

程柔现下心里便是一阵发痒，连跟上去的步伐都加快了。两人鬼鬼祟祟地躲在旁边卖干果的小摊前，借着旁边立着的人形牌掩盖身影，看似左挑右拣，其实竖着耳朵听张印说话，入耳的声音有点小，只隐隐听见两人在争吵。张印在一阵低声下气之后，突然抬高了音量。

"你不能这么对我，我为了你放弃学业跑来这里，你怎么能……"

"张印，是你自愿的，我从头到尾没有央求过你一句。"

程柔捏在手里免费品尝的波罗蜜瞬间"嘎嘣"一声，碎成两块。但张印意外没有发脾气，只是站着不说话，女生同样缄默不语，最后一挥衣袖踩着高跟鞋走远。张印等女生走后，才掏出口袋里的香烟放在嘴边咬着。

"同学，你到底买不买啊？"小摊的主人脸色一沉，忍无可忍发话，"不买就别挡着别人了。"

程柔连忙低头道歉，拉着徐燃跑出闹市。

回家的路上，程柔一直没说话，张印虽然脾气不好，但大多数时候都特别纵容他们，而且极其护短。上周，隔壁班主任指使十二班同学去打扫升旗台前的树叶，吴琛虽然不满，但也带领同学照做。可那晚风大，隔天空地上又吹来一堆碎纸屑，校长看见后便随口说了几句。隔壁班主任就把气都撒在吴琛他们身上了，说他们学习不好就算了，连基本的责任心都没有。

升旗台前的空地卫生原本就是归十一班负责的，十二班为他人做衣裳还落得被教训指责自是气不过。张印知道后，直接单枪匹马找十一班班主任对质，伶牙俐齿的他堵得对方毫无还手之力。

张印的暴脾气众人皆知，但程柔很喜欢他，总觉得他跟其他的老师不太一样，所以她才会觉得心里难受。他付出那么多，女方一句"自愿"就把所有的感情一笔勾销了。

程柔没忍住，把这话跟徐燃说了，徐燃晦涩不明地望着前方的路，语气平淡，没有半点受波动的痕迹。

"其实仔细想想，女方也没说错，张印确实是心甘情愿为她这么做的。"

程柔胸膛微微起伏，一脸气急："可是张印是因为喜欢她啊！"

"那又如何，做决定的人是他自己。"

"这不公平！"

"谁告诉你这世界是公平的？"徐燃的半边侧脸虚掩在日渐昏沉的天色里，看起来有点不近人情，他话锋一转，"程柔，你知道什么是喜欢吗？"

程柔皱了皱眉，这题太难了，她不会答。

徐燃笑着伸了伸懒腰："你看，这公平吗？"

程柔没明白，但徐燃已经大跨步往前走了，还伸出右手冲她挥了挥："快点，等会儿奶奶该着急了。"

（4）

张印请假了，不是一两天，而是整整一个星期。

起先众人都没发现端倪，在第一天时还习以为常地在班级群里调侃张印，张印没有正面解释，只是让大家好好上课。第三天后，大家见张印迟迟没来才觉得怪异。私底下众说纷纭，有人说张印被学校派去其他高校做交流，有人说他家里有事不得不回，甚至有人说他请的是婚假，要与"神秘女友"结婚。程柔一直没插话，但她心里隐隐觉得大事不妙。

这节课原本是八班的语文老师来代课,但恰巧碰上她有事没来,十二班的这节语文课便成了自习课。陈北洺去音乐教室上课,许舒亭便坐在他的位子上,转过头和程柔她们聊天。

她漫不经心地翻着手上的书问:"你们觉得张印真的是去结婚吗?"

周甜甜偷偷摸摸地在课桌抽屉里玩手机,闻言直起身道:"也不是没可能,哎,柔柔你觉得呢?"

程柔内心一阵挣扎,最后还是抵挡不住八卦的心,把上次看见的事情告诉她们了。

程柔压低声音,一脸忧心忡忡:"我看张印当时挺难过的。"

"也许只是吵架?他们大人不都这样吗?我爸妈也常常吵架。"许舒亭从口袋里掏出两包虾条开始慢悠悠地吃着,"况且他们在一起那么久,不会分手的。"

周甜甜忙不迭点头:"我赌一包辣条!"

许舒亭:"两包!"

程柔正犹豫不决,突然旁边传来吴琛颤巍巍的声音。

他微微举手示意道:"我,三包!"

周甜甜一脸欣慰地伸手拍拍吴琛的肩膀:"不愧是我们班的妇女之友,有眼光。"

吴琛抖落肩膀上的手,一脸嫌弃:"我这是亲民!亲民!什么妇女之友啊。"

吴琛顿了一下,转头一脸好奇地看着许舒亭手上的书:"《心灵鸡汤》,这书名倒是言简意赅,直击主题,但你什么时候喜欢这种书了?你不是连作文书都懒得看吗?"

许舒亭掏出纸巾擦了擦手,长叹一口气:"我最近丧得不行,得靠心灵鸡汤活命。"

吴琛一副过来人的面孔,语重心长地说:"世上无难事,只要肯放弃。"

"滚！"周甜甜笑骂一声，转头冲许舒亭点点头，"人生的某一时刻真的很需要心灵鸡汤吊着一口气。"

许舒亭立刻更正："不，是每时每刻。"

程柔笑了笑："你这得是受多大的打击啊，才有这种觉悟。"

许舒亭整个人顿时蔫了："唉，我这次模拟考没考好，虽然我爸妈不满意，但也只是让我下次再加油。谁知道偏偏前几天我舅妈过来吃饭，一口一句她女儿多好。哦，你们可能不知道，她女儿和我同年，但人家学跳舞的，学习成绩也挺好，关键是她女儿瘦。"

这似乎是很多家长的通病，夸耀自己孩子时总会下意识地拖出别人家的孩子一阵鞭打。许舒亭原本就因为体重的事情被她爸妈诸多念叨，这次还碰上没考好，在表姐金光闪闪的光圈之下，她就像一只渺小的萤火虫，都不用扑腾两下就暗淡无光了。

许舒亭越说越难过，声音往下低了低，连虾条都不吃了："你们说，我是不是真的很胖？"

程柔立马道："不会啊，你只是微胖而已，况且我们现在正长身体，多正常的事。"

吴琛幽幽道："微胖也是胖。"

周甜甜也放下手机安慰道："胖一点很可爱的，抱着多舒服啊。"

吴琛小声道："谁胖谁知道。"

"不过，你可以多跑跑步，不是为了减肥，是为了锻炼身体。"

"百分之八十运动的人都是为了减肥。"

程柔和周甜甜终于忍无可忍，异口同声呵斥道："闭嘴！说什么大实话！"

吴琛："……"

许舒亭：一命呜呼。

周甜甜狠狠地剜了吴琛一眼，刚想说话解释，隔壁组突然发出一阵惊叹。余一面无表情地看着眼前的手机，手机空放传出一阵令人毛骨悚然的尖叫声，程柔瞬间头皮发麻，心里一颤。

周甜甜见怪不怪地瞥了一眼："他们肯定又聚在一起讲恐怖故

事呢,估计是想拿恶作剧吓余一吧。"

许舒亭方才涌上心头的悲戚顿时被好奇心取代,忙拉着她们凑过去听一听。程柔心里发毛,连连摆手,但最终没挨过许舒亭的激将法,只能硬着头皮过去。

余一略带疑惑地抬头看程柔:"你不怕?"

程柔诚实地点点头:"怕。"

"那你还过来?"

程柔眼神动了动,表示自己这是形势所逼,无可奈何。

哪怕做足十全准备,程柔豌豆大的胆子还是被吓跑了九成。等自习课结束后,她整个人都处在战战兢兢的状态,稍有风吹草动就能号一嗓子,连上厕所都紧紧拉着周甜甜一块,偏偏班里同学爱闹,时不时地吓她。

周甜甜抚慰道:"你平时不怎么说话,这次难得跟大家一块玩,这是他们爱你的表现啊。"

程柔一边走出厕所,一边神情恍惚地摇摇脑袋:"这爱太沉重了,我……啊!"

程柔话音一断,尖叫着一蹦三米远。

徐燃皱眉低头看了看自己的手,他刚就拍了一下程柔的肩膀,没用多大力气啊。

周甜甜在一旁撑着墙壁笑得说不出话,半晌后才解释道:"她现在神经正脆弱着呢。"

"怎么回事?"

"上节课班里有人讲恐怖故事,她听了点,脸都吓白了。唉,早知道她这么害怕,就不拉她过去了。"

程柔惊魂甫定地站在不远处,反应过来后脸上一阵燥热,一言不发地转身回教室。

徐燃笑了一声,把手上提着的东西扔给周甜甜。

"劳驾。"

周甜甜立马慌乱地接住:"什么啊?"

徐燃转身下楼梯:"镇静剂。"

周甜甜朝怀里的东西看过去,一包棒棒糖。

程柔虽然胆子小,但忘性大,过了一上午便将事情忘记得七七八八了,大家也逐渐失去了早上逗弄他人的乐趣。这件事便渐渐被遗忘,直至程柔洗漱完毕后躺在床上。

夜晚是一个很神奇的时间段,特别是临近入睡的这一段时间,你光是躺在床上,脑袋里就会自动放映潜藏在犄角旮旯里的一些事情,清晰明朗得让你瞬间睡不着。

程柔大声喘气,睁开眼,按亮房间里的灯光,所有诡谲的故事和惊悚图片瞬间在脑内一闪而过,吓得她不敢再闭上眼,索性坐起身拿手机播放《晚间新闻》。刚看没一会儿,她的手心就一阵发麻,顶端跳出一条信息,发件人来自徐燃。

——你怎么不睡了?

程柔顿了一下,没理会,徐燃却直接拨通了电话。

或许是因为夜色沉沉,四周无声,徐燃的声音透过手机传入耳边,像被消减了一半的力道,带着安抚般的温柔。

"睡不着?哥给你讲睡前故事。"

程柔口是心非道:"不用了,我一会儿就睡了。"

徐燃低声轻笑,颤动的胸腔带动声音一晃一晃的:"但我想讲,我不讲睡不着,你帮帮我。"

程柔握着手机躺进被窝里:"那你要讲什么故事?"

"《我不喜欢这世界,我只喜欢你》。"

程柔:"……"

"不喜欢这个?那换一个,《我与世界只差一个你》。"

程柔:"……"

"《我想和你在一起》。"

程柔半个脑袋掩进被子里,耳郭微微发烫,大概是手机散发出的热度染上的,她暗自想着,便换了另一只耳朵听电话。

"我想听别的。"

徐燃耐心地问:"你想听什么?"

程柔鬼使神差地说出口:"《月亮与六便士》。"

徐燃:"……"

程柔咬了咬后槽牙,抑制住自己越抹越黑的解释。她揉了揉自己的脸,不知道自己到底想表达什么,半天都没听见手机另一端有声响传来,她心里的烦躁翻腾得更厉害了。过了一会儿,徐燃终于有反应了。

他把电话挂了。

程柔:"……"

张印回来那天,语文课代表正打着哈欠站在讲台上带读,全班正读到"江山如画,一时多少豪杰。遥想公瑾当年……"张印就背手从教室后门缓缓走进来,语文课代表嘴下一抖,接了一句,"张印初嫁了。"

他愣了愣,在全班哄笑声中急忙解释道:"不是!不是!我是说小乔回来了……呸,是张老师回来了!"

全班顿时一阵闹腾,张印路过温思屿的课桌,随手拿起他桌上的课本,毫不留情地拍在温思屿的脑袋上。温思屿被吓了一跳,一脸惊恐地抬起头,侧脸还有睡着时压红的印子。

张印走上讲台,习惯性地拿一旁的毛巾擦了擦讲台桌:"我让你们好好上课,你们就是这样上课的?"

吴琛反应最快:"我们平时可认真了,难得松懈一次就被你一把抓住了。"

张印一脸不信,底下众人放大胆子问张印请假的原因,张印笑着继续擦桌子,说是家里有事不得不回去。

有人问:"张老师,你家在哪儿啊?"

"在舟山。"

"听说舟山的桃花岛,春风十里,桃花千顷,是真的吗?"

张印手上一顿，突然就这么安静下来了。众人不明就里，一时也不敢说话，张印推了推眼镜笑道："之前好像也有人这样问过我，所以我刚有点恍神……用词夸张了一些，但桃花是真的好看。"

张印回答完便让语文课代表接着带读课文，大家似乎都在无声涌动的暗流里窥探到了什么，难得安守本分地充当一回"读书郎"。程柔嘴里背着课文，偷空朝窗外望去，张印靠在走廊的围栏上，低着头也不知道在想什么，程柔的视线里突然闯进周甜甜八卦兮兮的小脸。

周甜甜一边翻着手上的手机，一边压低声音跟程柔头碰头。

"我刚去翻了一下，张印的微信头像换了，十指紧扣的相册封面也没了。"

她们心照不宣地静坐不言，周甜甜一只手支撑着脑袋，看起来一脸心不在焉。程柔不知道周甜甜在想什么，但她能够感受到周甜甜似乎很失落，可为什么会失落呢？哪怕张印真的分手了，于他们而言也不过是缺少了一个调侃张印的借口。她陷入猜想里，张合的嘴唇不自觉地停了下来，窗外已经没有张印的影子，她百无聊赖地收回视线，却看见周甜甜伸出一根手指在桌上画了画。

她写的是林晏的名字。

早读课结束之后，学校的广播台才正式营业。周甜甜在一旁跟人开黑玩游戏，程柔是一个游戏白痴，此时插不上话，便安静地在一旁看她玩游戏。今天的播音员是一个女生，声音细腻又温柔，在念秋微《再见，少年》里的一段话。

"无论遇见谁，他都是你生命中应该出现的人。无论发生什么，都是唯一会发生的。已经结束的就是结束，因为因缘成熟，没有任何一片雪花会意外落在错的地方。后来，我们终究知道，人生全部的快乐不过就来自这三件事——还有什么令人敬畏，还有谁让你牵绊，还有哪些被视作是梦想……"

程柔听着对方的声音，胡思乱想间竟想起了徐燃。如果是徐燃，他会敬畏什么，会牵绊谁，会拥有什么样的梦想？

广播的最后通常会播放一首歌，今天播放的是周杰伦的《晴天》，但放到一半音频却戛然而止，随之而来的是方主任雄厚的声音。他让高二年级的所有班主任前往会议室开会，语速很快，应该是临时下达的通知。

后来程柔才知道省城中学的学生要来秦淮十三中参加知识竞赛，其实竞赛原本的比赛场地是秦淮的另一所中学，但因为那所中学临时出了点问题，才改在秦淮十三中举办，校方措手不及，只能紧急召开会议。

虽然对外一直声称是友谊赛，但双方备战的姿态却半点都没马虎。这种表面裹着"切磋交流"的比赛，从来都不只是"你好，我好，大家好"这么简单，每个老师都恨不得替学生上场，一战群雄，打得对方落花流水。

省中有几十所学校，虽然这次竞赛只来了三所中学的学生，但没一个是省油的灯。

吴琛靠在走廊上，一边晒太阳，一边把自己搜集来的信息无偿共享。

"我听说来的三所中学分别是华附、若河和南凛一中，华附就不用说了，省中第一中学，人才储备中心；若河虽然名气不大，但能人异士很多；南凛一中比较特别，它是学术部与艺术部相结合的学校，水平不详，但俊男美女特别多！"

许舒亭和周甜甜的眼睛一下亮了，简直像两盏感应灯。温思屿见状，抬手敲了敲许舒亭的脑袋。

"不是，你兴奋个什么劲啊？"

许舒亭义正词严道："谁不喜欢好看的皮囊？我当然兴奋了！"

吴琛啧啧两声："你们女生太肤浅了！"

程柔问："那你看不看？"

"看。"

吴琛自行打脸，果断干脆。

吴琛笑着接受众人的白眼，眼神一瞟长廊，突然触电般直起身，晃了晃脑袋:"晒得我老眼昏花,我先回教室了。"

众人随着他的视线望过去,纷纷找借口遁逃。程柔一脸困惑,转过头看到徐燃悠闲自得地往这边走过来,她内心警铃一响,刚踏出一步就被徐燃的大手压住脑袋。

"这么不想见我?"

"没有。"

"那就是想了。"徐燃的手掌落在对方的肩膀上,往走廊的围栏上轻轻一推,"来,我们培养培养感情。"

程柔一脸警惕:"你要干吗?"

徐燃靠在她旁边的位置上:"替张印传话,他让你参加这次的知识竞赛。"

程柔半信半疑:"他为什么让你传话?"

"我刚好在办公室接受'笑面虎'的心灵洗礼,偷空听了几句,就自告奋勇过来了,感不感动?"

"就这样?"

"就这样。"

程柔心里顿时一阵苦恼,这种主要靠临场发挥和自身气运的比赛不适合她。她所有看起来稍微有点出色的成绩都是她埋头苦干出来的结果,她一参加这种比赛,十有八九会暴露出自己技不如人的缺点。但张印既然让徐燃过来传话,那估计这事已经定下来了。

徐燃见她迟迟没说话,以为她紧张,难得出口安抚几句。

"输赢都是大家一起,你心理压力别太大,或者你知道哪几个学校过来吗?我帮你探探底。"

程柔便把周甜甜的话原封不动地搬出来。

徐燃皱了皱眉,视线落在教室的窗棂上:"华附?"

"嗯,我之前也听说了一些,华附创校久远,本身根基就稳,这几年招生的标准更是越来越高,里面人才济济,随便一场模拟考都是一番腥风血雨……"

程柔兀自说着,抬头时才发现徐燃在走神,徐燃从她提起华附开始就不太对劲了。

"你在华附有熟人？"程柔问。

徐燃视线一晃，浑身懒洋洋地往后靠："熟人没有，讨厌的人倒是有一个。"

虽不知对方是不是代表华附过来，但程柔还是忍不住提醒道："你别乱来。"

"我心里有数。"徐燃直起身，冲程柔摆摆手，"我走了。"

程柔盯着对方的背影看了两秒，转过头正准备回教室，突然看到窗户上一整排似笑非笑的脸，正是方才消失的四人组。

程柔："……"

（5）

知识竞赛安排在周三上午，下午还有一场篮球友谊赛，比赛场地是学校的小礼堂。方主任一大早就拉着人去小礼堂布置场地、挂横幅、检查设备，徐燃当时正吊儿郎当地咬着一袋豆奶进学校，方主任眼明手快地拉住他就往小礼堂推，让他帮忙搬桌子和检查选手的席签。他搬完桌子，便跷着二郎腿坐在第一排看手上的席签，神情散漫，态度敷衍，旁边同样被拉来帮忙的男同学撑着桌子一脸忐忑。

"要不我来放吧？"

徐燃闻言抬起头，若有所思地敲了敲手上的卡片："座位安排表在你手上吗？"

"对。"

"借我看一下。"

男同学："……"

对方犹豫着摸摸口袋："一会儿方主任会来检查的。"

"我知道。"徐燃直起身，三步并作两步跨上台阶，冲对方笑了笑，"我看一眼就还你。"

比赛开始时间是九点，但参赛选手需提前十分钟进场，程柔一众人进来时，小礼堂已经有不少人在座位上等着了。南凛一中的校服边沿带着一抹亮红色，在人群中像小红旗似的飘飘扬扬，周甜甜定睛一看，忍不住小声跟程柔感叹："南凛一中是派了他们外联部过来吗？一个比一个好看……嗯？那是我们学校的学生？"

程柔随着对方的视线望过去，台阶下围着一群人正在说话，方主任的手臂正揽着其中一人的肩膀在说些什么，神情很是满意，对方谦逊有礼地往后退一步，只笑着摇了摇脑袋。

"你们俩干吗呢？"吴琛从身后探出脑袋，往舞台的位置看了一眼，"小胖总又在明目张胆地挖墙脚了，也不怕被若河的领导生吞活剥。"

周甜甜一脸惊讶："若河？我还以为是我们学校的学生呢，啧啧啧，长得好看又有才华的男生简直是稀世珍宝。"

若河的校服和南凛一中相似，不怪周甜甜会认错。程柔跟他们挥了挥手，先行一步走去舞台，周甜甜比了比加油的动作，就转身继续和吴琛聊天。

"你知道被方主任拦住肩膀的男生是谁吗？"

"对方胸口的挂牌上有名字，但离得有点远看不太清楚，好像是陆……陆朝……最后一个字我怎么看不懂……"

程柔一边侧身给人让路，一边拿出振动的手机看短信。

徐燃：看到礼物了吗？

礼物？程柔转头看了看四周，连徐燃的半个影子都没看见。

程柔：？

程柔回完信息就继续往舞台走，躲过重重人潮找到自己的席签，刚想坐下就被眼前的一幕吓破了胆。她的位置正好是第五个，与旁边若河高中的一号选手是邻座，对方挤眉弄眼地冲她笑了笑。

"你好幸福啊。"

来往的学生纷纷探头往里看，人群中逐渐爆发出小小的惊叹声，程柔盯着眼前用棒棒糖铺满的桌子，徐燃是一个傻瓜吧！

她满脸通红地把棒棒糖统统塞进桌子抽屉里，才欲盖弥彰地解释说，估计是别人放错了。

方才开口的女生一脸了然地冲她眨眨眼："我懂。"

程柔：不，你不懂。

参赛选手陆陆续续坐在座位上，四个学校，四组队伍，采取抢答模式分上下两半场进行。程柔原本就做好了全程陪跑的准备，现下便不慌不忙地整理桌上的草稿纸，但让她意想不到的是，比赛竟然异常激烈，说好的友谊赛呢？

程柔刚往大屏幕上看题目，就已经有人举手抢答，速度快得让她的自信心溃败，她这戏中人逐渐沦为座下客，半点存在感都没有。她索性隔山观虎斗，看到起劲处差点一拍大腿叫好。

"程柔！你嗑瓜子呢？答题啊！"

张印在底下面目狰狞地冲程柔比画，程柔只能重新含泪参与比赛，最后五分钟倒是答下一道物理题，但十三中的比分依旧排在第三。华附领先若河四分排在第一，也就是两道题的距离，但华附一行五人脸色苍白，尤其是为首的男生一脸阴沉地捏着手里的笔，程柔仿佛能听到他指关节扭转的声音。

中场休息十五分钟，程柔刚下台就被周甜甜推在座椅上一阵嘘寒问暖。

周甜甜捶肩，许舒亭捏手，吴琛和温思屿在一旁递水。

程柔一脸莫名其妙："你们疯了？"

吴琛道："你为班争光！应该的，应该的。"

程柔一针见血："说人话。"

周甜甜讨好地笑道："徐燃说把你照顾好了，晚上请我们吃火锅！"

程柔的视线下意识往四周扫了一圈，没看见徐燃的影子。

许舒亭接道："但我们不是被火锅收买的，是真心觉得你太辛苦！你不知道你最后五分钟抢答时，张印在一旁氧气都不用吸，瞬间活过来了，我们以为你要干坐一小时。"

程柔脸上一红，悲戚道："技不如人，我待会儿就去负荆请罪。"

吴琛往台下另一边抬了抬下颌："不怪你，是敌人太强大了，你在台上可能没注意，华附个个来势汹汹，特别是队长陈瑞，全程盯着陆朝滔一眨不眨。"

陈瑞这时正仰头喝水，旁边大概是华附的老师小声地劝慰着什么，他拧上盖子，过了半晌才点了点头。

程柔问："陆朝滔？"

周甜甜立马解释道："就是我们一开始看见的那个男生，被方主任揽住的那个，他可是若河高中的顶梁柱！而且我听说，他原本就是华附想要招揽的人才，但当初不知道为什么他拒绝了华附留在若河，那可是省中最好的高中啊！大神果然与我们凡人不同。"

温思屿这时才想起什么提醒道："徐燃说，让你离陈瑞远一点。"

程柔站起身揉了揉肩膀："为什么？"

温思屿摇了摇脑袋，加了一句："我看那家伙也不像好人，别碰上就行了。"

程柔点了点头，虽然官方说法是促进各校学子交流，但是基本上除了碰面时点头问好，他们私底下并不会多作交流，更何况是陈瑞。程柔想起对方在场上大杀四方的模样，估计也不会注意到角落里看戏的她。她抬头望了眼屏幕上的时间，跟他们匆匆说了一声，便跑向小礼堂外面的洗手间。

礼堂外面洗手间的设计和教学楼的不同，洗手台的位置在卫生间外面的公用区域，程柔进去的时候，正好看见张印的背影。为了避免正面撞上，她还特地在卫生间多待了一会儿。她鬼鬼祟祟地探头往外看，看见张印跟别的老师一边说着话，一边返回礼堂才走到洗手台洗手。旁边突然附上一道阴影，程柔一边打开水龙头，一边下意识往镜子上看了一眼，正巧和对方四目相对。

程柔："……"

程柔急忙收回视线，因为速度太快，看上去倒像有点刻意。水流冲刷过指缝，落在瓷盆上发出不小的声响，陈瑞侧头看了程柔一眼，又扫过她胸口的挂牌，低声念了一句。

"程柔。"

程柔避无可避,只能抬头笑了一声。

陈瑞从旁边抽了一张纸,漫不经心地擦手,声音不咸不淡道:"你们还挺努力。"

这算是夸奖?那她是不是该夸回去?

程柔干巴巴地笑着道:"你们也很努力。"

但陈瑞半点没领情,整理衣领的动作带着显而易见的不屑。

"我们还没尽全力,但你们尽全力也只能到这一步了。"陈瑞偏了偏脑袋,估计是想皮笑肉不笑地对程柔示威,但转瞬他的眼神突变,连带脸色也冷了下来。

程柔被噎了一口,这也太猖狂了!

程柔心里正憋着气,没顾上对方变脸,关上水龙头时把湿漉漉的手指用力挥了挥,故意让几滴水珠飞溅到对方身上,眼见陈瑞脸色越发难看,才虚伪地笑了笑。

"不好意思啊,你是?"程柔的视线落在陈瑞的挂牌上,故作讶异地"啊"了一声,一脸无辜。

"陈瑞?我还以为是陆朝湦呢,口气这么大。"

陈瑞脸都青了,程柔暗自欣喜,觉得自己方才的表演绝对是得到徐燃真传,她正想大大方方转身抽纸擦手,但刚偏过头就看到镜子里的陆朝湦冲她莞尔一笑。

天要亡她。

"擦手吧。"陆朝湦动作自然地从卷纸筒里抽出一张纸递给程柔,顿了一下,又加了一句,"一会儿加油。"

自己刚拿他作为武器对陈瑞一招毙命,他不仅不在意,还给她递纸巾,她脸上霎时一片滚烫,唯唯诺诺地双手接过。

"谢谢,谢谢,你也加油。"

陈瑞嗤笑一声,没说话。

程柔宛如芒刺在背,胡乱挥了挥手就马不停蹄地跑出洗手间。张印在小礼堂门口站着,看见程柔一脸胆战心惊地拍胸口,还以为她是因为压力过大,惶惶不安。他瞬间放缓了表情迎上去。

"不要有压力!沉着应战!随机应变!"张印大手一拍,程柔瞬间肩膀酸了一大半。

程柔连忙往后退了一步,郑重其事地点点头。

下半场比赛开始时,程柔才看见徐燃从小礼堂的侧门进来,坐在最后面的位置。主持人正在说话,她匆匆扫过一眼便收回视线,借着整理桌面本子时,偷偷伸手往抽屉里的棒棒糖上抓了抓。

陈瑞依旧傲气不减,一脸天下疆土归我所有的气势。反观陆朝温一直镇定自若,连抢答时也是不紧不慢,陈瑞中间说错了两个答案,都是陆朝温抢答改正,场下瞬间一片唏嘘。程柔抢了两道文学题之后就精疲力竭了,等到比赛结束时,她才发觉手心早已溢满热汗。十三中依旧排在第三名,华附领先若河两分,排在第一,南凛一中排在第四。

但几乎所有人都被陆朝温的锋芒所折服,他们退场鞠躬时甚至有人在小声地喊陆朝温的名字,连华附的领导都低声惋惜。华附虽然比分高,但那是团队的功劳,要是比个人分,陆朝温绝对摘得桂冠。陈瑞大概也明白这个道理,一脸怒气地推开桌子就跑下台,程柔顿时乐不可支。

徐燃绕到前面,把手中拧开的矿泉水递给程柔:"喝水。"

程柔喝了一口水,才想起来问:"你刚去哪儿了?"

徐燃顿了一下,手指下意识握紧口袋里的手机:"我去接了一个电话。"

程柔也没在意,探头往陆朝温的方向看了看,徐燃抬脚往左边跨了一步,直接挡住对方的视线。

徐燃的神色平静,口气生硬:"不准看。"

程柔没理会他,依旧抻着脖子张望:"陆大神果然名不虚传。"

徐燃脸色一冷,伸手捏住程柔的脸颊摆正她的头,等她把视线转移到自己身上时才小声道:"程柔,我说了不准。"

程柔嘴边一酸,习惯性妥协,嘟着嘴声音模糊不清:"知道了。"

周甜甜在一旁使劲咳嗽了几声，一脸揶揄地看着他们。程柔莫名觉得窘迫，脑袋往后仰了仰，揉着脸颊绕过徐燃准备回教室。林晏从小礼堂的大门跑进来喊徐燃，说是梁续在找他说下午篮球赛的事。

徐燃一口拒绝："我不参加。"

"为什么啊？"林晏一脸跃跃欲试，"我早想和华附的人打一场了。"

"不想打。"徐燃的视线倏忽落在程柔身上，但转瞬就移开了，插着裤兜往侧门走去，"你叫别人吧。"

林晏一脸茫然地看向程柔："他怎么了？"

程柔摇了摇头，顿了一下才想起来问："你知道他今天接谁的电话了吗？"

林晏想了想："不知道啊，我早上都没看到他。"

程柔隐隐觉得不对劲，但又不好直接开口询问徐燃，只能安抚自己是杞人忧天了。

但她没想到真的出事了。

校长中午要带其他学校的领导去食堂吃饭，程柔为了避免撞上尴尬，索性和周甜甜叫了外卖坐在教室吃饭。班里一部分人去了食堂，一部分去体育馆看篮球赛，空荡荡的教室只剩她们两人有一搭没一搭地聊天。陈北洛早上因为发烧没来学校，这会儿正吸着鼻子走进教室。

周甜甜一脸讶异："你怎么那么早？烧退了吗？"

程柔一脸茫然："你发烧了？"

陈北洛点点头，一脸疲惫地坐在座位上笑道："程柔你都不关心我，我发着烧还看你的比赛视频呢。"

程柔顿时一阵愧疚，憋了半天憋出一句："那我给你倒杯水？"

陈北洛顿时一乐，道："不用了，我一会儿要去体育馆，你们去吗？"

"你还要上场？"周甜甜问。

"没有，我就去看看。不过我刚听吴琛说，华附的陈瑞刚在球场找徐燃。"

程柔"唰"地站起身，吓得周甜甜和陈北洺同时看向她。

"我想去看看。"

程柔心里隐隐觉得不安，徐燃为什么会讨厌陈瑞？她从来没有从他口中听过这个名字，那便不是熟人，那会是谁？而且他今天明显是躲着陈瑞的，会让他不想见面的人……程柔脑袋乱成一团，像有一个模糊的影子落在正前方，她用力想看清又什么都看不清。

程柔一众人刚跑到体育馆大门前，便听到从里面传来的争吵声。因为是友谊赛，体育馆内并没有领导坐镇，裁判是学生会体育部的部长，此时正站在华附和十三中的人群之中，一脸焦急地说话。

徐燃拍了拍手上的篮球，抬手扔给陈瑞："我不和你打。"

陈瑞冷哼一声："你怕什么？怕输？还是怕我告诉……"

"陈瑞！"徐燃乍然开口，走到陈瑞跟前笑了一声，"我怕什么？我是怕你哭着回去。"

"你！"

周遭一片安静，连呼吸声都放缓了下来，谁都不知道华附的队长为什么会平白无故和徐燃撞上，但现场火药味越来越浓厚，众人神经紧绷，却不敢开口询问。

徐燃从同学手中拿过校服外套，正准备走出人群，身后却传来陈瑞轻蔑的笑声，尖锐得像一把匕首。

"徐燃，你这张脸长得跟你妈一模一样，真的是怎么看都让人烦。"

徐燃脚步一顿，置若罔闻地继续往前走。陈瑞却不依不饶地把手中的篮球往他身边狠狠一掷。

"所以，要我接受你妈，下辈子吧！"

程柔挤进人群的动作瞬间一顿：陈瑞？梁琳？所以他是……

徐燃避开篮球转身往陈瑞身边走，体育部部长顿时汗毛直立，一把拦在徐燃身前。

"徐同学,有话好好说!有话……"

"滚。"

徐燃面无表情地拉住陈瑞的衣领,凑近他一字一句道:"你接不接受她跟我半毛钱关系都没有,你以为我不跟你打是因为她吗?你的脑子是不是光用来跟书打交道了?"

陈瑞不怒反笑:"怎么?恼羞成怒了?啊,我好像想起一件事了。"

徐燃皱了皱眉。

"新年那会儿,你好像给你妈送了一盆花吧,一盆澳洲石斛兰是吧?"

徐燃瞳孔一缩,手指瞬间捏紧,陈瑞脖颈间被衣领勒出一片血红,但他丝毫不在意,反倒笑得更开心了。

程柔却听得心里一跳,徐江当时带回三盆澳洲石斛兰送给程莹,徐燃破天荒地表现出满满的兴趣,跟程莹讨要了一盆,说要自己养着。程莹见状,更是开心得不行,几乎是手把手教他养花……原来他是要将花送给梁琳。

"想知道我为什么会知道?"陈瑞不怀好意地看着徐燃,声音很轻,却像张着血盆大口的怪物一样,吐出一根又一根浸毒的针尖,"因为我说喜欢啊。

"我说喜欢,她就送我了,你妈也是真能演,我当着她的面将花扔进垃圾桶里,她都没吭一声呢。

"也对,她犯不着这时候跟我闹,她多聪明啊,波澜不惊地说'你不喜欢就算了',我爸还会夸她贤惠懂事。

"不就一盆花吗?亲生儿子送的又怎样,她连自己的儿子都不要,更何况是一盆……唔……"

程柔的脑袋嗡嗡直响,反应过来时,陈瑞已经挨了徐燃一拳倒在地上,陈北洺不明就里地拉着程柔往旁边躲。层层围困的人群里糟乱的脚步、刺耳的尖叫和挥舞的手臂全部乱成一团,华附的人倾身而上,场面瞬间失控变成一场莫名其妙的群架。程柔挤不进人群里,只能听到有人喊徐燃的名字,林晏从远处跑过来,带着七班一众人进去拉住徐燃,人群渐渐分割出一条线。

"这就是你们秦淮十三中的待客之道吗?"

"是你们华附的嘴碎吧!"

"是不是还想打啊!"

"来啊,谁怕谁啊!"

两相争吵不休,最后还是体育部部长看陈瑞倒在地上哀号连连,忙让人扶着他往医务室走。

林晏愣了愣,突然说:"哥,你刚踩他右手了吧,估计得绑一阵子了。"

徐燃垂着脑袋没说话,抬手蹭了蹭嘴角上的一抹猩红,随后视线便一动不动地盯着手背上的一片血色。众人这会儿才反应过来陈瑞说了什么,但是哪怕满脑子疑惑,此刻也没人敢出声,甚至开始欲盖弥彰地收拾沾染上血迹的地面。林晏和七班一众人转身驱赶周遭张望的同学,只有徐燃站在原地无动于衷。

程柔小心翼翼地靠近他:"徐燃。"

毫无反应。

程柔心里一阵惊慌,走过去抓住他的手腕,又扯了扯自己的校服衣袖,一点一点地擦拭掉他手背上的血迹。

"没事了,你别听他……"

滴答。

程柔动作一顿,视线落在手背温热的液体上。

透明的、小小的一滴眼泪。

"程柔,我妈是不是不要我了?"

Chapter 8
要做一个可爱的大人

（1）

梁琳和徐江正式离婚那天，徐燃就坐在房间的床上，脑袋上套着一只头戴式耳机，房外一直没有声音，直到梁琳收拾好一切东西后过来敲他房间的门。

"燃燃，妈妈走了，改天回来看你。"

徐燃抬手把床头上的遥控器狠狠砸在房门上，"砰"的一声响，吓得梁琳往后退了好几步，之后房外便再也没有声音。

可是直到那一刻，徐燃都没有觉得梁琳不爱他，所以，他会收下她给的零用钱，会回复她发过来的信息，会出去和她见面，会想要自己培养一株花送给她。

他无声的示好中潜藏着对于这场亲情的惶惶不安和一点点的示弱与贿赂——你别丢下我。

梁琳和徐江的婚姻原本就是父母之意，两人在稍有好感的情况下就结为了夫妻。没有稳固的感情基础，婚后，两人之间产生的摩擦便会被无限放大，徐江不止一次责怪梁琳事业心太重，不顾家庭，连徐燃都认为比起爱情，梁琳估计恨不得嫁给她的事业，直到她带他去见陈随。

陈随是大学教授,稳重体贴,开明温柔,不仅不反对梁琳出去表演,甚至体贴入微地在她遇到问题时帮她答疑解惑。但徐燃可没有兴趣听她说这些,他和陈瑞第一次见面就打了一架,后来梁琳便再也没提起过陈家父子。

不想,三人再一次牵扯在一起是在学校的教导处。

原本是一场友谊交流会,却发展成两校的斗殴事件,校长听到这件事时,差点一口气背过去,而当时先动手的人是徐燃,十三中更是百口莫辩。校长憋着一口气同华附的领导交涉,最后达成一致由双方家长来定夺。

梁续没见过梁琳,便下意识地认为她是陈瑞的母亲,笑容满面地迎上去:"你好,你是陈瑞的家长吧?"

徐燃站在一边,自始至终眼都没抬。

梁琳顿了一下,莞尔一笑:"是,我……也是徐燃的家长。"

梁琳一口咬定是因为家里的私事造成的,兄弟两人不过是闹着玩,学校领导自然不敢干涉,草草给徐燃落下一个回家反省两天,下周当众念检讨的处罚。

距离上一次见面已经过去很久,徐燃甚至不记得上一次见面他们之间说过什么。他站在无人的长廊里竟觉得无从开口,梁琳抬手挽了挽耳边的碎发,一脸慈爱地询问他的近况。

"你不生气吗?"徐燃突然开口问。

梁琳愣了愣,才笑道:"我知道你不是故意的……"

这是料定他先惹事了。

徐燃扯了扯嘴角,靠在长廊的墙壁上。这会儿学校临近放学,落日摇摇欲坠地挂在西山,阳光减消了大半热度,落在走廊的墙壁上像一大片橘红色的疏华菊,一点一点地把他握紧的手指舒展开来。

徐燃说:"你有收到我送你的花吗?"

梁琳骤然抬起头,手指下意识摩挲着另一只手的尾指:"收到了，燃燃真有心，花很漂亮，妈妈很喜欢。"

"在哪儿？"

"什么？"

"花在哪儿？"

"在家里养着。"

徐燃抬头看着她没说话，神色如常，态度平静，像每一次他们见面时的交谈一样。可梁琳浑身一僵，她以为徐燃会再说些什么，但徐燃仅仅是看着她，半响后才转身下楼梯。

"燃燃。"梁琳略一踌躇，往前走了几步，"妈妈要结婚了。"

徐燃踩在楼梯上的脚瞬间一用力，沉默的时间像被掰碎成一小片一小片的面包块，源源不断地往他嘴里塞进去，直到他觉得窒息，觉得吞吐不得，不得不对眼前的情况做出反应："是吗……挺好的，新婚快乐啊。"

程柔跑到行政楼的天台才找到徐燃，寂静的校园里，夜色朦胧不清，天台上的灯没有开，徐燃坐在地面上，影子落在身后的墙壁上，影子的尽头是漆黑无边的深夜。行政楼旁边是高三的教学楼，走廊橘黄色的暖光顺着墙沿浅浅地覆盖着天台一隅，像一颗忽明忽暗的星星。

程柔方才跑得急，身上只穿着一件单薄的长袖校服，衣袖上还带着下午干涸的血迹。程柔学着徐燃的样子坐在他旁边，背靠身后生硬的墙壁。

徐燃突然叹了一口气，脱下身上的校服外套裹在程柔身上。他侧身前倾，半大身子覆在程柔身上，用力压了压她的肩膀。

"你怎么知道我在这里？"

程柔往后缩了缩，如实道："我不知道，该找的我都找了，如果你不在这里，我就只能回你家等你了。"

徐燃靠回墙上，支起一条腿把手臂架在上面，他们又回到了一开始不说话的时候。程柔很少在夜晚上来天台，这会儿坐在这里，突然感到从未有过的平静,好像整个世界的运转、时间的流逝都在她周身之外,只要她在这里,就可以与世界隔离开,就像家里的小阁楼一样,隐蔽且带着安全感。

程柔转过头看徐燃,徐燃抿着嘴,下颌紧绷,睫羽起起伏伏,带着他轻微的呼吸声,好像稍一触碰就会褪去全身色彩,变成一张黑夜的剪影。

原来,徐燃不说话的时候是这样的。

"徐燃,"程柔轻声问,"那通电话是阿姨打给你的吗?"

徐燃顿了一下:"嗯,她让我别招惹陈瑞。"

所以你躲着他,避着他,怕一不小心起冲突,阿姨会觉得困扰吗?

程柔垂下眼,像是无声的安慰,又像是仅仅要往旁边移动,等肩膀触碰上对方的肩膀时,才觉得心里的酸涩好受一点。

"我妈要结婚了。"徐燃突然说道。

"那你……"

"挺好的,反正她跟我爸离婚之后终有那么一天,但我以为不会那么快,我以为她心里只有跳舞,不过她结婚了也好,有人能照顾她……"

"徐燃。"程柔心里一阵难受,徐燃可以对所有人说这些话,但她不希望他对她说这些话,因为这些话不是真的,"你真的觉得很好吗?"

徐燃一愣,强撑的镇定瞬间一败涂地,他把脑袋往后一压,声音硬邦邦地自唇齿之间溢出来:"我怎么会觉得好。既然她当初因为跳舞不愿意接受我,那又为什么能那么轻易地接受别人?她说后悔生下我的时候是因为愤怒,还是因为她真的一点都不在乎我?如果她不在乎我,为什么要一次又一次地对我好?可她若是在乎,为什么从来没有问我想不想跟她走?"

"我一点都不觉得开心,我甚至恶毒得想要她这辈子都不会再组建家庭。"徐燃喉间滚了滚,"可我不能,我也没办法,我有时候会想,我应该怎么做,他们才会更在意我一点,是不是很幼稚,但我……我真的很认真地想过……"

程柔裹紧身上的校服外套,明明一丝缝隙都没有,却总觉得有冰凉的风兜头而下,或许他们这辈子都没办法学会如何与家人相处,没办法更体面地面对世间所有突如其来的悲戚。可程柔原本以为只有自己会这么困扰,原来徐燃也一样,在至亲面前,他们都一样无措、茫然又充满期待。

她突然迫切地想要让他开心起来,哪怕只是看起来。

程柔站起身,蹲在徐燃身前,冲他伸出握紧的拳头。

徐燃眼角微微泛红,有点茫然地看着她:"什么?"

程柔五指缓缓松开,露出躺在手心里的棒棒糖。

"我只有这一个了。"

徐燃的视线晃了晃:"你哪儿来的?"

"我跑回礼堂拿的。"程柔小声道,"程桉说,如果觉得难受,吃甜的就会好起来了。"

徐燃看着她,没动。

程柔放缓声音,像哄骗又像抚慰:"徐燃,你只要做自己就好了,一定会有人因为这样的你而在意你,一定会的。"

晚风掠过徐燃耳边的发梢,有点痒,连带他的手指都不自觉地搓了搓。他拆开糖纸把棒棒糖塞进嘴里,很轻很轻地笑了一声:"你就不能挑个甜一点的吗?橘子味也太酸了。"

徐燃只是随口一说,程柔却瞬间一慌。

"是吗?我没注意到,要不我回去重新拿一个?"

徐燃提醒道:"小礼堂关门了。"

"那我去小卖部买。"

"程柔。"

"嗯?"

"你别对我这么好,我会习惯的。"

程柔毫无察觉,一脸正经地回答:"那就习惯好了。"

徐燃看着她，咬碎了口中的半边糖球，甜蜜的果酱从中间流出，甜腻充盈整个身体。

程柔继续道："你对我好，我对你好，这很正常啊。"

徐燃"咔嚓"一声，咬碎另一半糖球，抬手捏着空落落的糖柄，往前凑了凑："可是我只会对你一个人好。"

程柔呼吸一窒，仓皇站起身，呆愣了片刻，又觉得自己反应太大，只能回到徐燃旁边坐下。

她慢悠悠地说："你会这么肯定是因为还没有遇见其他人。张老师说，我们现在所处的阶段不过是自己人生中很小的一块碎片，往后我们会看到更广阔的天地，更深邃的河山，更美好的人，你看过那些人、那些事物之后就不会这么想了。"

你一定会觉得我也不过是你人生中很小的一块碎片，一条流入大海看不清原貌的小小溪流。

程柔呼出一口气，因为这个认知而难得觉得有些沮丧，可是徐燃一点都没领会到她的意思。

"我为什么要看那些人？"徐燃偏过头，眼神透露出难以捉摸的锋芒，"我只要看着你就好了。"

"对于我来说，好或不好一点都不重要，只要那个人是你就够了。"

只要是你就够了。

很久很久以后，程柔再次回想这一天，夜星隐耀的行政楼天台，席地而坐的两人，静谧无声的对视，以及她过分快速的心跳，每一帧画面都像一场模糊不清的梦，催她清醒又让她沉迷。

程柔心里越来越剧烈的温热像一把带火星的烙铁，让她整个胸膛都隐隐发烫。

徐燃问："那你呢？你能不能在遇见其他人之前，先看看我？"

程柔的手指紧紧拽住校服外套的一角，喉间干涩一片，像在瞬间被上帝揪紧声带，不得言语。

徐燃倏忽一笑，方才郑重的样子化作泡影。

"你也太好骗了,我说什么你都信,吓到了?"

"啊?"程柔绷紧的神经一松,眼神飘忽,"没吓到。"

她顿了一下,莫名烦躁:"你也太无聊了,不愧是三岁半的小孩。"

徐燃不置可否,站起身冲她伸出手:"走吧,回家了。"

(2)

程柔起床时,程莹还没醒,她轻手轻脚地走到程莹的房内伸手探了探程莹的额头,确定程莹只是酣睡,便静悄悄地关上房门。清晨的秦淮像一只惺忪初醒的大猫,柔软而温顺,包子铺前冉冉上升的白气,小贩推动车辘轳压过碎石的"沙沙"声,电线杆上的鸟鸣,以及永远平静摇曳的秦淮河。

程柔今天难得起得早,坐在早餐店里将所有不易察觉的生活细节一一收入囊中,饱腹后满心餍足地提着早餐回家。走出小巷之后有一段上坡路,坡度不陡,程柔走到中间时就看到徐燃长腿架在自行车后座上玩游戏。

他穿着蓝白色的夏季校服,宽大的衣袂微微翻起,一只脚踩在踏板上,有一下没一下地踩着,一会儿看手机,一会儿看向程柔家的院门。他手指在屏幕上按了按,程柔口袋里的手机便随之振动起来。

程柔一只手掏出手机看短信。

徐燃:"起床了吗?"

程柔顿了一下,回了一句。

"刚醒,你别等我了。"

徐燃往院里望了望,低下头回短信。

徐燃:"没事,我也刚醒。"

他刚按下发送,抬起头就看到程柔提着早餐站在路边笑。

程柔笑了一会儿,又觉得自己实在是太无聊,尴尬地摸摸鼻尖走到徐燃跟前。

徐燃把手机支在下巴处笑，半点没有被撞破的窘状。

程柔问："你吃早餐了吗？"

"吃……"徐燃眼神扫过她的手腕，改口道，"没吃，你给我买了吗？"

"喏。"程柔把其中一个袋子递给对方，"我进去拿书包，你等我一会儿。"

程柔刚推开院门，徐燃咬着豆浆的吸管突然笑了一声，带出一阵"咕噜咕噜"豆浆波动的声响。

程柔回过头："怎么了？"

徐燃趴在车把上继续笑："你有没有觉得太自然了一点？"

"什么？"

徐燃眨了眨眼，索性不再解释："没什么，我夸你可爱。"

程柔把早餐放进厨房里，又给程莹留了字条才提着书包出门。徐燃今天显然心情很好，一会儿哼着歌，一会儿跟遇见的熟人打招呼。煎饼馃子摊的老板正在准备材料，徐燃冷不防像一阵小旋风似的掠过，大喊了一声"早上好"，吓得老板差点把小铲子扔了。

程柔坐在后座，哭笑不得地问他："你今天怎么那么开心？"

徐燃笑着偏过头，发梢凌乱，但眼睛很亮。

"不知道，我就是觉得开心，你坐稳了，前面有减速带，我要加速了！"

"减速带你加什么速啊！"

"因为我开心啊！"

"徐燃，你是不是疯了？"

程柔心跳加速，瞬间抓紧他的校服，但一直没等来颠簸，后知后觉他是在骗她。自行车骑出小巷之后便汇入上学的大部队里，秦淮桥上入眼一片都是蓝白色的夏季校服，灿若繁星，络绎不绝。少年的校服灌风似的微微鼓起，裸露在外的小臂上青筋若隐若现。

晴天，燥热，迎风少年，夏天又到了。

程柔一走进教室就感觉一阵硝烟味扑面而来，温思屿和许舒亭面对面坐着，手上压着同一张试卷。周甜甜转头看见她时，无声地冲她挥挥手，她一走近就被周甜甜按在座位上坐着，吴琛和陈北洺立马围过来，低头小声地解释事情经过。

早上，张印过来找温思屿探讨成绩的事情，软硬兼施让他要重视期末考试，他一直心不在焉地回应。正好许舒亭去办公室交上次遗落的作业，顺耳听了几句，大概意思是他的妈妈给张印打电话了，话里话外都透露出给他转校的意思，也算变相给张印施压。许舒亭的成绩一直都排在中上，张印见她正好也在，便让她有时间多督促他学习。

周甜甜说："许舒亭回来之后就一直忧心忡忡，正好数学课代表在收上周的数学试卷，温思屿当时正趴在桌子上睡觉，随口就说了一句'没写'，许舒亭的脸瞬间垮下来了。"

吴琛心有余悸地接道："我还真没见过许舒亭这么生气呢，不过她生气的时候还挺可爱，跟一只人形河豚似的。"

陈北洺抬手就是一掌："会不会说话？等会儿许姐姐灭了你。"

陈北洺话音刚落，许舒亭"啪"的一声一巴掌拍在温思屿的手臂上。

她指了指桌面上的数学试卷："别睡了，先把试卷做了。"

温思屿烦躁地揉了揉头发："你先让我睡一会儿，我这一时半会儿也做不完啊。"

"你上次也是这么说的，最后还是没做。"

"上次是上次，而且我真不会……"

"不会，我教你啊。"

"你教了我也不会。"

许舒亭索性破罐子破摔："我不管，你做不做？"

温思屿昨晚玩了一晚上游戏，这会儿困倦下牵连出的恼怒瞬间飙升："许舒亭，你烦不烦啊？你不就是怕没办法跟张印交差吗？我会跟他说的，你别管了！"

许舒亭被他一连串的话砸蒙了，反应过来后眼眶瞬间一红，瞪着他不说话，他舔了舔唇，一脸不知所措。

"我……"

许舒亭噌地站起身回座位："温思屿，我再管你，我跟你姓！"

程柔四人顿时动作一致地转过头，若无其事地左顾右盼。

预备铃在长廊突兀地响起，原本在走廊上慢悠悠走着的同学闻声立刻心急火燎地跑进教室。许舒亭平时人缘好，大家都会同她打招呼，但她今天冷着脸，众人刚抬起手，手腕一转假装挠头摸脸。

有一个男同学不自然地轻咳了几声，脸红着问他们："许舒亭是不是那个啊？"

吴琛一脸茫然："哪个？"

对方"啧"了一声，一瞪眼："就那什么，肚子不舒服什么的。"

周甜甜立刻反应过来："不是！哎，你们男生是不是觉得女生一旦生气就得是那啥啊？"

对方连连摆手："我不是这个意思，我是怕她不舒服就问问。"

吴琛二次茫然："那啥是啥？你们说暗语呢！"

陈北洺故作镇定地拍拍他的肩膀："你思维跟不上就别跟了，坐着吧，小吴子。"

今天是周一，一会儿早读课得列队出去开晨会。周甜甜把要上交的作业放在课桌边上等组长收，程柔正在翻课本，突然见周甜甜愣着不动。

程柔拿课本边角撞了撞周甜甜的小臂："怎么了？"

"我总觉得今天有什么事被我忘了。"周甜甜皱着眉想了想，恍然大悟地看向程柔，"徐燃是不是今天要念检讨啊？"

程柔一愣，她显然也把这事抛在脑后了，早上也没问徐燃检讨写没写。周甜甜却莫名兴奋，冒着被张印收缴手机的危险，誓死要录下徐燃的"雄姿英发"。

"以后我们每一次聚会，我就把它放出来循环播放当背景音乐，你到时候得护着我啊，他对我肯定不会怜香惜玉，但他舍不得打你。"

但事与愿违，方主任并没有安排徐燃当着全校的面念检讨，而是让他转战广播室，大概是为了给他留一丝颜面。晨会初始，例行是校长冗长的几句话，后面方主任报告了上周的情况并进行红旗班评比，临近结束时才让他念检讨。

底下原本无所事事的众人瞬间被打通任督二脉，精神抖擞地踮脚张望，周甜甜秉承着不屈不挠的精神，偷偷摸摸在一旁录音，校园四周的小喇叭里传出一段电流杂讯，过了一会儿才传出徐燃的声音。

广播室在行政楼二楼的侧边，一扇窗户正开着面向众人，程柔站在行政楼前，隐约能看到有影子在窗户上晃了晃。

徐燃一板一眼地念道："尊敬的老师，同学们，大家晚……早上好，我是高二七班的徐燃，很荣……荣幸？"

众人瞬间失笑，甚至能听到徐燃难以置信地左右翻了翻检讨书的声音，方主任立马安抚底下的躁动，催促徐燃继续念。

徐燃咬咬牙，往下念："很荣幸在这里代表广大违反校纪校规的学生念检讨……我进行了深刻地自我反省，对于殴打华附一……一枝花……陈孙……陈瑞一事，我深感抱歉。我没有经过深思熟虑便冲动行事，实在不该，我整日寝食难安，辗转反侧，上告天听？这人信佛啊……喀，总而言之，我一定吸取教训，牢记历史，勿忘国耻……算了，最后一句，我深知错误，一定好好改造，好好做人，以上，对不起乘以二十……"

广播静了静，徐燃终于忍无可忍地冲旁人怒道："这谁写的啊？语文没及格就给我写！"

底下早已笑倒一片，周甜甜靠在程柔肩膀上笑得直不起腰。方主任的脸色刹那黑成锅底，连忙让广播台的学生切断声源，三言两语带过之后就宣告散会，最后还不忘怒吼一句让徐燃去教导处重写检讨书。

（3）

周甜甜回到教室之后，还津津有味地学着徐燃的语气说话，十句里八句带着疑问口吻像是反问自己。张印走在后面，也是一脸啼笑皆非，站到讲台上时才拿教案敲了敲桌面示意大家安静。

"我说几件事啊，期末考不远了，大家都警醒一点，下学期就是高三学生了啊，不能再这么嘻嘻哈哈没个正行了，大家都努力努力，争取高考的时候考个好大学。"

底下顿时没声了，大家都一脸茫然，仿佛被"高考"两个字刹那擒住咽喉。

周甜甜小声哀号："怎么又期末了？我总觉得一眨眼就考试了，一眨眼就考差了，再一眨眼又考试！时间是不是趁我不注意跑快了啊？"

程柔失笑："学习不就这样嘛，来来回回都是考试。"

"唉，何时是个头啊？"吴琛接了一句，"快点高考吧，反正早死晚死都是死。"

周甜甜斜他一眼："要死你死我不死！我是要涅槃的人！"

吴琛习惯性怼她："涅槃重生那是人家凤凰的事，你这小麻雀顶多是一场回炉重造。"

周甜甜顿时气急，程柔及时拉住她的双手，才避免了一场腥风血雨。

张印怕革命还未开始，众人就打退堂鼓，忙接着安抚几句，最后才提到期末考之前学校还有一场合唱比赛，让文艺委员带领大家确认一下唱哪首歌。有人说，唱周杰伦的《晴天》，有人说唱五月天的《突然好想你》，更有人另辟蹊径提出唱《葫芦娃》，张印顿时一阵胸闷气短。

"情歌不行，儿歌不行，说唱什么的更不行了，最好是歌颂祖国之类的更得领导的欢心。我听说有些班级已经把歌名报上去了，都是《黄河大合唱》《歌唱祖国》这种的，你们往这上面想想。"张印看了看台下一片了无生趣的脸笑了笑，"打起精神来！我们代表的是一个集体！对了，赶紧决定啊，歌曲不能重复，晚了就只能挑别人剩下的了。"

张印撑着讲台,脑袋突然一歪:"等会儿,黑板报怎么回事啊?怎么少一块了?"

五四青年节黑板报的文章是程柔准备的,前几天有同学在后面打闹,不小心擦掉了一部分,班长如实禀报,张印便让程柔放学后补回来。

大家早没了心思听张印说话,抓耳挠腮地转头跟别人低声讨论唱什么歌。陈北洺是班级里唯一的音乐生,大家瞬间把目光放在他身上,问他哪首歌比较好唱。有女生不好意思地凑过去问他到时候能不能给她补补课,她是天生的五音不全,怕拖班级后腿。

"其实我也不太会。"陈北洺往文艺委员身上指了指,"我觉得她教你会更好。"

对方顿时无精打采地笑了笑:"没事,我自己再琢磨琢磨。"

陈北洺侧着身把左手往程柔桌上一放,转过头问程柔:"有没有想唱的歌?"

程柔从张印提起合唱比赛开始便一直缄默不言,因为她是十足的音痴,所有歌曲都能唱成一个调,而且走音不自知。

陈北洺一问,程柔顿时心虚:"我不会唱歌。"

陈北洺大概以为她在客套,忙说:"没事,到时候我带着你练。"

"啧啧啧,"周甜甜闻言抬起头:"陈公子双标不要太明显啊!"

陈北洺脸上一红,干巴巴解释道:"我跟她不太熟,我不好教,你们不一样啊。"

周甜甜笑而不语,支着脑袋看他,看得他浑身发烫、不知所措才放过他。程柔倒是没其他想法,周甜甜喜欢逗他也不是一两天的事了。

陈北洺把脑袋压在手肘上,掀了掀眼皮,装作不经意道:"我下学期要外出音乐集训了,估计很少待在学校,说不定我们都不在一个班了,你到时候别忘记我啊。"

程柔顿了一下,才想起音乐生确实有集训一说,也学着对方的语气:"不敢忘,等你学成归来,我请你喝汽水。"

陈北洺眼睛一亮:"一言为定!"

张印遵循民意,没有插手关于合唱的事情,全权交由文艺委员和班长负责,但这也导致众人终日拖拖拉拉,过了好几天也没定下曲目。张印当时正在忙其他的事情,最后被负责合唱比赛的老师提醒了一句,他才知道十二班的歌名还没报上去,顿时大发雷霆,劈头盖脸地说了众人一顿,但一说完,回头见大家个个生无可恋又心软,紧急定下《我的中国心》为合唱曲目后,还和大家一块安排队形。

音乐室合唱台的步梯有四级,张印让众人依次往上面站,因为板材是金属胶合板,踩在上面时会发出夸张的声响,程柔排在第三排,每次走上去都小心翼翼的。许舒亭还自嘲说她只能站第一排,站上面怕步梯承受不住,众人顿时一笑,只有温思屿漫不经心地掠过众人站在许舒亭身后。

大合唱要想取胜,讲究新颖,众人便商量着一排一排进场,每一排唱完几句就往后走,高潮部分大家一起合唱。程柔心里顿时一凉,就跟整个人被聚光灯罩住一样,立即原形毕露。她磕磕巴巴地跟着大家一块唱企图蒙混过关,但还是被文艺委员发现了。

"程柔,你太快了,慢一点。"

程柔照做。

文艺委员一脸纳闷,偷偷拉着她往旁边走:"你能不能单独给我唱几句?"

程柔咬了咬后槽牙,唱得一脸认真。

文艺委员憋不住笑,一边道歉一边说:"你唱的为什么跟念的一样?"

周甜甜就站在她旁边,自然发现端倪,忙上前圆场:"她今天状态不太好,过几天就好了。"

文艺委员心领神会地笑了笑:"没事没事,还有一个星期呢。"

众人在音乐室解散后回教室,程柔顿觉愧疚,觉得如果大家唱得不好，一定是因为自己。

"哪能啊，多的是浑水摸鱼的呢！"周甜甜挽着她的手臂安慰，"我也唱不好，词我都记不清，不然我们让陈北洺给我们补补课？"

"会不会太麻烦他了？他最近好像也在准备音乐考试吧。"

陈北洺这几天午休都没回家，艰苦卓绝地和其他音乐生一块练考试曲目，程柔自是不敢打扰，也只当对方那一句带着她练是客套话。

周甜甜大概也想到了，思绪一转："那我们再练练吧，反正还有一个星期。"

周甜甜盯着前方微微恍神，尾音明显拖长，一脸心不在焉。

程柔顺着周甜甜的视线望过去，就看到前面浩浩荡荡一群人往这边走过来。程柔不得不承认，有些人真的会自带锋芒，让人一眼便能从人群中辨认出来。沈落这会儿正和徐燃说话，扎着高马尾，半张侧脸落着午后的金光，一颦一笑都像摊开的画卷，而且沈落比她高，宽大肥硕的校服穿在沈落身上一点都不显得难看。她下意识低头看了看自己，深深叹了一口气。

周甜甜小声道："七班估计也是来排练的，我们要不要打招呼啊？"

程柔刚想否认，前方的队伍突然莫名躁动起来，推推搡搡地往后喊徐燃的名字。徐燃的视线掠过众人的起哄声，准确无误地落在程柔身上，程柔走近后便硬着头皮停下了。

沈落率先开口："你们排练呢？"

"嗯。"程柔点了点头，干巴巴地反问，"你们也是啊？"

显而易见啊！你问个鬼！

程柔顿时后悔，觉得自己的智商也比不过人家……等会儿，她为什么要拿自己跟沈落比？

程柔心里一阵纠结，眉间便下意识皱成一小块疙瘩，沈落却误会她是为大合唱忧心，问她是不是练得不好。

程柔踩着台阶下，乖乖点头。

沈落得意一笑:"哦,我练得可好了。"

程柔:"……"

林晏突然插话道:"你让徐燃教你啊,他唱歌好听!"

徐燃从一开始就将视线落在程柔身上,但目光缥缈,显然是在走神。

"教谁?"

林晏说:"程柔啊!"

徐燃的视线倏忽和程柔对上,程柔没听过徐燃唱歌,但他玩架子鼓,应该音乐细胞挺足?程柔胡乱想着,却见他蹙眉伸手一把捏住她的下颌左右看了看。

"你最近是不是瘦了?"

众人:"……"

程柔脸上一红,在众人的目光中一把拍开徐燃的手:"没……没瘦吧,我没注意。"

"瘦了。"徐燃莫名执着地盯着她看,"你是不是没按时吃饭?"

大家轻咳一声,纷纷往两边走,沈落垂着眼,一言不发地跟着众人离开。

周甜甜立马抓住林晏的胳膊:"我也不会唱,你教教我呗。"

林晏挠了挠头:"我自己词都没记住,怎么教你?"

周甜甜连忙道:"真巧!我词也没记住,我们可以一块记词。"

你们唱的不是同一首歌啊。程柔抚额失笑,但周甜甜已经跟林晏在一旁达成好好学习、共同进步的共识。

徐燃抬手在程柔眼前打了一个响指:"你是不是觉得我很大方啊?"

程柔一脸困惑。

"我跟你说话,你在看别人?"

程柔:"……"

程柔怕徐燃一会儿毛病突发,接回上面的话:"瘦没瘦不知道,但我有按时吃饭。"

徐燃瞬间被顺毛，终于想起林晏说的话，问程柔十二班唱什么歌。

"《我的中国心》。"

徐燃顿了一下："张印还挺会挑啊。"

程柔没好意思说是因为负责合唱比赛的老师催促，他们仓皇定下的，只能让张印背锅。徐燃还想说什么，口袋里的手机突然振了振，程柔站在他身前，无意扫了一眼——沈落。

程柔自觉往后退了一步，绕过徐燃，想回教室，却被他一把抓住。

徐燃冲电话那边说了一句，微微拉远听筒对程柔说："今天放学等我。"

"干吗？"程柔顿了一下，"我下午得补黑板报。"

"那你在教室等我。"徐燃的手指微微用力，捏了捏她的手肘，"我得把你养回来。"

程柔当时没明白，放学后才懂得徐燃那句"养回来"就是字面的意义。

五四青年节那天，学校安排了学生会对每个班级的黑板报进行检查，凡是不过关的都得重新画。原本十二班的干部想要另辟蹊径，只画图片不加文字，但一听说领导给学生会的标准是"图文并茂"，便打消了这个念头。最后，他们用水彩在中间画了一幅少年们在落日下的背影，左边是关于"五四青年节"由来的文章，右边用花边圈出一大片空位，里面满满当当都是十二班每位同学的签名。张印一边嘲笑他们把自己当作明星走红毯后签名，一边把自己的名字签在最上面的位置。

当时关于"落日少年"与"清晨少年"有个不小的争议，有人认为落日好看，有人认为清晨更显朝气，程柔倒是无所谓，但最后投票的时候还是选了"落日"。在这之前，班长曾提出让她担负绘画的任务，但她最后也只是负责画了草稿图。

程柔靠在桌子上，歪着脑袋看黑板报，身后是许舒亭和温思屿争执的声音。许舒亭上次说不管温思屿，就真的两天没搭理对方。温思屿顿时急了，不再管面子的问题，频频给许舒亭买零食示好。许舒亭扛不住诱惑又不想自己打脸，硬生生扭过头。

温思屿似有所觉，立马举旗投降："我跟你姓，我跟你姓，从今以后我就叫许思屿！"

两人长达三天的冷战总算宣告结束。

温思屿自从上次惹对方生气之后，一直心有戚戚，果不其然，吵没两句，温思屿就不说话了，低着脑袋乖乖听许舒亭讲题。

程柔走上讲台找粉笔时，他们正准备收拾东西离开。许舒亭跟程柔刚挥了挥手走出教室门，突然又原地返回探出脑袋冲程柔叫嚷。

"徐燃提了好多东西过来！应该是街口的茶点！那个味，我一闻就知道了！我……"

她的话还未说完，就被温思屿拖着往走廊走。

温思屿闷声道："你想吃啊，我带你去。"

程柔愣了愣，刚把半截粉笔握进手心里，就看到徐燃提着大包小包的食物进教室，精确地找到她的课桌位置，不慌不忙地开始摆放茶点。

程柔被徐燃的大阵仗吓了一跳，但她手上满是粉笔灰，离远一点后才问："你喂猪呢？"

徐燃无辜地看她一眼，她才反应过来把自己骂进去了，立马改口。

"你买这么多，我们又吃不下。"

"吃不下再提回去。"徐燃拆了筷子，给程柔夹了一块红豆糕，"张嘴。"

程柔看了看自己的手，低头咬了一口，软糯又清甜，饥饿感瞬间被刺激得一发不可收拾。

但这个味道有点熟悉啊。

程柔试探一问:"我家的红豆糕不会都是你买的吧?"

徐燃不置可否,只问好不好吃,程柔点头后他才一一解释。

"奶奶说你胃口太挑,不喜欢有椰汁味,但秦淮的红豆糕大多数都加了椰汁,我好不容易才找到一家不加的。"徐燃把旁边温热的奶茶插上吸管,往对方眼前递了递,"喝一口?"

程柔站着没动,过了一会儿才转身说:"我还是先把黑板报弄完吧。"

她刚说完就感觉耳后微微发烫,像被落日一不小心沾染上的半片云。徐燃反坐在椅子上看着程柔抬手写字,过了一会儿才注意到中间的画。

他问:"中间的画是你画的吗?"

程柔微微讶异,不明白徐燃怎么一眼就看出来了。

"但我只画了草稿图。"

徐燃握着一杯奶茶晃了晃:"你好像特别喜欢画背影,而且每一次画背影都喜欢在影子上多用笔墨。你初中时还画过一幅送给我了。"

程柔不自然地转过头,捧着手机继续写字。徐燃所说的那幅画,是她在美术课上画的作业,当时她也不知道怎么想的,鬼使神差地画了徐燃的背影,还兴致勃勃地在课后送给了对方。她不免觉得脸热,当初手拙,估计也画得不好。

"你怎么不学画画?"徐燃问。

程柔手上一滑,写到结尾的"年"字突兀地往下延长,半晌后她才吐出一口气,擦掉重写。

"我对颜料过敏。"

周甜甜他们都好奇她为什么不学画画,明明这么喜欢,为什么还是选择读理科。

她不是不学,是不能。

她没办法对她们说出的话,竟然轻而易举就能告诉徐燃,可是随之而来的沮丧刹那席卷她整个脑袋,像刚灌下一整瓶气泡水,涨得胸口难受。身后的徐燃半天没说话，她低头看了看手机上的文章，抬头继续在模糊的字迹上重新临摹一遍，再抬头时，视线中却突然闯入一个黄澄澄的蛋挞。

徐燃的手指往上抬了抬，把蛋挞凑近她的唇边，轻声诱哄："甜的，吃一口？"

程柔用力捏了捏手指中的粉笔，低头咬了一口，一边咀嚼一边看着徐燃。

徐燃突然伸手扯了扯她的脸，小声说："哎，你别这样看我。"

程柔发出一节气音："嗯？"

徐燃抬手捏住她嘴角的一块碎屑，勾嘴笑了一声："你在撒娇吗？"

程柔："……"

徐燃咬着下嘴唇笑得一脸克制："我受不了这个，你放过我。"

程柔：嗯？我做什么了？

程柔一脸嫌弃地转过身继续写字，顿了一下，又转过头冲徐燃抬抬下巴："再吃一口。"

徐燃的手刚往前伸了伸，半路突然想起什么，拐了个弯把手臂抬高。

"你夸夸我，我就给你吃。"

"夸什么？"

"随便。"

程柔顿了一下，低头沉思。她这么认真地想，徐燃原本逗弄的心都微微紧绷起来。

过了一会儿。

程柔抬头，认真道："你是一个好人。"

徐燃："……"

（4）

程柔第一次听徐燃唱歌是在音乐教室，他端坐在钢琴前，一边看琴谱弹奏,一边唱苏打绿的《小情歌》,声音轻缓又温柔。他前面有一扇窗,窗帘紧闭,日光乍现,风声断断续续,起伏的窗帘花纹游刃有余地在他脸上游窜。

他转过头看向程柔时,有一处光正倒影在眼角眉梢,像坠落的一弯月光,程柔忽然有一种被揪住的紧绷感,心跳也像停顿了一秒,然后剧烈跳动。

大概是因为徐燃鲜少有这么温柔的时候吧。

程柔当时这么想,却不敢一想再想,甚至在开口唱歌时磕巴了一下,惹得徐燃一阵笑。

徐燃一边捏着手机看《我的中国心》的歌词,一边听程柔磕磕巴巴地念了一遍歌词。

程柔像接受老师训斥的学生,背手而站,乖乖说:"唱完了。"

徐燃顿了一下,咬牙憋笑,硬撑着赞赏:"挺好的,挺好的。"

程柔顿时心沉大海。

徐燃难得耐心地一句一句地教她唱,但她总学不好,而且走音功力丝毫不减,唱到"长江、长城、黄山、黄河,在我心中重千斤"都开始质疑徐燃的音调了。

徐燃无奈,可他又对程柔板不起脸:"你倒是真的唱出了重千斤的心。"

程柔嘀咕:"明明你自己唱高了。"

"什么?"

程柔立即怂了:"没什么,没什么。"

徐燃第一次觉得艰难,他原本觉得跟程柔在一起无论做什么都会开心,但唱歌这个真的不行,程柔隔几秒走音,隔几秒忘词,他的耐心在一点一点地消磨,到最后没憋住原形毕露。

徐燃指了指手机那一行歌词:"这句呢?被吃了?"

程柔小声道:"我忘了。"

"何时何地的'地'字要拖长一点,你不能太着急。"

"对不起。"

"没……没到这程度。"

"那我错了。"

徐燃一僵，瞬间投降："没错，没错，我错了，我错了。"

程柔依旧萎靡不振："你别生气。"

"我没生气，真没有！"徐燃瞬间被逗笑，小尖牙若隐若现，"周甜甜说你唱歌要命，我怀疑你要的是我的命。"

程柔每每想到这儿，脸上总是压抑不住的滚烫，一是觉得羞耻、丢脸，二是觉得……

脸上突然一凉，程柔浑身打了个激灵，离家出走的元神瞬间被一棍子打回体内，她瞪着眼，与眼前的人无声对视。

周甜甜又抬手碰了碰她的脸："这么烫，你不会是发烧了吧？"

程柔低着头，飞快地摇了摇脑袋，顿了一下才问："你们刚说什么？"

许舒亭缓缓道："张印说合唱比赛当天会有领导过来，学校要安排礼仪小姐和礼仪先生在校门口和小礼堂外候着，张印让有意愿的人跟班长报个名，下午放学后去行政楼的舞蹈室面试。"

程柔兴致不高地点点头，反正这事跟她沾不上边。她顿了一下，慢慢抬起头迎上她们的视线。

程柔心里一跳："怎么了？"

周甜甜语重心长道："你准备准备放学后去面试吧。"

程柔瞬间瞪大眼睛。

许舒亭解释道："没人愿意去，学校便规定每个班起码选两个人去面试，张印就点了一个同学去抽号数，然后你中奖了。"

程柔控制不住大叫："不是，我怎么不知道啊？你们背着我抽的吗？"

"你中午不是去音乐教室让徐燃教你唱歌吗？就那时候抽的。"许舒亭安慰似的拍拍她的手背，"祸兮福所倚！这说不定是好事啊。"

程柔垮下脸，把脑袋侧压在桌子上，一脸无望："不会是好事的，不会的。"

程柔净身高一米六二，她估摸着当礼仪小姐应该要一米六五以上吧，她这么矮估计选不上。她一路惴惴不安，又一路怀揣侥幸去面试，但当她推开舞蹈室大门时，里面只坐着不到十个人，而且个个愁容满面。看见她时，他们仿佛看见同一时期行刑的狱友，平静且饱含热泪。

负责面试的老师只有两个，都是学校的音乐老师，有一个还教过程柔，但程柔记得她，她肯定记不清程柔了，套近乎之路，夭折。

程柔大多数时候是不相信所谓的心理学效应的，但是墨菲定理真的是一种神奇的东西，比如说，她心里对上天三跪九叩祈求别第一个上，她就第一个上了；再比如，她在为数不多的几人中"脱颖而出"被音乐老师一眼相中，成为首个担任礼仪小姐的学生。

程柔：我心里毫无欢喜，甚至有点想哭。

程柔原本以为当礼仪小姐起码得站够一上午，后来才知道只需要在早上领导经过时站一会儿，之后便可以换装准备合唱比赛，程柔原本枯萎的心总算稍稍复苏。十二班的礼仪先生是一个平时沉默寡言的男生，偶尔说话也是温声细语的，程柔跟他接触不多，但因此次活动，两人颇有同病相怜的感受。合唱比赛在即，中午文艺委员会带领他们练习合唱，程柔在徐燃的"教导"之下总算能顺利唱完一首歌，好不好听另当别论，起码在调上。

程柔这几天都被《我的中国心》彻底洗脑，课间打水、做题，脑袋里都是"黄山、黄河"，其他同学也是如此，甚至有人在生物课上不小心哼出声。

生物老师背手绕着教室走了一通，平静地问他们是不是在准备合唱比赛。

大家纷纷点头，尤其是不小心哼出声的学生点得甚是起劲。

"那我们这节课来考试吧，给你们醒醒脑。"

众人："……"

生物突击考试，所有人都毫无防备，颤巍巍接过试卷时，像接过古代斩首前扔下的火签令，吴琛还惟妙惟肖地拉长莫须有的衣袖擦眼泪。十二班的生物成绩并不突出，顶多算是平平，更何况是突击检查，结果显然不好，生物老师这次倒是没让他们回家让家长签名，只是让他们订正错题。

周甜甜一脸复杂地说："我是不是有斯德哥尔摩综合征啊？'笑面虎'难得放我们一马，我竟然觉得有点不习惯。"

陈北洺颇有同感地点点头："我也不习惯，总感觉是陷阱。"

"管他呢，躲一时是一时。"吴琛抬手抖了抖试卷，左右一翻，"我这张试卷吧，能看的地方是真的少，选择题后面几道我都是点兵点将点的，竟然比我认真做的正确率还高，这不科学！"

程柔笑了笑："本来就是生物呢，怎么会科学？"

吴琛背靠桌子反坐，脚便放在周甜甜桌下，他下意识抖了抖腿："唉，我的十七岁，是不是注定要为成绩流眼泪？"

"不然你还想为谁流眼泪？"周甜甜正低头改正错题，抬了抬脚踩在吴琛的鞋子上，"你频率不对，重抖。"

吴琛顿了一下，重新跟上周甜甜的频率。

程柔一脸莫名："你们为什么一定要抖腿？"

"舒服啊。"吴琛刚说完又停住脚，抬手敲了敲周甜甜的桌子，"你今天怎么这么认真？"

周甜甜笔下一顿，眼神闪了闪："有吗？没有吧？我平时不就这样吗？我一直都这样啊。"

"眼神飘忽，语无伦次。"吴琛神秘莫测地看着她，"你们女生一般突然开始认真学习，要不是因为顿悟，就是因为心里有人。"

周甜甜手中的笔"咔"的一声，笔尖歪了。

程柔："……"

陈北洺："……"

吴琛愣了愣，恐慌万状地补救道："那什么，我随便说说的，你肯定是因为顿悟，顿悟……"

周甜甜忙不迭点头："是啊！是啊！"

吴琛："所以，谁啊？"

周甜甜："……"

程柔坐在座位上，一边喝水一边看周甜甜追着吴琛打。陈北洺转过身，低头从书包里掏了掏，最后捧着一盒小饼干放在程柔桌上。

饼干盒是半透明的材质，隐隐能看到里面的曲奇，上面还点缀着几颗红豆。

"我妹妹最近喜欢做甜品，我妈就给她报了一个小培训班，她每次自己吃不完就带回家，我看你经常喝红豆奶茶就给你带了红豆曲奇。"

陈北洺一边说，一边掀开饼干盒的盖子，催着程柔尝尝。程柔喜欢吃甜的，但饼干吃得不多，曲奇边缘虽然有点焦，但奶香味浓厚，她不免觉得惊奇。

"你妹妹好厉害啊。"

陈北洺一说起他妹妹便停不住口，恨不得将她的优点悉数道尽，程柔看着他突然有点恍惚。她上次给程桉打电话已经是一个星期之前的事了，这周忙着合唱比赛她也没想起这事。

陈北洺脸上一热，不好意思地问："我是不是太啰唆了？"

"没有，没有。"程柔咬着半块饼干笑了笑，"我突然觉得你跟我哥挺像的。"

陈北洺一本正经道："没有，你哥比较帅。"

程柔顿时一乐，上次她同程桉通电话时，程桉正在买衣服，随手拍了一张穿衬衣的照片问她好不好看，以往她和程桉很少有这样随心又透着亲昵的交流，她发觉自己还挺喜欢这种感觉的。

陈北洺视线一扫，扫到后面的书架才想起来问："你的书找到了吗？"

程柔顺着他的目光往后一瞥，猝不及防呛了一口，清了清嗓子才心虚道:"找到了,我不小心放家里忘带回来了。"

这个理由太牵强,但陈北洺并没怀疑,一边收拾她掉落在桌面的饼干屑一边问她:"书,你看了吗?"

"看了啊!"程柔抽出纸巾擦手,"这本书是我高一时买的,当时就看完了。"

陈北洺手上动作不停,状似不经意地问:"我挺想看的,你下次能带过来吗?"

徐燃那边……算了,还是重新买一本。

程柔一边腹诽徐燃,一边点头答应。

合唱比赛当天,程柔一早就到音乐教室集合。学校准备好了服装,女生统一是白衬衫和格子裙,男生是白衬衫和黑裤。同班的男生给程柔买了一杯奶咖的热奶茶,程柔早上因为起得晚,匆忙之下只吃了一块吐司,此刻正觉得胃部空荡荡,立马千恩万谢地接过。

男生不好意思地挠挠头:"呃,其实是我早上抽中奶咖的买一赠一券。"

程柔不甚在意:"那也要道谢啊,不过你运气真好。"

音乐老师这会儿正在清点人数,发现少一个人,正在点名找人。程柔站在最后面,只在听到自己名字时抬了抬胳膊,之后便有一搭没一搭地跟对方聊天。他显然是欧气附身的幸运儿,兴奋地跟程柔分享自己中过的奖品,程柔一路听下来,觉得自己的人生真的平淡如水。

程柔如实道:"我从小到大就没中过奖。"

"一次都没有吗?"

"没有。"

男生颇为同情地从口袋里掏出一张奶咖优惠券:"这是我上次中的,本来刚才要用的,要不送你吧?"

程柔:欧皇本皇。

程柔哭笑不得地婉拒,男生也没坚持,一边喝奶茶一边说,他之前也送过给别人。

"但他没接受,硬是塞了二十块给我,但那张优惠券只能优惠十五块,我反倒还赚了五块钱。"

拿二十块买十五块的优惠券?这人是傻瓜吗?

程柔的内心想法毫无掩饰,男生一眼就看透了。

他吸了一口奶茶,笑了笑:"就我们班的同学啊,陈北洺。"

程柔嘴角一僵,内心的唏嘘一点一点地往回收。

"陈北洺?"

"对啊,说来也奇怪,他好像对优惠券特别执着,听说是私底下问了好几个人才找到我的。"

奶茶杯壁上水珠一路往下滑落,落在她手心处是一片麻木的冰凉,程柔低头咬住黑色的吸管,一时之间竟不知道该说什么。

音乐教室的门在长年累月之下固定口有些松动,轻声推开时都会有一阵"吱呀"的轻响,更何况来人大张旗鼓地闯进来,瞬间惊醒一室漫游的众人。

音乐老师看清来人,狐疑地问了一句:"江源呢?"

"江源脚疼来不了了,我是来替他的。"徐燃蹙眉扯了扯领绳,领口松动后才呼出一口气,显然不适宜这种束缚感。

人群中有压低的交谈声,言语之间夹杂着女生的笑声。程柔抬眼望过去,看见前面的女生半掩住嘴角小声地冲身边人说话。

"喏,是徐燃啊,你上次不是说他长得很好看吗?"

对方一脸羞赧:"他穿白衬衫更好看,他刚才扯领绳的时候好可爱啊!"

"啧啧啧,你完了。"

"说……说什么呢?好看的东西人人都喜欢啊。"

"那你喜欢吗?"

对方笑着捶她的肩膀没说话。

程柔用力咬破嘴里的珍珠,抬眼看了看一脸冷漠的徐燃,再看了看一脸兴奋的她们。她们是不是对可爱有误解啊？徐燃可爱？是可怕吧，而且好看吗？哪里好看了？还人人都喜欢……

程柔低头咬了咬吸管，眼前的光线倏忽一暗，她一抬起头就看到徐燃微微蹲下身子与她平视。

徐燃语气一沉："程柔。"

程柔吓得结巴了一下："干……干吗？"

徐燃往前凑了凑："你今天真好看。"

程柔迎上对方的笑眼，咬破的珍珠卡在后槽牙里像一颗随时会炸裂的气泡，她不敢动，连心跳都仿佛停顿了一拍。

程柔脱口而出："你属蝴蝶的吗？"

徐燃：？

招蜂引蝶不自知，罪加一等。

但程柔也只敢嘴里嘟囔，表面上若无其事地移开视线："没什么。"

音乐老师点名后便开始安排位置，程柔他们被安排在小礼堂门口，程柔正往小礼堂走的时候，徐燃突然一言不发地抬手扯住程柔班的男生。

"同学，打个商量，我们换一下。"

徐燃虽然笑着，但语气半点不像要商量的样子，对方看了看程柔，往后一缩，一溜烟跑远了。

程柔心有余而力不足，叹了一口气就继续往前走，徐燃慢半步走在她后面。

"你不开心？"

声音从耳后传过来，程柔耳朵下意识一缩，没说话。

徐燃顿了一下："你想跟他在一块？"

程柔顿觉一阵疲惫，没回头道："徐燃，你能不能别总是这样？"

身后的脚步声一停："这样是指怎样？"

程柔心里乍然升起一股无名火，转过身没好气道："不要总是说一些让人误会的话，不要自作主张地管我，更不要一直跟着我。"

程柔一开口就看见徐燃的脸色一沉，但闸口一开，覆水难收，她硬着头皮说完时，徐燃的脸色已经阴沉得像一张夜色的幕布。她下意识往后退了一步，徐燃的领绳松垮垮地挂在脖子上，他抬手一把扯下把它握进手里捏着。

"好。"

程柔一愣，徐燃已经转过身往另一边走去，他手上的领绳因为他的走动在半空中摇摇晃晃。空荡荡的走廊，他的脚步声像步步落在她肩膀上。程柔看着他的背影，突然又觉得委屈，可是她委屈什么呢？话是她自己说的。

程柔所有的安全感都来自对亲近人的伤害，她要一遍一遍地拿自己的锐刺去触碰对方的软肋，直到对方受不了离开的时候，她才会觉得有一种畅快淋漓的感觉。

你看，我就知道他会受不了的，他不会一直对我好的。

可是这种杀敌一千、自损八百的方式，让她自己也溃不成军。

程柔的脚尖搓了搓地面："你可真让人讨厌。"

校园四周突然响起音乐声，声源来自小礼堂里面，程柔扯了扯自己的嘴角才走去小礼堂。

她的搭档依旧是班里的那名男同学，男生欲言又止地看了看她，但最后什么都没问就只是陪她站着。陆陆续续有领导从远处走过来，到签到处签完名后进入礼堂，她一直心不在焉地笑着，感觉脸部都僵硬成一小块一小块的瓦片，伸手一戳就碎成粉末。

周甜甜他们走过来时，还好奇地上手戳了戳。

"你怎么了？笑得也太没灵魂了吧。"周甜甜问。

林晏站在她身后也问："徐燃呢？"

程柔迟疑片刻："应该在校门口那边吧。"

林晏大大咧咧道："不是吧，他跟郑源拿衣服不就是过来跟你一块吗？"

程柔一顿，还未开口，同班的男生就问："你们班郑源不是脚疼来不了吗？"

"哪能啊,是燃哥自己说要替他过来的,他本来就觉得这事麻烦,索性就把衣服给燃哥了。"

周甜甜也是一脸困惑,偷偷瞟了程柔一眼,试探道:"你们……"

程柔后知后觉问:"我们班负责抽签的是谁?"

"余一啊!"周甜甜话音一断,同样后知后觉地一拍手,"这事会不会太巧合了一点?"

瞬息之间,程柔心里像被打翻一瓶气泡水。

合唱比赛按时举行,大概是因为有领导到来,班主任们的千叮咛万嘱咐终于起到空前绝后的效果,最后打分结束后,校长的致辞也是赞誉偏多。张印原本就抱着重在参与的想法,但十二班最后能拿优秀奖还是让他开心了一回,立刻在班级群里给大家发红包,周遭闹哄哄的一片,程柔拿着手机挤出人群。

七班是倒数第二个上场的班级,人员入场时,程柔浑身紧绷,眼睛一眨不眨地盯着台上,但台上并没有徐燃的影子。程柔走到小礼堂后面的僻静处,手指一点一点地按着屏幕,等屏幕黑下去又重新按亮,徐燃没有给她发信息,她也不知道应该怎么给对方发信息。

程柔趴在前面的栏杆上,面朝眼前的香樟树唉声叹气。

"你说,徐燃是不是生气了啊?唉,换作是我,我也生气,怎么我当时就说出那样的话,脑袋用来煮麻辣烫吗?况且,我明明也不讨厌啊,怎么突然生气说那种话了,我不会是因为那两个女生吧?可是怎么可能,那也太奇怪了。"

程柔把脑袋枕在手肘上,抬手捏住一片香樟树的叶子:"你说,我要不要给他发信息啊?可是应该说什么。"

香樟树自然不会回答她的疑问,她自己也觉得没劲,犹豫着要不要找程桉问问,可是程桉应该会笑话她吧。

手下的栏杆突然振了振,程柔一脸警惕地抬起头,走廊上有一块突出来的平台,上面种着几株茂盛的春舞花,此刻正有两条交叠的腿从它旁边伸出来架在栏杆的缝隙上。

徐燃从平台旁探出头，脖子上挂着一个白色的头戴式耳机，程柔放在栏杆上的手瞬间一紧，视线落在他的耳机上。

　　"你怎么在这儿？"

　　程柔顿时呼出一口气，那他应该没听见那些话。

　　"我……我晒晒太阳。"

　　"哦，那我走了。"徐燃站起身，身上依旧是早上的那套衣服，但此刻白衬衫没有扎进黑裤里，领绳也是歪歪斜斜扣在脖子上。

　　他往程柔身边走过时，程柔才鼓起勇气抬脚往旁边跨了一步，他被挡住去路侧头看着她。

　　程柔小声道："对不起。"

　　徐燃勾嘴笑了一声："你有什么好对不起的。"

　　程柔一时哑然，难道要说自己早上说的都是气话？但气从何而来，她自己都没弄明白。

　　徐燃往旁边迈了一步，显然是要绕过她，她硬着头皮跟上去，有话可说，但又坚决一字不发。她现在才发现，以往大多数时候都是徐燃在迁就她，她不想说话的时候，都是徐燃先开口给她递台阶，她太依赖这种感觉了，此刻才觉得更窘迫。

　　可是徐燃这次铆足劲不开口，她只能自己递出橄榄枝。

　　"我早上说的都是气话，我……我没有讨厌你的意思。"

　　徐燃紧咬不放："那是什么意思？"

　　程柔咬咬牙，徐燃的存在感太强了，她不自觉地往栏杆靠近。

　　"我不知道，我就是不喜欢她们讨论你。"

　　徐燃往她身边跨了一步，一点一点，循循善诱："为什么？"

　　程柔脸上一热，靠在栏杆上："我不知道。"

　　"程柔。"

　　"啊？"

　　"不讨厌的话，那我是不是就可以继续？"徐燃一动不动地看着她，"我会管你，会跟着你，会干涉你，会一步一步靠近你，那样也可以吗？"

这句话有点奇怪，但程柔现在正处于徐燃不理她的恐慌中，想都没想就点头。

"说话。"

程柔本能地觉得惊慌，像踩入一块铺着草皮的陷阱，但她还是小声说了一句："可以。"

徐燃身上的压迫感瞬间一松，抬手扯下自己领口处的红色领绳，拉过程柔的手腕，开始往上面缠绕。

程柔挣了挣，没挣开。

徐燃利落地往上面缠绕了两圈，在末端打了个蝴蝶结，顿了一下，再加了个死结才终于心满意足。

程柔盯着那抹红色："你干吗？"

"我的。"徐燃指了指她的手腕，加重语气，"我的。"

程柔点点头，转瞬才琢磨出一点不同寻常的意味，但徐燃的背影已经渐行渐远，甚至看起来有点像落荒而逃。

（5）

合唱比赛结束后，期末考便近在咫尺，十三中立马陷入备考状态，早读课时，校园的琅琅书声都比平时响亮不少，周甜甜更是夸张地买了一堆习题册，立誓要好好学习。她最近学习的劲头空前高涨，在众人的轮番打击之下，依旧焚膏继晷地啃那一堆习题。直到有一次，程柔看见她给林晏讲题，才从她失常的行为里揣摩出一点点缘由。

夏天的风是燥热的，带着一点点视死如归的决绝，贴在皮肤上像要灼烧出一整块荒原。程柔和周甜甜坐在饭堂前面的树荫下，木质的休息座椅因为风吹日晒浮现出一层老旧的白色，用力坐下去总给人一种会随时断裂的错觉。她们一人捧一杯雪糕在漫不经心地吃着。

周甜甜咬住乳白色的小勺子，突然说："学习好辛苦啊，感觉试题无穷无尽，永远做不完。"

程柔嘴里含了一大块雪糕，冻得止不住哈气，过了一会儿才回答道："你买的试题太多了，你挑几本做就好，太杂反倒事倍功半。"

"道理我都明白，但我就是很慌。"

程柔笑了笑："你慌什么？高考还有一年呢。"

树影落在她们的正前方，周甜甜伸直腿踩在明暗的交界处，像踩住一块日光。周甜甜顿了一下，才道："我好像什么都不太好，长得不够漂亮，学习不够好，没有背景，没有特长，如果人类的阶级划分是一座金字塔，那我一定是塔下掘土的那类人。我慌，是因为突然意识到自己不够优秀。"

周甜甜从来都是大大咧咧、满脸笑意的人，程柔一直都没察觉到她最近一段时间脑袋里在琢磨这些。

程柔问："你怎么突然有这种感觉？"

周甜甜咽下最后一块雪糕，语气带着软糯的甜腻："当你有想要追逐的人，就会突然意识到自己不够好。"

"可是你已经很好了啊。"

"对方看不到，就不算好。"

周甜甜把雪糕盒扔进一旁的垃圾桶里，站起身伸懒腰，正好看见不远处的温思屿和许舒亭，许舒亭气呼呼地往前走，温思屿一头雾水地在后面跟着。

程柔看过去时，温思屿正追赶上许舒亭，试图和她说话。

周甜甜眼神一暗，整个人都无精打采，程柔感觉她整个心都揪在手里被搓了搓，因为她的表情实在太痛苦了。

周甜甜："柔柔，温思屿要转学了。"

程柔猛然转过头看周甜甜："什么？"

"我上次在办公室听到张印和他妈妈通电话，可能他期末考都不考了。"

程柔下意识问："许舒亭知道吗？"

周甜甜摇了摇脑袋："我觉得她还是别知道好了……你说人

的缘分怎么就这么短呢？"

高一到高三，完美通关也只有三年的缘分而已，可人生或许有百年，三年又能占据多少分量？

可能你千方百计努力赚取的好感，在多年后也只是一句"我的同学""班里有个人""好像有这么一个人"，他甚至叫不出你的名字。

程柔方才咽进肚子里的那一块雪糕越来越冰凉，凉得她整个人都浑身一颤，她一定是被周甜甜感染了，一定是，不然她为什么感觉自己的心也被用力地搓了搓。

备考的最后几天，徐燃课间一直往十二班跑，上课铃响才走。张印认识徐燃，也就睁一只眼闭一只眼，只要徐燃不闹事，他便没管。徐燃大多数时候是来找余一的，来的次数多了，教室里的同学便也失了最初的好奇心和防备，况且，大家还沉浸在徐燃当初"轰动一时"的检讨上，戒备与害怕便因着这一点消减不少。徐燃每一次来都会给程柔带东西，有时候是冰镇饮料，有时候是零食，渐渐便有人开始起哄，更有人大着胆子问徐燃，之前贴吧上说他们是青梅竹马是不是真的。

徐燃挑眉一笑："程柔觉得是就是了。"

"那你和沈落呢？"

"沈落？"徐燃半边身子软在课桌上，抬头问程柔，"你觉得呢？"

程柔眼都不抬："我怎么知道？"

徐燃置若罔闻："喏，她说不是。"

程柔："……"

程柔一般不会在这种事情上与他计较，他得不到她的回应也能自得其乐，但他几乎每一次都能同陈北洺杠上，特别能在鸡蛋里挑骨头。

陈北洺有一次做语文的阅读理解，转回头和程柔讨论："如果是我们的话,肯定会在现阶段同作者做出不一样的选择……"

徐燃立马插话:"你是你,她是她,没有'我们'。"

陈北洺不予理会:"但是选择这种事应该也跟环境有关吧?如果我们在同一个村子里,那么很有可能受环境因素影响做出同一种选择……"

"同一个村子?什么村?地球村吗?"

陈北洺:"……"

程柔翻了一个白眼,咬牙切齿道:"你不是说不会打扰我吗?"

徐燃一脸无辜:"我这是参与讨论啊,你不能因为我学习不好,就说我说的话是干扰吧?"

他义正词严,甚至有点委屈。

程柔口不择言:"你再插话我咬你啊!"

徐燃顿时一喜,立马把脸往程柔嘴边凑了凑:"来!不咬不是人!"

相对于这边的鸡飞狗跳,许舒亭那边简直无风无浪,一片太平,连许舒亭都忍不住问温思屿:"你这几天改邪归正了?怎么这么安静?"

温思屿笑了笑:"安静不好吗?你不就一直嫌我吵。"

"也不是,我就挺不习惯的。"

天气炎热,头顶上的风扇只能带走部分的燥热,许舒亭因为体形较大,总是忍不住出汗。她一边抽纸巾擦脸,一边语重心长地对温思屿进行思想教育:"你要是以后都像这几天这么认真,成绩肯定就提上去了,像你这样的进步空间可大了,咻咻咻地就跑前面去了,你之前就是不认真听……"

"许舒亭。"

"啊?"

"你教我是因为张印吗?"

温思屿很少有这么认真的表情,不仅许舒亭愣住了,连周甜甜翻书的动作都慢了半拍,但她与程柔对视片刻之后便心照不宣地低着头看试卷。

许舒亭没说话,嘟嘟囔囔道:"哪有那么多问题啊,你还学不学了?"

温思屿也没坚持,一只手支着脑袋:"学啊,干吗不学。"

后来程柔与陈北洺讨论的那篇关于"选择"的文章被张印从题海里挑出来着重进行了讲解,不仅仅是文章内容,还有关于他们成为高三生之后的选择。

"每一个成熟稳重的大人都是从小孩子过来的。在你们这个阶段,为了想要拥有的东西或是想要实现的梦想而努力,但最终毫无收获,等你长大之后,你可能觉得后悔,因为你不去做那件事,你就拥有更多的精力去追寻另一条道路,你的人生也可能因此而大有不同。但是当你处在那个阶段,你还是会毫无保留地选择同样的结果,这才是未知的神奇所在。"

张印每一次正经起来都会散发出一种让人莫名信服的魅力。

"而且在大多数时候,三言两语的警醒起的作用并不大!"张印拿着课本走下台阶。

程柔莫名兴奋,来了,范儿起了,张印要讲正题了!

张印慢悠悠道:"就像我现在告诉你们,你们不努力学习一定会后悔,你们虚度时光一定会后悔,你们厌烦现在,厌烦考试,想要快点考大学进社会独当一面,你们说不定也会后悔,但你们肯定不相信,所以教训都是从经历来的。"

张印意有所指地敲打让众人陷入沉思,但依旧有同学在此刻保持了八卦的心。

"那老师你会后悔放弃读研,来这里吗?"

话音一出,张印往过道溜达的动作瞬间一滞。

关于张印的事情,私底下众人讨论了不少,别看一个个学习时粗心大意,但在张印这件事情上个个都是列文虎克,蛛丝马迹,一网打尽。很快便有人猜出张印已经分手的事情,从网络信息到现实生活,分析得头头是道,就差主角一个盖章戳印。

223

张印无奈地笑了笑："嘿，你们知道得还挺多啊。"

他皱眉想了一会儿，才说："有时候会，毕竟现在的结果不太好，如果我当初继续读研究生，人生肯定会有所不同，但我如果回到那个时候，应该也会做出同样的选择。"他正好兜完一圈回到讲台上，双手撑着讲台，连语气都软了下来，"因为我们当初说会永远在一起，是真的相信我们会永远在一起。"

永远有多难，但我也曾经因为你而去相信过。

程柔好像突然之间明白当时张印为什么没有出口反驳，因为所有的付出他都全心全意，甘之如饴。

大家瞬间安静下来，在一片静谧中，吴琛突然大吼一句："张老师！我们爱你！"

教室里顿时一阵爆笑，张印靠着黑板也跟着笑，过了一会儿才提醒道："我那是大学谈的恋爱啊！你们好好学习，不要早恋！真要想有盼头，就看看年级第一，说不定还能一飞冲天，跟着走上知识巅峰。"

张印向来如此，哪怕提及其余老师避之若浼的禁区，也是以开玩笑的方式带过。程柔有时候会觉得张印是一个很复杂的人，他暴躁又体贴，强势又容易哭鼻子，简直是人性的矛盾体，教师界的泥石流。

而在温思屿转学的告别会上，他更是哭得最厉害的一个，强装镇定，眼泪噼里啪啦地往下掉，最后背过身捂脸时还一抽一抽地解释说，是因为泪腺太发达，停不下来。

他是一个可爱的大人。

尽管可爱一词并不适合他，但那已经是程柔夸赞别人时的最好用词。因为他，她才觉得长大或许并不是一件特别糟糕的事情，起码她可以选择成为什么样的大人。

温思屿是在期末考的前一天走的，那天一切如同往常，早上温思屿还因为早读课睡觉被方主任逮到训斥一场，直到下午最后一节语文课上，张印突然把讲到一半的试卷塞回课本里夹着，向全班提起温思屿要转学的事情。

底下一片哗然，许舒亭更是整个人愣在原地。

"我同他妈妈多次沟通过，但她语气挺强硬的，显然是做好决定了。高三分班的调动不大，我已经向学校申请继续带你们了。我从来没有连续两年带同一个班，但这次想试试看，可能有一些同学与我比较有缘，从高一开始便由我带着，但算下来也不过是三年……"张印鼻子一酸，声音往下压了压，"谁走我都不愿意，但天下没有不散的筵席，就当我们提前和他道别。"

温思屿坐在位子上，一言不发地收拾课本，但因为频频撞到抽屉，动静很大。许舒亭从头到尾没有回头，脑袋压得很低。程柔突然一阵难过，周甜甜从背地里轻轻扯了扯她的衣角，她才强忍着没哭。

张印让温思屿上台说几句，温思屿直接掏出一张纸，认认真真地开始发言。

张印眼眶一红，又忍不住提醒："你这周的周记还没交。"

温思屿笑了笑："就当这封信是周记行不行？"

张印抬手狠狠地撸了一把他的头发，而他这次没有躲。

程柔其实没太听温思屿说话，她整个视线都落在许舒亭绷紧的背脊上。她想起家长会那次许舒亭问自己"温思屿会不会转学"时的样子，她以为许舒亭今天得哭一场，但许舒亭从头到尾都没掉眼泪，也没说话，只是低着脑袋。

温思屿把感谢和告别的话说完，才转头望向许舒亭。

他舔了舔唇，小声问："许舒亭，你有没有……有没有什么话要对我说啊？"

许舒亭捏住试卷的一角没吭声。

"那我说了。"温思屿一字一句道，"你以后别吃那么多零食。"

大家一愣，破涕为笑。

温思屿继续往下说："太胖真的对身体不好，但我不是嫌弃你胖……你胖也好看，但还是要克制啊，饭堂的鸡腿以后抢不到

225

就算了,其实肉酿茄子也挺好吃的……"

许舒亭同往常一样下意识地反驳:"要你管!"

温思屿顿了一下,目光一晃:"我以后是管不了你了。"

许舒亭眼圈一红,抬头瞪了他一眼。

温思屿又絮絮叨叨地说了一些,全班都以笑掩泪,一会儿笑话他的黑历史,一会儿让他把滞留的作业补完再走。临下台时正好放学铃声响起,张印抱了抱对方,用力拍拍他的背脊。

"好好学习啊!"

"知道了,老师。"

许舒亭突然从座位上站起身,众人始料未及地把目光投向她。

她却执拗地看着温思屿,一脸认真地说:"温思屿,不是的。"

"什么?"

许舒亭话音一颤一颤:"我……我不是因为张老师才教你的。"

走廊里是震动的脚步声,四周传来各个教室拖拉课桌的响动,窗外的夏天明亮又炽热,临近日落也光芒万丈,时间好像永远都缓慢,可是当我们以为它缓慢的时候,它却撒开我们轰轰烈烈地往前飞驰。

人最大的遗憾,就是对岁月无计可施。

温思屿把手上的信一把揉进手心里。

"我也一样。"

少年翘起的眼尾染着晚霞的绯红,声音却轻如云絮。

"我想好好学习也不仅仅是为了自己。"

离别就像在穿越漆黑而不可回避的隧道,你万般不舍却又不得不合上看到一半的书,你想着下次一定会重新翻开,可是时光那么漫长,遗忘却在转瞬之间。

最后,温思屿抱着一堆课本走了,大家从难过中抽身而出,纷纷收拾东西回家。程柔因为值日拖到很晚,再次回教室时,许舒亭依旧坐在座位上,把温思屿的那封告别信看了又看。

程柔提着书包走上前时,才看见她在无声地掉眼泪,她抹了一把脸,小声地抱怨:"他今天没有跟我说,明天见。"

"今天没有,以后也不会有了……我果然最讨厌最讨厌他了……"

许舒亭趴在课桌上,在日落倾斜西山的最后片刻才哽咽出声。

教室后面的黑板上,落日少年的背影在此刻仿佛真的能够跃于平面,而旁边密密麻麻的签名里,许舒亭的名字紧紧挨着温思屿的名字。

程柔这才看清许舒亭摊开在课桌上的纸张,温思屿歪歪斜斜的字迹被余晖一点一点吞噬。

最后一句是:"我有一个秘密,如果下次能见面,我再告诉你。"

Chapter 9
● 团结友爱，互帮互助

（1）

秦淮的花卉市场占地面积极大，花种繁杂，程柔在开学之前陪着程莹去挑花。暑假那会儿，程桉从津沽回来过，帮程莹在院子的角落搭建了一个小型花棚。程桉原本是想让三哥过来搭把手，但不想对方带了一群凶神恶煞的兄弟过来，个个膘肥体壮，花纹覆身，程莹从房内出来时，差点被吓晕过去，程桉一气之下直接把他踹出院门。

程莹对于程柔上高三的事情颇为重视，不仅和阿姨想着法子做提神补脑的菜肴，还和周奶奶一块去求神拜佛，求了两串小佛珠让徐燃和程柔戴上，程柔拗不过只能戴着。这会儿逛花卉市场，程莹又不知从何处得来"夏日的梦想"的花束搭配，买了粉玫瑰和百合回家。

程柔虽然不以为意，但因为程莹坚信不疑，她便也花心思栽培。她刚把它们放在花架上修剪枝条，徐燃就从隔壁的院墙上探出头。

徐燃趴着院墙问："程柔，阿姨煮了绿豆糖水喝不喝？"

程柔放下枝剪："一会儿吧。"

"那我去盛出来放凉。"

徐燃刚转过头,突然之间想起什么,又趴回院墙上:"高三分班你知道吗?"

程柔漠不关心:"嗯。"

徐燃:"我要跟你做同桌。"

程柔手下一顿,抬头望过去:"什么意思?"

"字面意思。"徐燃歪了歪脑袋,"奶奶说的,我们要共同进步,坐一块方便近水楼……喀,团结友爱,互帮互助。"

程柔终于回过神,转念一想:"你找方主任了?"

徐燃直起身没有直接否认:"原本也只是小小的调动。"

你一来,这调动可就大了。

程柔耸耸肩,转过身继续浇花。

高三教学楼在行政楼旁边,与高二教学楼隔着学校的图书馆。高三十二班在三楼,程柔路上遇到许舒亭,两人正凑到一块说暑假的趣事,周甜甜的电话就打过来了。

周甜甜扯着嗓子喊:"柔柔宝贝儿!我忘记带校徽了!"

程柔啼笑皆非:"你对开学的恐惧,具体就体现在这儿了,你怎么不找林晏?"

周甜甜的气势顿时下去了:"他没接我电话。"

程柔顿了一下:"那我帮你找徐燃。"

周甜甜隔空飞吻了好几声,程柔挂掉电话,许舒亭就在一旁笑。

"啧啧啧,我严重怀疑她是故意的!"

程柔笑了笑,视线刚从许舒亭身上移开,转眼又转回来,她左右看了看:"你是不是瘦了?"

许舒亭仿若被捉住小辫子,面红耳赤地摸摸脸:"我暑假去跑步了,好像是瘦了点,哈哈哈……"

许舒亭原本五官就好看,瘦了之后五官也渐渐立体起来,程柔虽有所觉,亦作不解地把话题拐到开学上面。

开学第一天，张印就颇有仪式感地带着横幅进教室，让吴琛组织几人贴在两面墙上。程柔进教室的时候，吴琛正踩在桌子上喊人递双面胶。

"哎哎哎，给我递一个双面胶，不要海绵的，要圆形的那种！"

许舒亭夸张地"哎哟"一声："怎么还挑上了。"

吴琛侧头看清来人，半点没客气地指挥她："你来得正好，张老师刚说要把教室打扫一下，你组织组织我们班的女同胞啊，还有……"

吴琛的视线落在程柔身上，蹲下身子冲程柔招招手。

程柔走近，他才小声开口："我们上学期书架上的书还在七班教室呢，你让徐燃带头喊几个同学帮忙搬一下。"

程柔蹙眉："徐燃？"

吴琛眼睛痉挛似的眨了眨，眼神往一旁瞟，程柔侧头看过去，看见徐燃趴在课桌上睡得正酣甜。以他为中心四周都没有人，大家经过时也是轻手轻脚。

吴琛解释道："他刚被吵醒过，抬脚踹倒一张椅子就继续睡了。"

程柔冷哼一声："惯得他。"

吴琛添油加醋："对！惯得他！"

吴琛接过同学递过来的双面胶，用力地拍了拍程柔的肩膀："去吧，组织看好你！"

程柔犹豫着往徐燃的方向走去，顿了一下，还是在他身边的位子上坐下。他雷打不动地埋着脑袋继续睡觉，程柔抬手敲了敲课桌。

没反应。

"徐燃。"

没反应。

程柔侧趴在课桌上，伸手戳了戳他的手臂，声音莫名放轻。

"醒醒，我有事跟你说。"

徐燃动了动，猛然侧过头，程柔被近在咫尺的脸吓了一跳，连忙坐直身子。

徐燃闭着眼说："醒不了,你想想办法。"

程柔："……"

知道他装睡,程柔索性转过身,整理书包。

"你帮下忙,找几个同学把十二班教室后面的书搬过来呗。"

徐燃没回应。

程柔把笔盒和笔记本整齐地放在课桌上,低头继续在书包里找草稿纸。

"对了,甜甜在校门口进不来,你能不能让林晏过去一下?我记得你有很多枚校徽吧?"

徐燃依旧没说话,程柔转头看过去,一眼撞进他的眼里。他侧枕着脑袋,目光直接又强烈。

"原来是这种感觉吗?"

程柔移开视线:"什么感觉?"

徐燃懒洋洋地拖着气音:"睁开眼就能看到你的感觉。"

程柔耳尖一热,手指摸着笔记本,可徐燃明晃晃的眼神丝毫没有收敛,她顿时恼羞成怒:"我刚说的,你到底听没听?"

"听到了!"徐燃伸了伸懒腰,"林晏这会儿应该正好到校门口了,放心吧,他身上有的是校徽。"

徐燃站起身随手揽住过道上的同学,三言两语就煽动几名同学去搬书。

吴琛转过身冲她竖起大拇指,可她并不觉得是自己的功劳,徐燃做事从来都是凭心情,说不定是他今天心情好。

程柔后知后觉地左右环顾,许舒亭拿着湿毛巾擦黑板,见状便问:"找陈北洺?"

程柔点点头。

"音乐生统一在六班呢,他应该也被调去六班了,唉,我们班又少了一个好少年。"

许舒亭刚感叹完,擦拭的动作一顿,似是想起什么,讪讪转过头。

徐燃他们把书搬回教室后，张印提着一捆试卷进教室，正好看见徐燃在往书架上摆放书籍。

"哟，我刚感叹陈北洺去了六班，痛失一名爱将，没想到转眼又新收一名，老梁得找我拼命。"

徐燃靠在书架上笑了笑："没，我看梁老师挺开心的。"

张印低头整理试卷，口袋里的手机却振了振，他一只手握着手机听电话，另一只手依旧在数试卷，他应了两声，突然抬头往教室里扫了一圈，最后与徐燃对上视线。

"知道了，我现在过去。"张印挂了电话。

徐燃坐回座位上拿手机，解锁往下翻了翻。

"怎么了？"程柔一头雾水。

"张印刚提到余一了。"徐燃站起身，"林晏给我打过电话，应该是出事了。"

程柔跟着他往教室走，张印走在最前面，看起来很着急，吴琛贴好横幅，转头见状也跟着一块出去。

校门口围着一圈人，有七班的同学远远看见徐燃冲他招手。

徐燃开口就问："林晏呢？"

"在包围圈里。"他顿了一下，加了一句，"人没事。"

徐燃舔了舔小虎牙："是他们？"

"嗯，不过不像是来闹事的。"

"那来干吗，参观学校？"

他们你一言我一语，只有程柔跟一个傻瓜似的愣着，半点都没听懂。程柔抬头的时候，看到了周甜甜，她快走几步跑过去。校门口的保安一脸戒备地守着，前面一群穿着黑色短袖的人蹲在路边虎视眈眈。

张印正在问林晏怎么回事，肩膀上突然架来一只手。

徐燃凑到他耳边，压低声音："张老师，你把其余人带回教室，我出去一下。"

张印立马一脸严肃："不行，你们都回去，这里有保安，他们也进不来。"

徐燃好声好气道:"我保证不打架。"

林晏一把拉过张印的手臂往旁边走:"张老师是吧?我是林晏,十二班的新同学,久仰久仰。"

张印刚要回头,又被一群学生堵住,周甜甜也拉着程柔随着人流回教室。程柔抬手抓了抓徐燃的衣摆,没抓住,但徐燃似有所觉地回过头。

"真不打架。"徐燃笑了笑,"骗你是小狗。"

程柔被拉着往前走,回头时看见徐燃穿过电闸门和余一一块跟着对面一群人走远。

张印一脸莫名其妙地被拉回教室,暴脾气正要发作,就被林晏拉到背地里一通解释。程柔听不清他们说什么,但张印的脸色倒是缓和下来,过了一会儿还是愤愤地骂了一句:"这小兔崽子!"

张印没多作解释,走上讲台就安排各组组长下发试卷。程柔整节课都惴惴不安,刚写了两道题就忍不住趁着张印出去的间隙,回头问周甜甜。

周甜甜和林晏是同桌,她耸耸肩指了指林晏:"问他吧,我也听得云里雾里。"

程柔把视线移到一旁假装找东西的林晏身上,林晏叹了一口气,烦躁地挠挠头。

"那是催高利贷的人。"

她们瞬间瞪大眼。

林晏凑近她们小声说道:"这事吧,也不能怪余一。余一他爸爱赌欠下一笔钱,暑假那会儿跑路了,债主就找到他头上了。他怕他妈知道,大概有几万块吧,但高利贷九出十三归,这会儿也不知道滚到多少了。"

周甜甜一脸茫然:"九出什么归?我怎么听不懂?"

林晏立马板起脸:"别懂这个,不是什么好东西。"

程柔问:"那徐燃过去是……"

林晏此刻也茫然:"我不知道,我总觉得如果是燃哥的话,一定会有办法的,自从他帮余一挡过一回后,我就特佩服他。"

周甜甜一脸好奇:"什么事啊?"

"就高一那会儿,徐燃刚转来秦淮十三中,说起来我和余一也是因为那件事才和他认识……具体我也不清楚,好像是他伤到别人的眼睛了,对方收了钱之后依旧不依不饶,到处找他麻烦。当时我和余一正好看见了,但对方手黑拿板砖砸余一的眼睛,是他替余一挡了一下,不过好在眼睛没事,就眉骨处缝了几针,因着这件事我们才认识的。"

程柔猛然抬头:"眼睛?"

"对啊,当时对方还提到弹弓什么的,估计是误伤吧。"

程柔瞳孔一缩,感觉整个脑袋都被一棍子敲下来。

——事情处理好了,但你以后不能再玩弹弓了。

——徐燃性子倔,开口让我帮忙的次数少之又少。有一次,他跟我借了一笔钱,后来硬是自己出去兼职分毫不差地还我。

——清吧,我兼职赚钱呢,不过之后不用去了。

——这道疤?这是英雄的伤疤啊。

她好像从来都没有真正了解过徐燃,也从未得知徐燃曾为她做过什么,她像临空一脚踩入一块黏腻的沼泽里,潮湿,泥泞,越陷越深。

这个世界上真的会有这么一个人全心全意只为她吗?

(2)

程柔放学回家时,程莹正在厨房里拿汤勺搅拌瓦罐里的热汤。她放下书包,趿拉着拖鞋进去帮忙。

程柔接过木质汤勺,接着搅拌热气腾腾的汤:"阿姨呢?"

程莹拧开水龙头洗手:"她家里有事,我就让她先回去了。"

咕噜咕噜沸腾的气泡不断聚集又破裂,热气往上升腾,程柔稍稍移开脖子才感觉脸上的灼热散去。

程莹突然问:"学习压力太大吗?"

"啊?"程柔回过神,"没有,现在才刚开始,我倒是没什么感觉。"

程莹抬手拿过一旁的盐罐,捏着小勺子往汤里加盐:"这是核桃排骨汤,补脑益气,你一会儿可要多喝点,高三学习紧,奶奶就怕你受不住。"

程柔的拇指往勺柄上蹭了蹭,小声说:"谢谢奶奶。"

程莹顿时一笑:"傻瓜,跟奶奶哪有什么谢不谢的。"

谢谢你当初带我来秦淮,程柔在内心里加了一句。

程柔关掉燃气灶的开关,往旁边的汤盘里一边盛汤,一边装似不经意地提起:"奶奶,你还记得我高一那会儿拿弹弓伤到人的事情吗?"

程莹想了想:"好像是有这么一回事,怎么了吗?"

程柔舔舔唇:"你当时说处理好了,是让谁去处理啊?"

"嗯,我当时是要跟你爸说来着,但燃燃说你徐江叔叔会处理,我就没跟你爸提这事。"程莹顿时一慌,"怎么?你又伤到人了?"

"没有,没有。"程柔连连否认,"我只是想问清楚。"

程莹推了推老花镜:"好像问题也不大,但还是赔了一笔钱,我本来要给你徐江叔叔的,但他不收,说是有人会给,他大概也是为了让我这老人家安心,才整这拙劣的谎骗我呢。"

程柔盛完最后一块排骨,放下汤勺时才很轻很轻地应了一声。

徐燃和余一下午没来上课,但林晏跟她说事情已经解决了,具体是怎么解决的,林晏并不清楚,还让她帮忙问徐燃。

"只要你问,徐燃肯定知无不言,言无不尽。"

程柔有时候觉得很神奇,好像她身边的人都认为徐燃对于她的宽容大到无边无际,但徐燃在她心里依旧是随时都有可能病发的小魔王。

饭饱后,程柔去院子里浇花,夜色灰蒙蒙一片,徐燃家里只有他房间内的灯光是亮的,在寂静中像一点摇曳的烛火。程柔耳边是电视机播放新闻的声音,口袋里是没有收到回复短信的手机。

程柔盯着徐燃的窗户看了半晌,放下喷壶,走出院子。

徐燃家的门关着,程柔绕到一旁的窗户边轻轻拉开窗户,伸手从窗帘底下穿过去,往窗框上摸了摸,摸到一把银色钥匙。

这算不算私闯民宅?

程柔捏着泛冷光的钥匙,站在门外犹豫不决。

但放钥匙的位置是徐燃告诉她的,而且她只是进去看看徐燃在不在,应该没关系吧。

程柔退后几步站在院子里,仰头看徐燃的房间,又返回敲了敲门,没听见声响后才开锁进门。

一楼只有靠近餐厅的位置亮着两盏法筒灯,程柔一边往二楼走,一边喊徐燃的名字。徐燃的房间门敞着,长廊尽头的卫生间里隐隐有水声传来。程柔脸上一红,本能地想往回走,但心里又实在想要问清楚事情经过,她心里正一筹莫展,长廊上的水声骤然一停。

徐燃询问的声音闷闷从里面传来:"程柔?"

"啊?"程柔傻愣愣地应了一声,移开视线。

"你在我房间等我,靠近楼梯左手第一间,里面的东西都可以碰,你要是无聊就拿床头的平板电脑玩。"

程柔的气血往脸上冲了冲,急忙答应就跑进对方的房间内。

程柔不敢随处乱瞄,只敢坐在书桌前跟书架里的一列东西干瞪眼。书籍、糖盒、笔筒、腕带,还有一个架子鼓的模型,以及一个旧褐色的铁盒子。这个铁盒子很大,大半面积露在底板外面,徐燃大多数物品的颜色都比较亮眼,这个盒子就显得异常突兀。

徐燃说都可以碰,那这个也可以看吧?

程柔站起身取下铁盒子,倒是不太重,但里面叮叮当当地响,应该是有很多小玩意。

程柔掀开盖子,入眼的是一本草稿本,上面密密麻麻都是数学公式。

徐燃还有收藏自己草稿本的爱好?程柔莫名觉得有点反差萌,

继续往下翻。

用到一半的铅笔,写满乱七八糟数字的十块钱,一个袖扣,她初中时送他的那幅画……

程柔顿了一下,目光微微颤着。

玻璃弹珠,光荣榜上被撕下的照片,以及那本《月亮与六便士》……

程柔脑袋里巨大的谜团越滚越大,诱惑着她去解开又让她想仓皇而逃。她紧紧握了握手又无力地松开,那张乱七八糟的十块钱上面还有她当时写下的名字,这是她当时听手风琴时递给老人家的十块钱。

而草稿本的扉页上明明白白写着:秦淮中学,初三四班,程柔。

程柔往后退了一步,后脚跟撞在身后的椅子腿上,尖锐的拖拉声在脑袋里像一场拉开危险地域的警报。长廊上传来开门声,程柔整个人吓得原地一颤,心跳声剧烈地撞击着胸口,像大雨前轰隆震天的雷声。

程柔走出房门,徐燃穿着白T恤和黑色运动裤,一边拿毛巾擦头,一边向她走过来。

"怎么在外面站着?"

程柔没说话,往楼梯口靠了靠。

徐燃脚步一缓,视线在她与房门之间移动。

"你……"

"我……"

程柔顿了一下抢先道:"我……我先回去了。"

徐燃一针见血:"你看到了?"

"没看到!"

徐燃笑了笑:"我还没说是什么呢。"

程柔靠在扶手上,侧身向着大门,这是一个明显准备随时落荒而逃的姿势。

徐燃没动,就这么看着她,过了半晌才叹出一口气。

"如果我不想让你看到,你怎么会看到?"

程柔瞬间瞪大眼,浑身血液直冲天灵盖,她晕乎乎地转身下楼梯,风驰电掣地冲出门外。

太……太可怕了。

徐燃是魔鬼,是魔鬼。

徐燃靠在走廊的墙壁上,狠狠地闭了闭眼睛,方才所有的故作镇定都演变成紧缩的呼吸声。

(3)

"你怎么了?"周甜甜张开五指在程柔眼前挥了挥,"回魂了!"

程柔陡然回神,瞪着眼一脸茫然。

周甜甜从书包里拿出一瓶牛奶插上吸管推给程柔:"你今天怎么了?一大早来到教室发呆。"

程柔低头喝牛奶:"没睡好吧。"

这熊猫眼看着确实像没睡好,周甜甜又从书包里拿出两瓶牛奶,一瓶放在林晏桌上,一瓶自己喝。

"对了,事情怎么样了?"

"嗯?什么事情?"

"余一的事情啊,你昨天不是回去问徐燃了吗?"周甜甜往余一的座位上看了看,"余一还没来呢,也不知道怎么样了。"

程柔昨晚一夜没睡,脑袋不停连轴转,早把余一的事情忘到九霄云外,现下顿时一阵心虚:"我忘记问了……"

周甜甜毫无察觉,随口道:"那一会儿再问徐燃吧。"

程柔此刻才反应过来,她扭了扭脖子看向旁边的空位子。

徐燃是她的同桌,那就意味着她等会儿就会看见徐燃,而且是近距离,从早到晚。

五雷轰顶!

那她一大早提前来学校是为了什么?左右都会遇见,她躲那十几分钟有个鬼用！等等，为什么她要躲啊？她又没有做错事，该躲的人是徐燃吧？羞耻的也是徐燃，为什么她要害怕？再不济徐燃也不会吃了她……

嗯？徐燃不会吃了她吧？不会吧？

程柔脑内一阵厮杀，最终成功说服自己，她挺了挺胸膛，气势全开。

周甜甜突然喊了一句："徐燃！"

程柔"啪"的一声软在课桌上。

林晏喋喋不休的声音从教室门口传过来，脚步声越来越近。

程柔拿起水杯就站起身，冲周甜甜道："我出去接水！"

她刚转身，徐燃抬手就把她压回座位上，他长腿一跨，好整以暇地坐在椅子上。

"今天你怎么没等我？"

程柔连带椅子往旁边移了移，徐燃紧跟不放也跟着移动。

"你怎么不说话？"

程柔继续往旁边移，嗯？她脚下用力蹭了蹭，椅子纹丝不动，她往下扫了眼，徐燃的脚踩在她的椅子横杆上。

周甜甜试探着开口："你们俩玩猫和老鼠呢？"

徐燃意味深长地笑了笑："她不躲，我又怎么会抓。"

程柔莫名窘迫，一本正经道："我真的要接水。"

徐燃："我没有不让你接水。"

程柔的视线落在他脚上，意有所指。

徐燃松开腿，程柔噌的一声跑出教室。

徐燃："……"

徐燃：微笑。

他叹了一口气，拿起水杯也跟着出去。

林晏一脸疑惑："这年头，大家都这么爱喝水吗？"

程柔站在饮水机前，刚松出一口气就发现自己忘记拿水卡了，她正想取出水杯，感应器上就被放上一张卡，"嘀"的一声，水流潺潺流下注入水杯里。

程柔胆子一缩,刚提起一口气。

徐燃:"闭嘴。"

程柔委屈巴巴地闭上嘴。

徐燃靠在饮水机上失笑出声:"不是,你还委屈上了?"

程柔没说话,眼神幽怨。

"程柔,其实你不用这么心惊胆战。"徐燃侧过身帮她拧紧瓶盖,"我什么都不会做,如果你觉得不舒服,那我去跟张老师要求换座位,再不行我就换班。"

徐燃垂下眼:"我的原意并不是想让你躲着我。"

程柔的心口被戳了一下,瞬间心软:"我不是躲着你,我就是有点不知道怎么跟你相处。"

徐燃突然说:"余一的事情解决了,帮他还钱的人是我爸。"

程柔顿时一惊:"为什么是你爸?"

"余一的妈妈是数学老师,小学的时候教过我,小时候我爸妈忙,我还去他家蹭过饭。我爸大概是觉得感恩吧,况且这笔钱余家不是拿不出来,是余一当时太冲动了。"

还有这一段故事?林晏不是说他们高一时才认识的吗?

"那你和余一很久之前就认识了?"

"不算认识,他小时候在外婆家,我们压根就没见过几次。"徐燃顿了一下,话锋一转,"就这么相处。"

程柔下意识"啊"了一声,过了一会儿才明白徐燃的意思,但她原本内心的惊慌便真的就这么平复下来。

徐燃转过身呼出一口气,扭头冲她招招手:"愣着干吗?回教室了。"

程柔回到教室时,余一正好放下书包,转头冲她点了点头,面上没什么表情,但起码看起来很精神。张印踩着上课铃进教室,习惯性拿黑板擦擦黑板,转过身时却与清洗得干干净净的黑板打了照面。

"哟，今天挺积极啊。"

张印推了推眼镜，撑着讲台："昨天没说，那就今天补上，从现在开始，你们就是高三生了，不要肖想假期，不要妄想不劳而获，不要心怀侥幸，不要挑战我的耐心，尤其是温……"

张印的视线往后面一扫，顿了一下转口道："尤其是林晏同学。"

林晏：你看这口锅，又大又圆。

"还有，注意要拥有充足的睡眠时间，有事情一定要跟我说，知情不报罪加一等。接下来压力可能会比之前大一些，你们放心，无论怎么学都死不了人，但你们一定要往死里学。"

周甜甜小声道："我怎么感觉凉飕飕的。"

"好了，上课吧。"张印翻开课本，突然不怀好意地笑了笑，"我怎么有点兴奋呢。"

众人："……"

程柔对于高三的印象只有上学期毕业典礼当天，行政楼前撕碎的试卷，以及高三生欢呼雀跃地从长廊的一头跑到另一头。

高三是炼狱，是劫后余生，甚至是你这辈子最拼命的一刻。

但张印说，高三是最好的时刻。

他的说辞得到刚踏入题海战术的十二班全体成员的一致反对。

当时学校正安排高三全体同学进行晚修，走读生也不例外，五点三十分下课，七点钟便要开始进行晚修。程柔之前没觉得时间紧迫，但因着晚修不得不把做事效率提高，稍一喘息又得往学校赶。如果迟到碰上其他老师值日还好，如果是生物老师，就免不了被冷嘲热讽一通。

吴琛总说很神奇，高三有四五个生物老师，偏偏"笑面虎"在十二班。

"难道这就是所谓的孽缘吗？"

但大家也只敢背地里碎碎念，抬头一见都得缩着脖子乖乖做人，生物老师的威慑力，尔等只有臣服的份。

晚修经常会安排考试，有时候是在最后一节课，踩着下课铃交卷时已经是晚上十点了。每一次都会有没做完试卷的同学一边喊着"老师等一会儿"，一边埋头奋笔疾书，张印暴脾气一来就吼。

"等什么等！高考会等你们吗？天天让你们合理计算时间，天天给我拖。"

对方脸色一垮，张印立马又无可奈何地撑着桌子："好好好，就等一会儿，快一点啊。"

程柔有一次交卷离开后，在行政楼的升旗台遇到了沈落，她坐在升旗台的台阶上，身上披着一件薄衬衫，仰头看着眼前灯火通明的教学楼。长得好看的人总是容易让人心软，所以说好看皮囊哪怕千篇一律也赏心悦目。

沈落开口第一句就是："徐燃呢？"

"被张老师叫去办公室了。"

沈落略微疑惑地望向她。

程柔顿了一下："做试卷。"

徐燃早上的语文试卷没做完，张印特地让他上去补做。

沈落愣了一会儿，突然抱着膝盖笑出声："他倒是跟以前不太一样了，以前徐江叔叔让我教他做题，我磨破嘴皮他都未必肯做一题。"

程柔不知道该接什么，只能干巴巴地说："可能是因为人长大了会变？"

沈落看了她一眼："是吧。"

程柔问："你怎么不回家？"

"那你呢？"

"我等徐燃。"

沈落突然不说话了，教学楼左侧的灯光倏忽熄灭，光影在她眼中一闪而过。

沈落把披着的外套穿在身上，站起身："我没什么人要等，只是不想回去。"

程柔想起沈落上次跟她说过的话，顿时有点同情她。

"七班怎么把灯关了？我书包都没拿。"沈落拍拍衣角，冲程柔抬抬下巴，"走啦。"

程柔傻里傻气地"啊"了一声，沈落突然转过身笑得一脸嫌弃："怎么看，怎么傻，到底有什么好喜欢的……"

程柔："……"

（4）

高三第一次模拟考结束之后，整个高三都像一根紧绷的弦，轻轻触碰就会发出蜂鸣的声音。

周甜甜的名言警句从"我命由我，不由天"变成了"考差不是本意，是天意"，这是一场由唯物主义到唯心主义的转变。

徐燃的数学成绩依旧突出，而其他科目也因着这段时间的"努力"有所进步，除了语文。

而语文和英语正是十二班大多数同学的短板，英语老师每次抽查短文背诵时都被气得翻白眼。

"你们这一停一顿，是等我提醒呢？高考我也在你们耳边提醒？重背。"

而张印就暴躁多了。

"作文，你们怎么着也得给我写够八百字吧，你们写到六百多字是想欲知详情，请看下回分解？是不是还得扫码加微信啊？是谁我就不说了，你们自己清楚，还有阅读理解，你们起码把文章给我看了吧？文章都没看，上来就渲染了悲凉的气氛，突出主角的心境！"张印气呼呼地一拍桌子，"同学们啊，这主角是一条鱼啊。"

吴琛小声道："这不是一条普通的鱼，这是一条通人性的鱼。"

张印耳朵动了动，目光凛冽："吴琛下课之后，把这次的作文给我补全了。"

全班顿时哗然，拖着长音调侃对方，吴琛面红耳赤地摆摆手："我这不是进步了吗？我上次才写了五百多字呢。"

张印皮笑肉不笑:"那你真的是好棒棒。"

吴琛:妈妈,我要回家!

高三的课间操安排在周三上午第二节,一到课间每个人都倒头就睡,做课间操时都是半眯着眼比画。年级主任每次都在背地里抓偷懒的学生,而林晏每次都中招,徐燃虽然比画的动作不全,但年级主任对他要求低,觉得他能比画都算好了,所以周甜甜每次都盯梢似的帮林晏守着。

今天,广播里的第八套广播体操一响起,周甜甜就催着林晏集合。程柔当时刚从教室外面回来,徐燃懒洋洋地靠在椅背上玩游戏,抬头一看见程柔,利落地锁了手机趴在课桌上假寐。

程柔一转过头就看见徐燃侧头枕着手臂睡得安稳,四周往外走的同学憋着笑,程柔瞬间了然于心。

程柔低头喊了句:"徐燃。"

没动静。

徐燃闭着眼,感觉程柔从他抽屉里抽出校服盖在他背上,他心里瞬间一暖。但程柔没停手,继续往上拉了拉校服,盖在他脑袋上。

"安息。"

徐燃:"……"

徐燃装不下去了,扒拉下校服,哀怨地看着程柔。

程柔提醒道:"做课间操了。"

徐燃:"我不想去。"

程柔点点头,往外走:"哦。"

徐燃揉了把头发,蹙眉跟在她身后:"你都不哄我吗?"

"徐燃,你不会真以为你才三岁半吧?"

徐燃没皮没脸道:"我就三岁半,多半岁都没有,你不哄我,我就哭。"

程柔浑身打了个冷战,下台阶混入人流里。

她一脸冷酷无情:"你哭吧,不哭不是中国人。"

周甜甜站在十二班的队伍里,视线却掠过人流往另一个班里看。各班正在点名，班长让周甜甜对照队伍站好，周甜甜才心不甘情不愿地收回视线。

班长看了看名单，又抬头指了指周甜甜前面空着的位置："林晏呢？"

周甜甜："死了。"

班长："……"

程柔哭笑不得地站在她旁边："他干吗了？"

周甜甜往方才的方向指了指，阴阳怪气道："他跟'小短裙'聊天呢，聊得可开心了，横跨五个班，十排队伍，感人肺腑。"

程柔想了想，才记起"小短裙"是之前七班的生物课代表。

周甜甜一脸沮丧："张印说得对，强扭的瓜不甜。"

程柔一挑眉，"那你扭不扭？"

"扭。"

周甜甜意难平，转头就喊："林晏！年级主任喊你做操啊！"

年级主任很给面子地在背后拿着喇叭喊："归队！归队！准备做操啊！"

广播站跟声控似的，年级主任一声令下，四周的立体音响随即响起音乐。

"苍茫的天涯是我的爱，绵绵的青山脚下花正开——"

全场一愣，程柔做伸展运动的手臂硬邦邦地停在半空，听清音乐后倒在周甜甜身上直笑。

年级主任顿时一怒，拿着喇叭继续吼："不是这一首！"

但音乐坚持不懈地响彻整个校园，无休无止，像广场上挥舞刀枪棍剑的大爷拖着的音箱，年级主任急忙催促身旁的同学去广播站看看，但此刻全场已经群魔乱舞地开始大合唱。吴琛拉着林晏跳双人舞，企图拽上徐燃时，却被徐燃一招毙命。

"你是我天边最美的云彩！"

"让我用心把你留下来！"

"留下来！"

最后三个字，声音洪亮得像阅兵仪式时的嘶吼。年级主任控制不住局面，怒不可遏地叉腰举着小喇叭。

"等会儿我就把你们一个个都留下来做操！"他顿了一下，不解气地补充道，"两遍！给我做两遍！"

程柔的脑袋靠在周甜甜的胳膊上，阳光兜头而下，直击命门。她眯了眯眼，抬起右手在脑门上微微遮挡阳光，视线便清晰而明确地落在徐燃身上。吴琛和林晏同手同脚地往隔壁班队伍里跑，对方惊呼一声，仿若遭遇洪水猛兽般全员撤退。徐燃站在人群中笑，身上挂着方才被林晏扯到一半松松垮垮的校服。程柔手指动了动，四指弯曲成半圆，在拱形的视线中只有徐燃一人迎光屹立不倒。

他身后是烈日长空，以及稳如磐石的教学楼。

徐燃突然转过头："程柔……"

程柔只看见他嘴巴一张一合，但她一个字都没听进去……因为心跳声太大了。

因为时间来不及，今天的课间操只能取消，年级主任再三确认是因为电脑设备故障后，一肚子怒火只能自我消化，气呼呼地往行政楼走，像一个移动的炸药包。徐燃和林晏他们去奶咖买奶茶，程柔便挽着周甜甜的胳膊回教室。走廊里人多，程柔刚往旁边躲了一下，抬头就看到陈北洺拿着书站在十二班的门口。

周甜甜一蹦一跳地跑上前，大手一拍对方的肩膀："陈公子，好久不见啊。"

陈北洺笑了笑："好久不见。"

周甜甜抖抖眉："那你想我吗？"

"哦，这倒没有。"

周甜甜笑骂一声，往程柔身上看过去："行吧，想你也不是找我，那我先进去啦。"

陈北洺点了点头，等周甜甜走进教室后才把手中的书还给程柔。

"对于我这种平时不看书的人,真的是好不容易才看完。"陈北洺靠在门口的墙上低头摸了摸鼻子。

这本《月亮与六便士》是程柔新买的,她匆匆在扉页写了名字之后就没翻过了。

程柔说:"前面比较难看进去,后面就好了。"

陈北洺的兴趣显然不在此处,他顿了一下,抬眼看了程柔一眼,又把视线落在地上。

"我明天要出去集训了,之后应该很少会待在学校。"

艺术生都需要外出集训一段时间,但程柔一直不知道具体情况。

"那你什么时候回来啊?"

"应该是下学期吧。"陈北洺顿了一下,"程柔,你有想要考的大学吗?"

其实程柔没想过这个问题,倒是程桉提过一次,首都离津沽挺近的,考首都的学校也不错。但首都大多数学校分数线都高,程柔自己也没把握。

程柔模棱两可地道:"津沽或者首都吧,其实我自己也没想好,主要还是看到时候的分数吧。"

陈北洺眼睛微亮:"我知道了,我也会努力的。"

程柔一直都知道陈北洺长得好看,而且是不同于徐燃的好看,徐燃是凛冽的,带着尖刺的锋芒,但陈北洺是邻家男孩,开朗、温柔,更像一阵风。事实上,他在女生圈里的人气也很高。

人果然是视觉动物。

陈北洺指了指楼梯口:"那我走了?"

程柔笑了笑:"嗯,拜拜。"

陈北洺转身之间踌躇道:"如果你有话对我说,可以给我发信息。"

他这句话有点奇怪,但程柔也只认为是出于告别的礼貌用语,就像聚会结束后说的那一句不带实质的"下一次"。

"好。"

陈北洺连跨好几步走下楼梯，转眼就消失在程柔视线里，仿佛昨日重现，程柔第一次见到陈北洺时他也是溜得飞快，但时间已经把他们甩出一大圈。

（5）

高三的生活都是教室、饭堂、家里三点一线，程柔常常在这样周而复始的活动中忘记时间，好像一眨眼就过去了一个星期。越来越多的考试也像一匹驮着她往前急奔的战马，她常常因为马上的颠簸而忘记日月更迭，充实又恐慌。唯一的好处是食堂阿姨的手不抖了，一边给她加菜，还会一边叮嘱她注意身体。

而在这个时候，高三终于迎来了一个大喘息的机会。

学校的文艺汇演安排在十一月下旬，秦淮的冬天刚刚来临。

张印一边担心他们松懈过度，一边又担心他们张而不弛。

"有节目的话尽早报上去，如果没有的话就安心学习啊，不过有节目也不能松懈学习，当然也不能一直无休止地学习，你受得了，身体也扛不住，注意劳逸结合。"

张印像说绕口令似的把一通话说完，让班长负责这件事后便开始翻开试卷讲题。

"我们来看一下修改病句的第一题，'切忌''不要'，这两个词不能连在一块用……"

徐燃支着脑袋在转笔，程柔往他身边凑了凑小声说："你有没有觉得张印变温柔了？"

徐燃手指一顿，撂下笔："好像是，之前我不知道，但刚开学那会儿脾气确实不小。"

程柔颇为得意地挺挺胸膛："那是因为他口是心非，他就是刀子嘴豆腐心。"

徐燃说："那你呢？"

"我什么？"

张印背过身写字，嘴上念叨："要认真听课，你们做什么小动作老师可是看得一清二楚，不然你们上来试试就知道了。"

程柔做贼心虚地闭上嘴，乖乖听课。

课后，班长过来问吴琛关于文艺汇演的事情。吴琛平时爱闹，鬼点子一箩，但他最近被学习摧残得不成样了，直言自己脑袋里现在还在滚元素周期表。

他大胆提议："要不我们上去背元素周期表吧？"

班长："打扰了。"

"其实也不是不行。"

程柔这话一出，众人一脸"你疯了"的表情齐刷刷地看向她。

只有徐燃问："你有什么想法？"

"朗诵，挑一首诗朗诵，既能团队作战，节目也简单不耽误时间。"

班长恍然大悟："我看行！"

班长转身找文艺委员商量，吴琛抱着一本化学书笑道："程柔，你果然慧眼识珠。"

徐燃一脸淡然："嗯，慧眼识'猪'。"

徐燃的重音放在最后一个字上，吴琛刚想点头，转瞬才反应过来徐燃在寒碜他，立马趴在林晏身上哭号。

"小白菜啊，地里黄啊，单身狗啊，受虐狂啊……"

周甜甜抬手就是一掌："滚，你离林晏远一点！"

吴琛直起身，勃然大怒："就我是孤家寡人吗？是不是全世界就我自己？我不信！余一这家伙怎么去办公室那么久？哥哥孤军奋战很凄惨啊！"

他表情夸张，又是拍桌子又是趾高气扬，逗得他们一众人乐不可支。许舒亭提着一袋烤肠回来，见状，以为大家都被高考逼疯了。

吴琛自己也笑，笑够之后一边吃烤肠，一边认真地问大家。

"哎，你们都想去哪儿啊？"

周甜甜看了看林晏没接话，徐燃看着程柔，程柔正在思考，许舒亭咬着烤肠突然走神。

吴琛微笑：柠檬树上柠檬果，柠檬树下只有我。

他自顾自灌了一瓶静心口服液，开口时还是没忍住愤怒："别想，说！"

程柔笑了笑："津沽或者首都吧，我家在津沽，去津沽可以离家近一点，首都的话，我想看北京的初雪。"

徐燃无缝衔接："津沽或者首都。"

吴琛白眼翻上天："那请问您的理由是？"

徐燃指了指程柔："离她近。"

程柔脸上一热，故作镇定地抬手支撑着脑袋做沉思状。

吴琛："……"

周甜甜问："林晏，你想去哪儿？"

林晏专心致志地吃着烤肠："考哪儿去哪儿吧，不过如果能跟着燃哥当然更好了。"

周甜甜的笑容扑簌簌地往下坠，坚持问："如果不能呢？"

"那你去哪儿？"林晏问。

周甜甜瞬间结巴："苏……苏州吧，我挺喜欢苏州的，那你……"

林晏毫无波澜："苏州啊，我好像不太知道……"

周甜甜顿了一下，低头吃烤肠。许舒亭接过话茬，立马表示自己喜欢苏州。

"首都那边我估计考不上，苏州挺好的。"

吴琛也接："对对对，苏州好吃的多啊！"

话题便转移到美食上，余一从办公室回来后，他们已经把全国八大菜系讨论个遍。程柔从底下很轻很轻地踢了踢周甜甜，周甜甜抬头对她笑了一下，但明显不太真诚。

程柔当时想，高考能带来什么样的未来呢？在他们十七八岁的年纪，光荣或低谷仅仅凭借几张试卷，寒窗十二载，最后交给的还是命运，而命运把他们冲散在各地，他们嘴上说着"一定能够再见面"，却绞尽脑汁地想要把距离拉近一点，因为谁都无法保证一定能够再见。

周甜甜、许舒亭、吴琛、余一、林晏……还有徐燃,哪怕是他们,程柔都无法保证。

徐燃突然伸手碰了碰程柔的手腕,程莹送给他们的那串手链轻轻地磕碰在一块,不动声色地靠在一起。程柔抬头看向徐燃,徐燃没有看她,嘴上还在和林晏说话。

权势滔天的命运,马不停蹄的岁月,无法预计的前途,任何一个,她都没有把握,但是如果有想要抓住的人,那么命运、岁月、前途又有什么可怕。

文艺汇演当天,张印特地给每一个人都点了一杯热奶茶。窗外是阴天,带着凉飕飕的冷风,秦淮的冬天猝不及防地霸占整个天空,张印提醒大家一会儿记得把外套穿上。

有同学问:"老师,今天是不是有喜事啊,怎么突然请客了?"

张印喝了一大口奶茶,顿了一下,眉头紧皱,把珍珠生生咽了下去:"啧,珍珠奶茶为什么一定要加珍珠?"过了一会儿,他才说,"今天你们不是表演吗?我给你们加油打气啊!"张印转身在黑板上写字,一边写一边说,"反正明年冬天我也请不了你们了。"

他写的是"有志者事竟成"。

"所以啊,你们……嗯?你们怎么这副表情?"

大家低着头不说话,一个个像因为电池耗尽而戛然而止的机器。

张印笑了笑,故作轻松道:"不是吧,毕业了你们还要敲诈我啊?"

大家被"毕业"一词戳中命门,更沮丧了。

"不是,你们……哎,我开玩笑呢,毕业之后你们要是不回来看我,我就挨个给你们家长打电话,说你们忘恩负义,翻脸无情!"

气氛瞬间一破,众人笑着七嘴八舌地说,到时候还要喝奶茶。

张印一一应下,无奈地敲了敲黑板:"就你们难哄……看好啦,

'有志者事竟成'出自《后汉书·耿弇传》，指的是只要决心够坚定，就一定会成功。老师把这句话送给你们，你们一定要记住，无论做什么事首先要相信自己，要坚定自己的心。好了，去礼堂吧。"大家纷纷起立，莫名拥有了士兵上战场前的一腔热血与孤勇。站在后台准备时，所有人的心都七上八下地来回奔腾，一会儿担心忘词，一会儿担心笑场，但当大家站在舞台中央看见台下的张印时，突然又涌现那股无缘无故的意气风发，整场表演下来，程柔感觉自己的耳朵都被整整齐齐的朗诵声震聋。结束时，张印在台下热烈地鼓掌，没忍住站起身吼了一句："好样的！"

大家一脸严肃地鞠躬下台，走到后台瞬间笑出声。这种把别人的希冀用心完成的感觉就像在夏日里一阵灌进屋内的长风，直到很久很久之后程柔仍然记得这一天，像无形中他们与张印结下不可磨灭的牵绊一样，那样简单而又热烈。

程柔很想把此刻的心情告诉徐燃，可是她转过头时并没有看到徐燃的踪影。

程柔问周甜甜："你看到徐燃了吗？"

"没有。"周甜甜往观众席上望了望，"他会不会已经回观众席上看节目了啊？"

程柔无法，只能跟着众人一起回观众席。下面的节目是学生会带来的小品，他们服装怪异，表情灵动，逗得一众人哄堂大笑。程柔心不在焉地低头给徐燃发信息，但徐燃一直没回她，她锲而不舍地继续发。周甜甜突然抬手撞了撞她的手臂，她没抬头，随口问了句："怎么了？"

周甜甜的语气里带着掩饰不住的惊喜："那个人是徐燃吧？"

程柔猛然抬起头，视线落在舞台上，场上好几个人在摆弄乐器，他们是学校学生自行组织的乐队，而徐燃坐在椅子上，正在调试那架琥珀渐变色的架子鼓。台下一阵叽叽喳喳的讨论声，显然有很多人已经认出徐燃，正一脸好奇地谈论。徐燃竟然会打架子鼓，吴琛和林晏更是激动地站起身大喊。

"燃哥！我们爱你！"

徐燃抬了下头，凑近主唱的话筒："别爱我，没结果。"

底下一片笑声，只有方主任慌里慌张地询问主持人。

"徐燃怎么跑上去了？"

男主持一脸无辜："我不知道啊，台本上只有乐队的名字。"

方主任一脸担忧又不好冲上台把对方拉下来，只能尴尬地转头和领导笑。

主唱清了清嗓子，不好意思地说："乐队原本的鼓手因为生病没办法上场，其实当时找到徐燃是想让他当主唱的，但他说他比较擅长架子鼓，而且答应过要给人表演。"

底下一阵起哄，场面热火朝天，主唱终于松下一口气，转头把话筒冲着徐燃。

"你要不自我介绍一下？"

徐燃转了转手中的鼓棒，视线直直落在台下。

程柔一手心的汗，把身体靠在椅背上才感觉稍稍镇定。

舞台上的光是暖色的，像把徐燃整个团团罩住，连他的声音都仿佛经过润色。

"我是高三十二班的徐燃，我爸曾说，徐燃解释为清风徐徐，余烬复燃，意思就是，人生山高路远，道路曲折，但凡有一点可能都不能放弃。"徐燃顿了一下，笑了一声，"我想告诉她，她于我而言也一样。"

十二班众人带头喊得最大声，程柔的心在一片嘈杂声中起起伏伏，徐燃方才看过来的眼神像软绵绵的云层，让她整个人都变得柔软又脆弱。

周甜甜在旁边嘀咕："我怎么觉得徐燃这个'他'不太像指他爸啊？"

程柔低头，很轻地吸了吸鼻子："可能是吧。"

周甜甜一惊："你的声音怎么哑了？"

程柔："……"

徐燃他们表演的是五月天的《燕尾蝶》，大概是因为前面的节目都遵规守矩得令人毫无激情，这个节目收获的掌声和欢呼就显得异常突出。方主任惴惴不安的心总算放回胸腔里，这是文艺汇演的最后一个节目，后面校长说完结束语之后，领导们上去合影留念。

记者站的学生拿着麦克风，捧着摄像头到处采访学生。但大多数人都不愿意上镜，推推搡搡地挤出小礼堂，程柔被人推了一把，直接撞在寻觅采访人员的学生记者身上。

四目相对，一个惊喜，一个恐慌。

周甜甜在一旁叉着腰看戏，程柔只能躲躲闪闪地回答问题。

记者学生："请问你是哪个年级的学生？可否自我介绍一下？"

程柔："高三十二班，程柔。"

记者学生："原来是学姐，请问学姐目前有心仪的大学吗？"

程柔："没有。"

记者学生再接再厉："那有什么话想对老师、同学们说的？"

你就不能问与文艺汇演相关的事情吗？

程柔腹诽了一句，面上一本正经道："希望老师身体健康，同学们旗开得胜。"

短发学妹大概终于发现她没有采访的价值，表情一顿后，匆匆问了最后一个问题。

学生记者："学姐，对于毕业有什么感想吗？"

程柔措手不及地愣在原地，眼前和同学勾肩搭背的徐燃正从远处向她走来，有人往他耳边说了句什么，他笑骂着踹了对方一脚，抬头时正好看到她，无比自然地抬手冲她挥了挥。

"学姐？"

程柔转过头，终于冲镜头笑了笑。

"觉得遗憾吧，好像自己什么都没做，就把这两年半荒废了，而且一想到毕业之后就不能再见面，我就觉得很难过，很难过，这种难过远远比荒废岁月更深刻。"

程柔掠过镜头和周甜甜一同往徐燃他们身边走，她突然觉得脚底跟生风似的很想快点，再快点跑过去。

高考能够带来什么样的未来？可能她要很久很久之后才能找到答案，而她此刻只感觉到自己的青春被划开一道口子，被浇灌进数不清的人，但只有一个人，让她的青春真正苏醒，变成一朵摇曳又时刻担心凋谢的玫瑰花。

Chapter 10
我在终点等你

（1）

期末考之前，程柔有一次陪程莹看晚间新闻，广告时她换频道按到气象台，天气预报显示秦淮未来几天将会进入寒冬，气温直线下降。模样周正的主持人笑称秦淮这个冬天有望迎来初雪。她第一时间是把电视音量调高，而程莹第一时间进房间给她找秋裤。

秦淮很少下雪，程柔也只在秦淮见过一次，不知道为什么，她总觉得秦淮的雪和津沽的雪是不一样的，不是雪的本质不一样，是下雪的意义不一样，大概也是一块看雪的人不一样。

显然看到天气预报的人不止她一个，她隔天走进教室就听到周甜甜他们兴高采烈地讨论这件事。紧张的学习劲头因着这场真假难辨的大雪而稍稍缓解，连生物老师上课讲动物迁徙与天气有关时，都提了这件事，还破天荒地鼓励他们考去首都，说故宫的雪会更好看。

程柔时常觉得很神奇，"高三学生"这四个字被赋予压力、汗水、痛苦，但同样也被赋予宽容、温柔、希望，所有人在知晓他们身份时，都会下意识地鼓励，放柔语气，转变态度。

数学老师说，高考是光荣又充满荆棘的道路，但往往自己只看得到荆棘丛生。

徐燃对此嗤之以鼻："光荣是别人赋予的，最后能不能光荣毕业靠的只有自己。"

程柔觉得很正确，所以心安理得地觉得学习很痛苦，苦尽也未必能甘来，简直丧得彻头彻尾。

高三的寒假只有几天，高三学生要上到农历十二月廿六日才能放假。而二十六日当天是程柔的生日，程柔第一次在学校的考场度过自己的生日，而且是人生中的十八岁。

她看了看手中的数学试卷，发现那道难于上青天的数列题大概是老天送给她的礼物，告诫她十八岁之后的每一天都会像数列题一样无解。

下午考最后一科英语，程柔坐在窗边的位置，艰难地从羽绒服里伸出手写字，指尖冰凉，写出的字都带着战栗。程柔冲手心哈了一口气，突然看见试卷上落下小小的一滴水，教室里突然一阵响动，压抑在口中的惊呼变成一阵一阵的气音。程柔侧过头，看见窗外绵密的雪花。

整个教室的人都侧过头看着窗外，没有说话也没有做题，就只是看着。雪花落在地面、窗棂，甚至是随风飘落进来，天地微茫，雪花簌簌，每一个人都各怀心事。大自然会不会知道它突如其来的馈赠，让所有面临这场考试的人都拥有突如其来的力量。

这才是上天送给她的十八岁礼物。

下课铃响，一群人直奔室外，站在空地上仰头看雪。程柔探出手机准备给周甜甜发信息，却看到徐燃在两分钟之前给她发了一条短信，问她在哪里。

程柔回：准备回教室。

程柔有课本放在讲台下面，里面夹着试卷，她得回去拿。她走在走廊上，顿了一下，还是没忍住伸出手，让冰凉的雪花落在掌心。

秦淮下雪了，这是一场被人为赋予吉兆的雪。

程柔的内心变得很柔软很柔软，连走回教室时脚步都轻快了很多。周甜甜站在走廊上等她，她刚想打招呼，对方就一缩脑袋冲回教室。

这是考差了，不好见人？

程柔拉了拉衣领，笑着走进教室："甜甜，你不会是……"

"砰！砰！砰！"

程柔心口一跳，整个人愣在原地，她伸手拽下头发上的东西，是五颜六色的一团彩带。

吴琛站在门口，拿着彩带拉炮高呼一声："生日快乐！"

教室四周此起彼伏地响起祝福，程柔愣愣地抬起头，看见同学们站在教室里，连张印都在，徐燃和林晏正在讲台上点燃蛋糕上的蜡烛。

徐燃拿手护着火苗，又气又好笑地说："林晏这家伙刚一口气把蜡烛全吹灭了！"

周甜甜从后面推着程柔上讲台："快吹蜡烛！吹蜡烛！徐燃好不容易把大家找来呢。"

张印从讲台上走到台下，拿着手机说要给她拍照。

程柔不知所措地站着，教室里没有开灯，只有烛火在四壁上摇曳。她所经历过的十几年里，从来没有一刻像现在这样让她不知所措又热泪盈眶。

这一刻太幸福了，每一道目光都在怂恿着她落泪，她由衷地觉得生日是一件特别美好的事情，它意味着降生、开始、期盼和祝福，是独独只属于自己的节日。

程柔把手心相贴，闭上眼睛，虔诚地许愿。

"我希望，高三十二班的每一位同学都能旗开得胜。"

大家特别捧场地用力鼓掌，欢呼声萦绕耳畔，像初春的第一道雷声。

"仗义！"周甜甜从身后抱住她，"不愧是我宝贝儿！"

那天散场时，他们七人一块去雪地上拍了合照。徐燃站在程柔旁边，在按下拍摄键的最后一刻，他凑到她耳边小声地说了一句："生日快乐。"

程柔抬头看着他笑，明明有千言万语，开口却只说出一句莫名其妙的话。

"老天对我太好了。"

徐燃弹掉她衣服上的雪花笑了笑："嗯，这场雪就是他送给你的礼物。"

不是的，她是指……

"徐燃。"

"嗯？"

徐燃不解地看着她。

程柔顿了一下，笑着摇头："没什么。"

生日当晚，徐燃发信息说有礼物要送她，她探头从房间窗户往下看时，正好看到他拖着一个大箱子等在下面。她束起长发，穿着棉拖鞋，踢踢踏踏地跑下楼。

箱子里有很多礼物，程柔正纳闷徐燃会不会让她现场抽奖的时候，徐燃已经转过身捧着一个小盒子递给她。

"这是你一岁的生日礼物。"

程柔一脸迷茫。

徐燃继续往外拿两岁、三岁、四岁……直到程柔抱不住礼物，他才把身后的箱子拖到她面前。

徐燃蹙眉想了想："有点重，我帮你搬上去？"

程柔看了看怀里的礼物，不确定道："你这是把我以前的生日礼物也补上了吗？"

徐燃难得有点窘迫地搓搓耳朵："我不知道送你什么，感觉送什么都不够有诚意。"

程柔哭笑不得："所以你送了十八份？"

"好像有点幼稚，"徐燃脸上一红，转瞬瞪着她，"但你不能笑。"

程柔忍不住笑了，因为这样的徐燃太少见了。

"你怎么不把我八十大寿的生日礼物一块送了？"

程柔本意是调侃对方，没想到徐燃却一脸认真地否定她。

"不行，以后你每一年的生日礼物我都要亲自送，那样你活到八十岁，我这辈子最少还能见你六十二次。"

程柔一愣，晚间的时候雪已经停了，但窗户上还停留着一小块冰晶，在黑夜里铺着风霜又透着一闪一闪的光，跟徐燃的眼睛一样。

程柔看着徐燃，目光微动。

徐燃喉间滚了滚，就见程柔一脸情真意切地羡慕。

"徐燃，你真的好有钱！"

徐燃："……"

（2）

高三下学期开学没多久，学校就举行了校运会。张印为了缓解大家的压力，催促着众人报名，吴琛作为体育委员更是尽心尽责，一个不落地询问，但大多数人都是围观的状态，谁都不愿意浪费一点时间。吴琛无法交差，只能把主意打到熟人身上。

程柔和周甜甜被逼着在一百米和四百米上签了字，许舒亭自告奋勇报了八百米。

吴琛拍了拍手上的本子："你们俩看看人家！看看人家！"

许舒亭上高三之后，一直有坚持跑步，美其名曰减肥，但其中的弯弯绕绕，程柔和周甜甜心知肚明，现下便没有拆穿。

倒是许舒亭自己仿佛被戳中了某个开关，慌里慌张地质问吴琛："你逼迫她们还有理了，你自己报什么了？"

"一个跳远，一个长跑。"吴琛扬了扬头，佯装一脸遗憾，"我要不是只有两条腿，我就把所有项目都报一遍，可惜啊……"

周甜甜接道："不是蜈蚣。"

吴琛一脸气急："蜈蚣能有我帅？"

"你也只能比蜈蚣帅了。"

吴琛：卒。

虽然程柔容易低血糖，但想着一百米应该没问题，直到校运会当天，她看见同赛道的对手个个牛高马大，蹲在草坪上做准备运动时，才感觉大有问题！

余一推了推眼镜，一眼看穿："左边两个女生是练田径的体育生。"

程柔咽了咽口水："她们都好高。"

吴琛叉着腰咂舌："程柔，她们都是大鹏展翅，就你是小麻雀扑腾扑腾。"

"你就不能鼓励鼓励我？"

吴琛顿了一下，抬手握拳："加油！"

态度相当敷衍，周甜甜先程柔一步，推开吴琛给程柔抖抖手。

"没事，你就往前跑，跑多少是多少，不要有压力。"

徐燃正抱着一箱矿泉水回来，见状放下矿泉水看向程柔。

"紧张？"

程柔点头："有点。"

徐燃从口袋里掏出一颗巧克力，拆开包装纸凑到程柔嘴边："吃了就不紧张了。"

周甜甜若无其事地转过身，程柔被徐燃哄小孩似的动作逗乐，自己伸手接过巧克力吃了。

"跑慢点。"

"嗯？"程柔失笑，"我这是在比赛呢，不是应该跑快点吗？"

徐燃拿起一瓶矿泉水，拧开瓶盖递给程柔："我才不管比不比赛，你别受伤就行。"

比赛开始前，操场旁边的舞台上会有各个班级的代表上去喊话，都是千篇一律的加油稿。

程柔在跑道上做准备，突然听到吴琛震耳欲聋的叫喊声。

"第五跑道，高三十二班的程柔，加油往前冲啊！"

程柔随声望过去，看见吴琛用尽全力地冲她挥了挥手。

旁边另一个班的体委不乐意了，一只手握住话筒也大喊："第六跑道，高三八班的同学，超越所有人！"

哎哟，跟我斗！

吴琛："跑再快也没用！程柔最快！"

对方："我班最快！八班必胜！"

吴琛："程柔天下无敌！"

程柔一脸无语地看着两个大男生在舞台上斗嘴，转过头缓缓吐了一口气。她是真的紧张，虽然一开始也不抱希望，但是站在跑道的这一刻，班级荣誉感油然而生。

尽力吧，尽力就好了。

程柔一边放松脚踝，一边给自己打气。

舞台上突然安静下来，程柔正怀疑是不是有人终于看不下去把吴琛拉下台，就听到熟悉的声音缓缓响起。

"高三十二班的程柔同学。"

程柔心里一跳。

徐燃说："我在终点等你。"

操场上静了两秒，瞬间一阵沸腾，声浪起伏。

程柔捏了捏自己的手指，盯着跑道笑弯了眼。

程柔那天破天荒拿了第三名，虽然很大的原因是原本的第三名在最后摔倒了，但程柔还是觉得兴奋，这是意料之外的惊喜。

周甜甜更是开玩笑地问徐燃，摔倒的第三名是不是他雇的托。

徐燃配合着惋惜："没来得及。"

吴琛在跳远上直接夺下桂冠，他的青蛙式训练法也因此一战成名，大家都调侃他虽不是多足蜈蚣，但起码是两条腿的青蛙。

林晏说："两条腿的青蛙，多稀奇啊，符合你独一无二的气质！"

吴琛闻言嗷嗷直叫："气质独一无二的我就不能是人吗？凭什么是青蛙？"

高中生涯的最后一次校运会便这么结束了，程柔甚至来不及回味就被铺天盖地的试卷淹埋。各科的老师紧抓进度,班长开始在教室角落挂上倒数的数字牌,这种一点一点看着时间流逝的感觉很奇特,既期待又害怕。

程柔经常会和余一一块讨论试题,徐燃坐在旁边也不吭声,偶尔提到数学题才插嘴说了几句。

程柔有时候会感慨时间太少,试卷太多,恨不得把时间掰成一块一块的糖,慢一点再慢一点地咀嚼入肚。而这种心情直接导致她紧张过度,考砸了二模考试。

秦淮十三中的模拟考试题难度通常划分为,第一次正常,第二次困难,第三次简单。

第一次正常,是怕学生掉以轻心,所以第二次模拟考试题会相对困难,而第三次简单是为了在高考之前给考生信心。

周甜甜摇摇头:"这种理论是相对其他同学而言,对于我,都是困难。唉,学习好难啊。"

吴琛附和:"好难啊!"

许舒亭:"难啊!"

张印站在讲台上刚写完一道题,转头就听见他们的三重唱。

"觉得难就对了。"张印放下试卷,"置之死地而后生,你们觉得快死了,那么就是要活过来了。"

高考之前丝毫的差错都会导致自信心溃败,张印深知这一点,虽然表面以打击为鼓励,但分析完二模试卷之后,还是领着他们绕着校道跑。

程柔跟着大部队跑在后面,经过教师公寓前的校道时,看见香橼树上结着小小一个的香橼。她的步伐越来越慢,最后停在树下。

徐燃回过头找她时,她正坐在花坛边上仰头看树叶缝隙落下的阳光。

徐燃蹲在她身前:"累了?"

程柔摇了摇头:"我只是突然在想,我选择读理科是不是一个错误。"

"为什么会这么说？"

"你知道的，我其实不算聪明，只是够勤奋，初中老师给我的评语也是认真努力多过聪慧机敏。"程柔低下头，有点憋不住地咬着下嘴唇，"其实程桉问过我，要不要读文科，是我自己坚持读理科，你说他如果知道我考这么差会不会失望啊？"

徐燃支着脑袋看她："程桉哥永远都不会对你失望，你的存在对于他来说就是荣耀。"

程柔眼眶的水汽一升，莫名觉得委屈："如果我不会颜料过敏的话，是不是就能学美术了？为什么偏偏是我啊，过敏的人为什么偏偏是我，我如果学美术的话，是不是就不用这么担惊受怕了……万一高考也考砸了怎么办……"

程柔最开始是抱怨，最后演变成语无伦次地宣泄，徐燃就这么蹲着看她，也不插话，等她不再抽抽搭搭，才轻声安抚她。

"如果你喜欢画画，那以后我陪你去学；如果你怕家人失望，那我陪你一块努力；如果你高考失败，那我就陪你复读。"徐燃一字一句地说，"我无法预料事情会怎样发展，但我会陪着你。"

程柔吸了吸鼻子，抬起手肘压住眼睛。

后来程柔才发现，高考并没有那么可怕，考不上的大学，读不了的专业，并不能阻止她继续往前，可是当时他们如困兽般封锁在秦淮十三中，心里唯一的信念便是考大学。而在那个于她而言最艰难的时候，是徐燃一遍又一遍地告诉她，别害怕。

这是命运、未来，甚至是她自己都无法给予的安全感。

（3）

五月份，学校在多媒体教室安排了一场心理辅导课，主讲人是名校的心理学讲师，学校在好几天前就把有关的海报贴在行政楼大厅的展板上。课程的主题是"调整心态，轻松备考"，当时正好是课间操结束时间，程柔一众人经过行政楼大厅，一眼就看见这黑体加粗的八个大字。

"江景大学心理学讲师,吴志才……今年三十六岁?"周甜甜看了看简介旁边的照片,"这是谎报年龄吧?怎么看也有五十多岁了。"

许舒亭抬手在吴志才的脑袋上画了画:"都秃成一马平川了,还轻松备考,太没有说服力了。"

程柔在一旁笑:"人家好歹是大学老师,你们给点面子。"

吴琛正好从后面过来,探头往里看了看:"这个爷爷是谁啊?"

程柔:"……"

许舒亭感慨:"我们真是心地善良。"

余一走近后,一眼看到介绍一栏标着的著作,一针见血道:"估计也是来宣传作品的。"

不怪余一怀疑,高一时就有一个名人来讲课,那个名人在小礼堂声泪俱下地讲述自己一路走来的经历,正在全场动容时,屏幕上突然出现一张某网购书平台的照片——

《教你成功的365个准则》

价格:¥35.45。

程柔当时还纳闷,为什么是365个,是周甜甜给了她答案。

她说:"因为一年有365个祝福,所以用这个数字显得吉利。"

程柔:我信你才怪!

她们一边聊着心理辅导课的事情,一边走回教室。林晏坐在座位上跟人开黑玩游戏,看到周甜甜时,把课桌上的一袋夏威夷坚果往她桌上推了推。

周甜甜愣了愣:"你给我买的?"

"嗯,你上次不是说想吃吗?"林晏的视线从手机上移开,"不过这东西蛮难开的,你要是开不了就等我一会儿,我给你开。"

吴琛闻言,心直口快:"周甜甜怎么会开不了,她力大……嗷!"

吴琛猝不及防被踩了一脚,正弯腰抱着腿喊疼。

周甜甜皮笑肉不笑:"不会说话就少说一点。"

程柔转过身跟周甜甜一块剥夏威夷果吃,吴琛满血复活后也从旁边拖着椅子过来，还热情地招呼余一。

余一顿了一下，道："吴琛，你还是吃多点核桃吧。"

吴琛这学期死乞白赖非要跟余一做同桌，说是要沾学霸的光芒，但光芒没沾上，打击倒是挺多的。吴琛属于走神型选手，余一每一次都能被他气出新的高度，而他们的对话通常如下。

余一："听懂了吗？"

吴琛指了指开头步骤："这里没听懂。"

余一："你刚不是说听懂了？"

吴琛："刚是听懂了，但你一讲步骤二我就不懂了。"

余一："步骤一过了就是步骤二，它们俩是连在一起的。"

吴琛小声嘟囔："在我这儿可能信号不好，连不上。"

所以现下余一如此直言不讳，吴琛也不恼，还夸张地娇嗔一句："家丑不可外扬。"

程柔和周甜甜抖得跟手机振动似的，程柔嚼着嘴里的坚果，瞥了瞥身边的空位问林晏："徐燃呢？"

林晏没抬头："刚刚沈落找他出去了。"

"谁？"程柔讶异。

"沈落啊，之前我们班的，你不也认识吗？"

周甜甜问："什么事啊？"

"啧，又输了。"林晏收起手机想了想，"沈落只说有话跟徐燃说，具体是什么事情我也不知道。"

周甜甜咀嚼坚果的动作瞬间放缓，抬头看向程柔，程柔冲她耸耸肩转过身暗自猜想。

徐燃临近上课才回教室，程柔抬头看了眼就继续低头做试卷，直到徐燃坐下后才状似不经意地问了一句："回来了？"

徐燃愣了愣："啊。"

啊什么啊！他就不会多说几个字？

程柔拿笔尖往试题上画了画，再次出击："你去干吗了？"程柔鼻子动了动，故作怀疑，"你不会是去抽烟吧？"

"没有。"徐燃笑了笑，视线落在课桌的物理书上，"你物理试卷做了吗？"

"最后两道大题没做。"

程柔的手指一下一下地叩着笔帽，感觉眼下的化学方程式跟乱码一样，完全没有兴趣看下去。

徐燃在转移话题，徐燃竟然转移话题？程柔被这个事实砸得有点蒙，是什么样的事情会让徐燃转移话题不想提？

徐燃自然不知道程柔在胡思乱想，他像往常一样，自觉地伸手拿程柔的试卷。

"物理试卷借我……"

"不借！"

程柔抬起手肘压在试卷上，顿了一下又怕徐燃觉得自己的反应过大，补上一句："我的题没做完。"

徐燃无奈地看了看她，收回手："你怎么突然生气了？"

"我没有生气。"

"算了，我找余一借。"

程柔没忍住，声音一高："怎么就算了？"

徐燃蹙眉看着她："你别无理取闹。"

程柔像迎面被泼了一盆凉水，瞬间清醒，转过头一言不发地做试卷。

徐燃跑去隔壁桌找余一，周甜甜见徐燃走开才敢拿笔帽戳了戳程柔的后背。

"你刚干吗呢？"

程柔转过头闷声闷气道："我不知道，就突然很生气。"

"我都被你吓了一跳，不过徐燃对你是真的有耐心，你都冲他吼了，他也没发火。"

程柔茫然："我吼了吗？"

周甜甜点头如捣蒜，见徐燃回来立马缩回脖子。

这节课是英语课，英语老师习惯性地抽查几人背诵后，才翻开试卷讲题。程柔看似认真，事实上一句话都没听进去，就听到英语老师喋喋不休地从嘴里蹦出一些听不懂的词语，黑板上写着一串英文。

主语 + cannot emphasize the importance of...too much.

英语老师说："这句解释为，再怎么强调……的重要性也不为过，它属于英语作文中的高级句型，大家可以记一下……"

程柔低头记笔记，手肘无意中蹭到了徐燃的手腕，她刚想借机下台，徐燃就自觉地把手臂往回缩了缩。

这种奇怪的氛围一直延续到他们放学后一块回家。程柔跟着徐燃走去停车场，徐燃无比自然地接过她的书包放进自行车筐里，支着一条腿等她坐在后座上。她憋了一天，当徐燃骑上秦淮桥时终于忍不住问："你生气了？"

江面的风缓缓吹来，带动徐燃后脑勺的头发轻轻晃动。

徐燃顿了一下，平静道："你还知道？"

程柔看着自己悬空的脚，舔了舔唇正想道歉，徐燃突然问："你想知道沈落找我干吗，为什么不直接问我？"

程柔心里一慌，嘴上却小声反驳："我没想知道。"

徐燃语气一冷："嗯，那我不说了。"

程柔：我是傻瓜吧！绝对是！

徐燃不再开口说话，程柔也不知道该提什么，感觉自己这一整天的智商都逃窜到天涯海角，寻不着踪影。

徐燃照例把程柔送到院门口，程莹正在门口晾晒衣物，转头便看见了他们。

徐燃笑着问好，程莹上前拉开院门，视线往徐燃身上滞留片刻。

"燃燃，你是不是身体不舒服啊？脸色这么难看。"

程柔一惊，转头看徐燃。

徐燃搓了搓脸："没事。"

"什么没事，你是不是又胃疼啊？"程莹拉着徐燃进屋，"阿殊上次还跟我说，你让你小叔在国外给你寄药来着，阿殊给我也寄了，你进来，奶奶给你拿药。"

程柔一头雾水地跟上程莹，徐燃经常胃疼吗？她怎么不知道。

程莹看着徐燃吃完药之后又留他在家里吃饭，见他应下才转身回厨房和阿姨一块准备晚饭。

"冰箱里有猪肚吗？有的话给燃燃煮个汤……"

整个房子里只有程莹低头和阿姨说话的声音，徐燃坐在沙发上看着手机，程柔开不了口问，便另辟蹊径，在微信上给他发信息。

——徐燃，你没事吧？

徐燃看着手机目光一顿，但程柔却没等到回应。

她忙不迭又加了一句。

——我错了，你别生气好不好？我没有直接问沈落的事情，是怕你为难啊，我……我想知道的。

徐燃依旧没回，而且脸色有点红，程柔正奇怪，手机就不停地振动起来。

——我想知道的。

——我想知道的。

——我想知道的。

……

程柔一愣，往头像上看过去，每一个头像都不一样。

她的视线往上抬了抬，瞬间面如死灰。

徐燃终于忍不住提醒："你把信息发群里了。"

林晏之前建了一个七人的群，程柔顺手把它置顶了，而徐燃的聊天框正好在它下面，估计是她方才一着急点错了。

群里众人见程柔不说话，开始纷纷艾特徐燃出来说话，程柔坐在沙发上，感觉自己都快自燃了。

——那一会儿告诉你。

徐燃在群里回了一句，就收起手机看程柔。

程柔如坐针毡，干巴巴地问："你不生气了吧？"

徐燃笑了笑，往后靠着沙发："沈落找我，是问我高考志愿的事情，还说她爸要送她出国，问我怎么想。"

程柔的手指抓了抓沙发扶手："那你怎么想？"

"我爸估计跟她爸是一个想法，但不好找我直说，借沈落探探口风吧。"徐燃顿了一下，目光落在程柔脸上，"你觉得呢？"

程柔垂眸看着自己的手指："我不知道，国外应该也不错。"

徐燃收回视线没说话，他们又恢复到一开始不说话的状态。厨房内油烟机的声音充斥着整个空荡荡的房子，直到程莹喊他们准备碗筷吃饭时，他们之间的寂静才被打破。

程柔吃得心不在焉，徐燃显然兴致也不高，只有程莹一个劲地给他们夹菜，又问了几句关于学习的事情。

程柔起初没听到，徐燃便顺势接过话茬跟程莹聊天，程莹怕他们压力过大，鼓励了几句也不敢多说，就催着他们吃饭。

晚饭之后，程柔帮着洗碗，程莹走进厨房接过她手中的百洁布，推着她出去。

"你去送送燃燃。"

程柔不明就里："他家就在隔壁，有什么好送的？"

程莹难得板起脸："你是不是不听奶奶的话了？"

程柔立马乖乖打开水龙头冲洗手上的泡沫，她走出去时，徐燃提着书包正准备出门，她穿着室内拖鞋跟上去。

"你干吗？"徐燃问。

程柔如实回答："奶奶让我送你。"

徐燃笑了笑："你回去吧，我翻个墙就能过去了。"

院子里的灯光微亮，夜晚的风渐渐变得平和又温热，花架上的粉色玫瑰刚浇过水，花瓣上还有水珠一闪一闪的，像在怂恿她往前，再往前。

程柔的后脚跟蹭了蹭地面，下到最后一层台阶。

"徐燃，你想出国吗？"

徐燃的视线在夜晚看不清晰，程柔只听见他很轻地回问她："你希望我出国吗？"

出国也不错。

国外环境挺好的。

徐叔叔希望你出国吧。

程柔脑袋里像陀螺似的一转再转,但任何一句话她都不想说出口。

"国外很好……但国内也不差,有很多很好的大学。"程柔磕磕巴巴地开口,但一开口就停不下来,"而且你英语不好,你出去无法跟他们沟通怎么办,你到一个新环境还要适应那边的水土饮食,要重新交朋友,还有很多很多无法想象的麻烦……"

徐燃看着程柔用恐吓的语气絮絮叨叨,忍着笑打断。

"我不会出国的。"

"啊?"

"我不会出国。"

得到肯定答案,程柔顿时浑身力气一泄,感觉像经历过一场恶战。

徐燃往她眼前凑了凑,借着月色对上她的视线。

"那你知道,我为什么不想出国吗?"

(4)

心理辅导课当天,余一一语成谶,吴讲师后半段果真提起了自己的著作,带着谦虚又热情的态度把他的图书进行了三百六十五度无死角展示。程柔听得昏昏欲睡,直到最后鼓掌的时候,才跟上大家的步伐。张印带领他们回到教室后欲言又止,最后说学校让所有高三生就这次心理辅导课写个感想,好加深印象。

"如果你们实在不知道怎么写,就围绕着梦想、信念这方面写吧,但不能乱写啊,更不能敷衍了事。高考在即,你们对待任何事情都得认真。"

大家有气无力地应了一声,张印怕大家赶不过来,便把交作文的时间延长到下个星期一,语毕,才开始讲解作文题。

当时距离高考只有一个月,他们处在最后复习阶段,一天比一天早起,一天比一天紧张。各科老师也不再赶鸭子上架般催着他们,偶尔讲题讲到一半想起什么,还会停下来说起以往学长学姐备考时的事情。

夏天完完全全笼罩了这座城市,喧嚣的蝉鸣声在窗外起起伏伏,教学楼的长廊沐浴着大半阳光,像拉开号角前的最后一刻安宁,六月就这么措手不及地重重落在眼前。

而在高考来临之前,周甜甜因为偷工减料的作文被张印狠狠批了一顿,张印那天原本就因为早上有人迟到憋着脾气,偏偏周甜甜一头撞在枪口上。

周甜甜的作文里面摘抄了很多首歌的歌词,张印原本并不知道那是歌词,还在课堂上对周甜甜的进步赞赏有加,当场念了那篇作文。渐渐地,便有人发现端倪,压低声音笑,笑声越来越大,最后众人没忍住唱出来,张印一气之下就让周甜甜去走廊上罚站。

"过几天就高考了,你们还这么儿戏是想气死我吗?"张印叉腰在讲台上走了走,抬手一指周甜甜,"你这节课给我出去,我平时纵容你们是觉得你们辛苦,不是让你们肆意妄为。"

周甜甜捧着试卷,面红耳赤地站起身,但她没想到林晏也跟着站起身。

张印问:"林晏,你做什么?"

林晏抬手搓了搓眼睛:"老师,我有点犯困,出去醒醒神。"

周甜甜愣愣地转头看他,他不等张印反应就推着周甜甜走了出去。后来程柔回想那一天,总觉得周甜甜是蹦着出去的,欢呼雀跃的心简直昭然若揭。

毕业典礼那天是六月五日,张印一大早穿着白衬衫西装裤走进教室。但当天秦淮特别炎热,他撑不过几分钟就开始站在讲台上解扣子,挽袖子。

众人皆笑,问张印今天怎么"盛装出席"。

张印半眯着眼睛从上衣口袋里拿出手帕擦眼镜，嘴上笑道："我这还不是为了你们，以后别人指着毕业照问你班主任是谁，你一指我，那是相当有面子了。"

大家"喊"了一声，但还是捧场地说，他绝对是全场最帅的班主任。

广播里，校长在通知各个班级到行政楼前开会。张印走在最前面，领着一众人下楼，程柔随着人流穿过走廊，突然有一种不真实的感觉，但耳旁的声音是真，灼人的烈日是真，他们真的要毕业了。程柔伸手拉住周甜甜的胳膊，周甜甜抬头看她一眼，凑近问她怎么了。

"没，我感觉空荡荡的，得抓点什么才有安全感。"

周甜甜顿了一下，用力地握紧了她的手。

程柔看过无数次升旗仪式，但只有这一次她才完完整整地跟着人群唱完一首国歌。升旗手是高二的学弟，大概是全场合唱的声音太震撼人心，他拉到一半才反应过来速度过慢，最后趁着歌曲结束时，把国旗升到了顶端。

校长发言完毕之后是学生代表发言，然后才是方主任。方主任每一次晨会发言都是冷着一张脸，但这一次没有，程柔甚至发现他好几次想要眯眼笑，但碍于习惯又尴尬地收回，直到最后他才笑着说，毕业快乐，高考顺利。

后面就是每一个班级的班主任上台发言，张印上台时，整个十二班瞬间被投入一枚鱼雷，大家边喊边鼓掌，整齐划一，声音震天。

"张老师最帅！"

张印握着麦克风，抬手往下压了压："你们也太给面子了。"

吴琛喊了一句："必须的，我们谁跟谁啊！"

全场大笑，张印也显然很开心，整个发言过程都带着骄傲，最后班长代表全班上去送花时，他眼眶瞬间一红。底下一群人顿时着急了，他的泪，黄河水，哭完一回，还一回，这会儿哭，整个过程就垮了!

好在张印及时忍住,笑着说了几句鼓励的话就下台了,最后反倒是大家众心捧月般围着安慰他,搞得全场老师一头雾水。

大会结束之后,各班要轮流在行政楼前拍合照。十二班排在后面,众人便赶回教室互换明信片,互相给校服签名。程柔的校服转了一圈又落回自己手上,徐燃正在另一边和同学说话,她走上前伸手戳了戳他的手臂。

徐燃转过身,程柔就把手里的笔递给他,又指了指手上的校服。

"给我签个名呗。"

徐燃握着笔在手上转了转:"签哪儿?"

"你随意。"

徐燃把校服摊在课桌上,往左胸口校徽的位置顿了一下,抬头看程柔。

"吴琛为什么把他的名字写这儿?"

程柔凑近一看,校徽下面确实是吴琛的名字:"不都一样吗?"

"不一样。"

徐燃抬手就把"吴琛"两字画掉,在一旁写上自己的名字,顿了一下,又以自己的名字为中心,往四周画了一个圈。

"这是我的地方,你让吴琛重签一个。"

程柔:"……"

张印走进教室时,众人正热火朝天地签名,他站在讲台上拍了拍手示意众人安静下来。

"一会儿再签,老师说几句啊。"

大家立马绕回原位坐好,张印习惯性转身擦黑板,擦到一半才想起今天不用上课。

张印笑了笑:"我差点忘了,今天不用上课。"

大家安静地坐着没说话,张印开始提醒大家高考时需要准备的用具。

"透明袋子一定要买,这样缺少什么一目了然!条形码!条形码！条形码！好了，三遍了啊，谁要是忘了我就找谁！这个东西要是忘记贴，那你出去别说是我学生。还有，考试前一天少看点书，尽量让自己放松一点，别紧张，要相信自己！最最重要的一点！"张印抬手指了指自己，"你们别忘记我。"

底下已经有人开始低声抽泣，程柔红着眼睛看向徐燃，发现徐燃也是低头不说话。

张印把自己整哭了，一边摘下眼镜揉眼睛，一边说："我第一次见你们的时候觉得你们特别烦，我脾气原本就不好，偏偏你们爱跟我顶嘴，我想，你们怎么这么讨厌啊，连毕业送我的花都是红玫瑰，不会是从哪个不要的女老师手中夺来二次利用的吧？最后一想，你们可能没那么聪明。"

大家一阵唏嘘，班长说："张老师，这是我们一致同意的结果，因为我们觉得你是我们十二班的一枝花。"

张印愣了愣，一怒："还不如二次利用！"

程柔顿时一笑，眼泪都被吓了回去。

张印吸了吸鼻子，不好意思地接过底下同学递过来的纸巾："其他我也不说了，山高水长，大家一定能够再见面，当然，这主要还是取决于你们啊！我们班这四十六个人我找不过来，你们体谅体谅我。还有啊，虽然我平时对你们很严格，但其实我……"张印顿了一下，"我很喜欢你们，每一个我都很喜欢，我真心希望你们每一个都是被命运眷顾、上帝青睐的幸运儿……"

张印抿了抿嘴，声音沙哑地喊了一句："最后，预祝大家高考顺利，梦想成真！"

大家热烈地鼓着掌，无声地抹掉眼泪，一路打打闹闹地走到行政楼前拍毕业合照。张印被大家按在最中间的位置坐着不许动，中间的位置原本是领导坐的，但对方见状也没恼，反倒乐呵呵地坐在张印旁边。

"张老师很讨学生喜欢啊。"

张印连连摆手否认，但翘起的嘴角一直高高挂起。吴琛站在前面清点人数，人齐后正准备往队伍里站就被张印喊住。

"几人？"

吴琛愣了愣："四十六啊。"

张印说："那还少一人。"

"齐了，我们班就四十六个人啊！张老师，你是不是记错了？"

步梯上一阵抖动，大家左顾右盼地检查缺少的人是谁，张印突然站起身冲校门口的方向用力挥了挥手，众人随即转头望过去。

张印笑着催促道："温思屿！你快点！全班就等你一个人了！"

（5）

高考那两天，秦淮所有中学附近都挂着禁止鸣笛的横幅，车水马龙的街道上，车子缓慢行驶，但凡看见穿校服的学生都会自觉让道。程柔早上起床时，程莹就已经在做早餐了。程莹从厨房里端出两个红鸡蛋，说是保佑一切顺利。

"而且，我早上起来时看见花架上的花开得可好了，这是吉兆啊！"

程柔喝着牛奶，差点噎了一口，但还是附和着点头。程莹在哄她开心，希望她放松别紧张，她也乐意配合。她出门时程莹再三提醒她检查东西，她当着程莹的面又检查了一遍才出门。徐燃一只脚支撑着自行车在院门外等她，抬头看见她时伸手接过她手中的透明文件袋。

徐燃勾嘴笑了一声："程柔，高考加油。"

"嗯，你也加油。"

程柔后来回想这一天，总是想起家门前的那条长长的斜坡，徐燃载着她，穿过阳光和微风，街道的叔叔阿姨笑着和他们说"高考加油"，他们仿佛在那一刻被上天赋予了无比庄严的使命，他们心怀恐慌又好像拥有战胜恐慌的力量。

高考结束的那天下午，张印和一众老师在校门口等他们，开口第一句就是："别问，别听，别担心。"

"紧张什么,我就不紧张,事已成定局,再怎么担心也没用,千万别去对答案,对了也是自找担忧,你们现在就回家好好吃一顿饭,想想明天去哪儿玩啊!"

张印笑眯眯地握了握他们的手,握到周甜甜时,眉间一皱,一脸担忧:"你的手怎么这么冷?紧张吗?"

周甜甜搓了搓手,不好意思道:"我刚去买汽水喝来着。"

张印松了一口气,过了一会儿,就见众人的目光齐齐落在他身上。

张印欲盖弥彰地解释:"我没紧张,我就是怕她不舒服。"

吴琛从远处跑过来,一脸兴奋地说:"今晚聚会!大家别忘了啊!我已经和温思屿、陈北洺说了,一家人要整整齐齐!还有张老师,你也一定要过来啊!"

张印摆手:"我就不去了,有老师在怕你们不自在。"

"没,你想多了,我们就没……"

张印一瞪眼。

吴琛立马改口:"我们是亦师亦友的关系,你来我们怎么会不自在!"

程柔在一旁笑,时不时探头往教学楼看,等到第三次探头才看到人群中的徐燃。他的手指上挂着文件袋,从汹涌的人流中缓缓向她走来。

程柔有一种很奇怪的错觉,仿佛这个夏天一眨眼就会过去,但这个夏天又好像永远都不会过去。

晚上,程柔找徐燃一块去聚会的KTV,徐燃神神秘秘地说有毕业礼物要送她,还要她当面拆开看喜不喜欢。她拆开包装盒后,看见一把崭新的弹弓躺在里面。

"我不太懂这个,问了程桉哥之后让人定做的,这种射程不算远,但安全系数高,比较适合女生。"徐燃顿了一下,没忍住加了一句,"虽然我觉得玩弹弓很危险。"

程柔拿着弹弓翻了翻,看见侧面还刻着名字缩写,但不是她的名字。

程柔顿时一笑:"你这做好事还要留名呢?"

徐燃义正词严:"我觉得你容易忘记我,你这么喜欢弹弓,那你看它的时候多少也能爱屋及乌……想想我。"

程柔用力握了握手中的弹弓,直到手心一片潮湿才抬头认真地看着徐燃。

"徐燃,谢谢你。"

徐燃被对方突如其来的认真吓了一跳,眼底闪过一抹狡黠:"感动吧?要不要以身……"

"不要。"

程柔一口否定,当徐燃耸肩时才抬手蹭了蹭他眉骨处的那道伤疤:"谢谢你为我做的一切。"

徐燃愣了半晌才反应过来,他看着程柔,声音往下压了压:"程柔,我可不是好人,我为你做的任何一件事都有目的,我抓住你,你就不能放开我,你知道我在说什么,我等就是了。"

程柔从来没有遇见过像徐燃这样的人,他把他的欲望、善良、邪恶、温柔毫无遮掩地摊开,他从不避讳他的有所求,但她明知他有所求,却依旧无法拒绝他的靠近。

程柔走进KTV包厢时,吴琛已经在招呼大家点歌,震耳欲聋的音乐声让程柔下意识捂了捂耳朵。周甜甜一见程柔,猛地站起身蹭到她身边。

周甜甜抓住程柔的胳膊冲徐燃挑挑眉:"徐燃,借程柔一用。"

凭什么啊!

徐燃大方地点点头:"好说。"

她是商品吗?她眨了眨眼:"你们俩讲价呢?"

"来来来,我有事跟你说!"周甜甜拖着她走出包厢,"人生大事!"

走廊上只有服务员在一旁站着,周甜甜把程柔拉到转角的位置又鬼头鬼脑地往外看了看。

程柔问:"怎么了?"

周甜甜压低声音,但语速很快,明显已经很着急:"'小短裙'班也在这里开毕业聚会呢,我刚在走廊上碰见她了,她一直旁敲侧击地问我,林晏在哪儿,我猜她已经按捺不住了!你说,怎么办啊?"

程柔也茫然,林晏看起来并不像开窍的样子,但他私底下确实对周甜甜很好,而且周甜甜表现得已经很明显了,说他毫无察觉,程柔也不相信。

"要不,你主动一点?"

周甜甜掰着手指小声问:"万一失败了呢?"

"那就大路朝天,天各一方,反正毕业了谁也见不着谁。"

程柔难得硬气了一回,把周甜甜说得一愣一愣的,最后才决定回包厢刺探情报再决定。

她们走出转角的时候,就在长廊上碰见了张印和梁续。梁续靠着一旁的桌子,手指夹烟在烟灰缸上抖了抖。张印面对着她们,抬手招呼她们过去。

张印把手上的蛋糕往程柔眼前一递:"老师给你们买了个蛋糕,你一会儿拿进去。"

周甜甜问:"张老师,你不进去吗?"

"你们张老师酒量不好,这会儿进去铁定被你们班一群男生围攻呢,我们俩出去一会儿,等差不多了再过来。"

梁续依旧靠在桌上,但手中的烟已经不见了,他拍了拍张印的肩膀,两人一块往大门走去。

周甜甜雷达一响:"我有一个大胆的想法!"

"不,你没有。"程柔推着她进包厢,"都快火烧眉毛了,你就别乱想了。"

周甜甜一晚上惴惴不安,一会儿看林晏,一会儿看包厢门,稍有动静她便宛若惊弓之鸟。吴琛一脸真诚地问她,是不是想上厕所,被她一掌拍开。

徐燃被之前七班的同学拖走了,程柔自己坐着无聊,就让许舒亭陪着周甜甜。许舒亭看了看在前面点歌的温思屿和林晏,突然一身正气地冲她点点头。

程柔顺着走廊往前走,她刚和周甜甜出来时看到尾端有一个露台。走廊尽头确实有一个露台,而且还摆放着桌椅供人休息,程柔刚走下台阶,就看到角落的栏杆上趴着一个人影。

陈北洺转过头,看见她时浑身一震,过了一会儿才笑着问她是不是无聊。

"有点,而且我不会唱歌。"程柔拉开一旁的椅子坐下,"你呢?不会唱歌这一点肯定是假的,你换一个理由吧。"

陈北洺在她旁边的位置坐下,诚实道:"太吵了,我不太习惯。"

高三下学期过半后,陈北洺才从外面集训回来,程柔偶有几次在校道遇见他,但都是匆匆赶着上课。

露台的位置能够看到秦淮高高低低的房屋,万家灯火凝结成一条银河,与月光投下的光晕交相辉映,这种场景会让人瞬间安静下来,因为你知道这里有一盏灯是为你而亮的。

"是不是很好看?"

程柔点头,脑袋里却突然想起那天在行政楼和徐燃坐着看天空时的情景。

"你去过学校图书馆上面的阅览室吗?"陈北洺侧头看她,"那里晚上看风景也特别漂亮。"

学校的阅览室很少开门,而且是无规律地开放,程柔虽然之前想过,但渐渐地便忘了这件事。

陈北洺顿了一下:"那里可以看到行政楼的天台。"

程柔转头看着他。

陈北洺迎上她的目光:"你在找徐燃的时候,我也在找你。"

旁边的包厢里突然传来一阵巨响,有人推推搡搡,似乎在说些什么,程柔手指抓了抓藤椅上的粗藤,感觉像有什么在夜晚里腾空而起。

露台上只有两盏暖橘色的壁灯,泼洒一地的流光延伸到他们脚下,像随时会升腾的火花。

陈北洺说:"优惠券是我跟同学买的,饼干是我自己做的,生物课上帮你是怕你被老师责罚,并不是因为什么同学之情,我对首都没有向往,但如果你在那里,你就是我对它的向往。"

黑夜有一种魔力,能够让人拥有倾倒一切的勇气。

陈北洺收回视线,垂眸小声说:"《月亮与六便士》里我写了东西,如果你看过之后有答案了,来找我好不好?"

陈北洺浑身紧绷,看着地面的目光带着慌乱的摇摆,程柔堆积在唇齿之间的话瞬间又说不出口,那就回去吧,回去再好好地婉拒他的心意。

程柔顿了一下,在漫长的缄默后终于开口应了一声:"好。"

长廊上香烟燃起的火光忽明忽暗,滞留过长的烟灰滴落在手指上散落一地,徐燃仰着脑袋看头顶上一小盏的吸顶灯,直到视线模糊成一片光影,他才抬脚走回包厢。

"谢谢你为我做的一切。"

原来是这个意思吗?

他以为只要他抓住程柔,那她就不能放开他,可他现在才发现,自己从头到尾就不曾抓住过她。

程柔回到包厢的时候,整个包厢都在唱《恋爱ing》,许舒亭一脸激动地拉过程柔,把方才周甜甜的英雄壮举事无巨细地一一道来。"小短裙"确实来包厢找过林晏,但林晏准备出门的一刹那就被周甜甜拦住了去路。周甜甜说有话对他说,然后风风火火地点了一首五月天的《听不到》。全场欢呼着起哄,"小短裙"站在门口脸色黑成煤炭。

程柔忙问:"然后呢?林晏怎么说?"

"林晏一开始是蒙的,最后大概是在大家的起哄声中醒悟过来了,脸唰地红了。我真的从来没见过一个男生脸这么红,跟一个西红柿一样!"许舒亭激动无比地伸手摇晃程柔,"林晏也是含蓄派,就小声地说了一句'听到了',包厢声音太大,起初周甜甜以为他说的是'对不起',下一秒就要哭出来了,他索性一不做二不休把人带走了!"

许舒亭笑得眼泪都出来了,程柔也跟着开心,下意识转头找徐燃却没看见他的身影。

程柔问:"徐燃还没回来吗?"

许舒亭也转头望了望:"我刚没注意,应该是还没回来。"

"七班包厢是哪个?"

"710,就走廊尽头的那个包厢。"

程柔刚准备往外走,突然想起既然是七班,那沈落也一定在,她想说的话还是等明天吧。

程柔跟着许舒亭坐在沙发中间,听吴琛在前面鬼哭狼嚎地唱《夜太美》。徐燃直到临近散场才回来,而且一直被林晏拉着喝酒,她插不上话,只能借着环顾四周时偷偷看一眼。张印踩着最后一刻的点过来切蛋糕,切完蛋糕之后,班长便在张印的授意之下宣布散场。周甜甜一整晚喜上眉梢,回家时拉着她说悄悄话,她想回过头找徐燃,却又不忍心打断周甜甜。

直到两人在闹市和大家分别后才有机会说上话,走出巷子之后,便是缓缓的斜坡,路灯在地上圈出大片的光晕,程柔踩在光晕里,感觉整个身体像轻飘飘的羽毛。

"你今天好像很开心。"徐燃说。

程柔笑了笑:"可能是替甜甜开心吧。"

徐燃没再说话,程柔脚尖一点一点地落在地上,看着眼前近在咫尺的院门才缓缓停住脚步。

"徐燃,我……我有话想跟你说。"

徐燃走在前面,闻言转过身:"我也有话跟你说。"

程柔倏忽抬起头,感觉心跳一下一下变得热烈。

"程柔，我不去首都了。"

时间戛然而止是什么感觉呢？就是整个世界突然安静下来，脑袋里拼凑不出一句话，连声音都卡着发条。

徐燃目光沉沉，一字一句道："我不想去首都了，你以后照顾好自己。"

"为什么？"程柔伸手拉住徐燃的衣角，尾音带着显而易见的轻颤，"徐燃，你不是说……"

徐燃低下头，语气带着不耐烦，字字句句都是杀人不见血的刀锋。

"我就是突然不想去了，程柔，我不会一辈子都迁就你，也不可能一辈子都在等你，我不想再这么累了。"徐燃突然抬头笑了笑，"可能我一开始就错了，从一开始就是我自作主张靠近你，程柔，或许形同陌路更适合我们。"

秦淮的夏天从来都热火朝天，可是程柔这一刻才感觉到河面上的风是冷的，是带着针扎似的刺骨。徐燃说，他一开始就错了，连靠近她也是一个错误的开始，可她差一点就把自己完完全全交给这场错误。

月光漆黑，路灯下，她的影子被延伸进路旁的草坪里，折射出奇怪的角度，像她连续不断砸在地面上的泪花。

可是徐燃看不见，他跟这场她原以为永远不会过去的夏天，一块走远了。

Chapter 11
我并不是不喜欢你

（1）

秋末的北京雾霾极其严重，程柔清晨起床上学时都得戴口罩，灰蒙蒙的天气能见度低，她每走一步都像在下象棋。周甜甜前段时间总是不停地给她寄苏州的特产，一会儿是苏式糕点，一会儿是卤汁豆干，一会儿是洞庭湖的碧螺春，还理直气壮地解释说，喝茶能够清肺，多少能够抵御雾霾天。

"你要是来苏州多好啊，偏偏要去首都。"

周甜甜不是第一次说这种话，每次程柔都插科打诨糊弄过去，渐渐地，周甜甜也不再说了，只跟她有一搭没一搭地聊近况。

"北京快下雪了吗？"周甜甜在电话里问。

程柔塞着耳机站在寝室的走廊上："没有，北京今年初雪来得特别晚。"

"听说飘雪的故宫特别美啊，我好想去看。"

"你可以找林晏一块过来玩。"

周甜甜的语气往下拖了拖，含糊着抱怨："虽然我们都在苏州，但不在一个学校，见面也麻烦，而且他最近玩一款'吃鸡'游戏玩上瘾了，连我的电话都不接，要是他最后不过来找我赔礼道歉，看我不宰了他！"

周甜甜和林晏是她朋友中最会折腾的一对，但两人虽吵吵闹闹，感情却越来越深。程柔笑着说："你不是也玩游戏吗？那你跟他一块玩。"

"他嫌弃我！啧啧啧，我跟你说，我跟你说，他每天挂在嘴上最多的人不是我，是徐……"

周甜甜的话音像被突然拦腰斩断，硬生生卡在半路，连带程柔都心里一顿。

程柔呼出一口气，帮她接上："徐燃。"

"哦，对，对，徐燃，他可腻歪徐燃了，而且他们还在同一所大学。徐燃上次在群里都说，我再不管林晏，他就把林晏神不知鬼不觉地干掉，太烦人了……"

程柔不知道这件事，那周甜甜说的群也不是她在的那一个。其实程柔自己知道，因为她和徐燃，他们这帮朋友每次和她聊天都如履薄冰，生怕一不小心踩中她的软肋。

他们都知道徐燃是程柔的软肋，那徐燃呢，如果有人不小心在他面前提起"程柔"，他会是什么表情？

一百一十五天，将近四个月，她和徐燃真的恍若形同陌路。

程柔之前从来都不会问，但大概是今天的风太躁动，轻轻一吹，就让她脑袋里的所有疑问破土而出，蹿天猛长。

她听见自己的声音，在长廊里轻轻回响，带着小心翼翼的试探："徐燃……徐燃他怎么样了？"

周甜甜在电话另一边顿了一下，她不知道程柔到底想听什么，只能挑着一些事情说，而她知道的事情，大多数也是林晏告诉她的。比如徐燃会去学校附近的酒吧兼职，他被林晏拖着加入学校的篮球队，有一次和同系的男生闹矛盾差点打起来，他和学校的乐队在迎新晚会上表演。

程柔握着手机，仰头看漆黑一片的夜空，喃喃自语道："他好像又长高了。"

周甜甜一愣:"什么?"

"上次你们一块出去吃饭,我看到他站在角落里。"

周甜甜想了很久才记起朋友圈的那张照片,其实她当时拍的是餐厅门外一排排的布朗熊,徐燃站在暗处又靠近角落,放大了都未必能看清他的样貌。

可程柔看见了。

周甜甜心里一阵难过,忍了再忍还是轻声说:"柔柔,我不知道你们当时发生什么事,但我不想看你这样,你就当低一回头行吗?你找徐燃说清楚。"

程柔视线一片模糊,音调颤了又颤:"甜甜,徐燃不喜欢我了,他不喜欢我了……"

周甜甜喘了一口气,音调猛一抬高:"怎么可能!他要是不喜欢你,又何必让余一照顾你!"

程柔一愣,周甜甜自顾自念叨:"我答应不说的,实在是没忍住啊!"

"余一不是跟你在一个学校吗?他去找过余一,你可能知道,但他找余一打探你,你一定不知道。你上次重感冒,余一不还给你送药来着,你就没看看那个药?底部估计还贴着他大学校医处的标签呢。"

"柔柔,你这么聪明,一定猜得到,买药又何必千里迢迢从苏州带过去?他从苏州到北京,坐那五个小时的高铁,是因为他想见你啊!唉,气死我了,我要是知道你担心的是他不喜欢你,我早就把这件事告诉你了!"

周甜甜在电话另一头义愤填膺地絮絮叨叨,程柔过了很久才反应过来。

她从小胆怯又懦弱,无论是面对家人还是面对徐燃,都处在被动的位置,可是这一刻,她突然拥有满腔的勇气,无论结果如何,她想要一个答案,她想要见徐燃,她非常非常想念他。

程柔虽然决定要去找徐燃，但该上的课还是得上，更何况隔天晚上她还要参加院系老师组织的会议，所以她只能忍着。她之前没觉得有多难挨，但是想通要去找徐燃之后，她就忽然发觉时间变得很漫长。

如果有想要去见的人，时间就会变成阻力，你会迫不及待地期待它快一点，再快一点，最好一转身就能看见。

程柔中午上完课回来，寝室里的舍友正围在一块聊天。她们低着头，神神秘秘地压低声音说话，程柔无意窥探便抬手敲了敲门。

"你们在看……"

程柔刚攀上嘴角的笑意瞬间一滞，靠门的舍友立刻战战兢兢地转过头道歉："程柔，对不起啊，我们只是好奇，没想到会摔了它……"

虽然程柔平时话不多，但一直和舍友关系不错，这是她第一次完全控制不住地拉下脸，其他两人立马站起身跟着道歉。她走上前拿过对方手里的弹弓，摸了摸侧面的名字缩写才感觉心稍稍安定下来，但不过片刻，她就察觉到不对劲，弹弓上面的扁皮塞不见了。

程柔呼出一口气，压着声音问："这上面的塞子呢？"

"这里！这里！是这个吧？"

程柔紧绷的神经一松，接过塞子后道谢。

"程柔，这东西很重要吧，你快检查看看，如果哪里坏了，我们一块赔给你。"

"对啊，对啊，你快检查看看。"另一个人随即附和，过了一会儿突然想起什么，立马转过身拿起桌面上的小字条放进她手心里。

程柔一愣："这是什么？"

"从弹弓里摔出来的，估计是放在塞子里的，我们发誓，绝对没有打开看。"

程柔视线一晃，捻了捻指腹才打开小字条。

上面只写着一句话,是电影《文集》里的一句台词。
"我并不是不喜欢你。"

(2)

苏州临近夜晚时像一座温顺又安宁的小镇,踩在青石板上的脚步声很轻,如水月光落在拱桥上,覆她一身华光。她穿过校门后面的小巷,跟在出来觅食回去的学生身后。旁边支着小摊卖糕点的大叔不停地招呼路过的学生,她闻见甜糯的奶香味才察觉到自己肚子饿了。她从看见字条之后就往苏州赶,过程中连一口水都没喝上,车上光顾着猜徐燃看见她时的反应,以及各种应对措施,但无论哪一种都让她忐忑,简直比高考当天还紧张。

周甜甜从林晏口中旁敲侧击出徐燃的寝室楼,又再三嘱咐程柔一定要见到人。

"如果徐燃不愿意见你,你就哭,哭得惊天动地,哭得整个寝室楼都为之一颤,那徐燃肯定就会出来见你了,哪怕他不愿意,宿管阿姨也不会坐视不理。"

程柔哑然:"我谢谢你了。"

程柔按照指示牌到达徐燃的寝室楼下,旁边有一个半大的花坛,来来往往的男生经过花坛又消失在楼道里。程柔坐在花坛上,把手机里徐燃的号码看了再看,直到路人的视线都若有若无落在她身上,她才坐立不安地拨通徐燃的电话。

电话响了几声之后,徐燃才接起。

"有事?"

徐燃的声音带着漫不经心,而且周围有杂乱的游戏声。

程柔握着手机突然说不出一句话,徐燃似乎在玩游戏,一旁有人在跟他说话。

"这谁啊,怎么不说话?"

"你拿下来一点我自己看。"

之后电话里就没有声音了,安静得只剩电脑里传出的游戏声。

"徐燃。"程柔没忍住鼻尖一酸,"我在你寝室楼下,你能不能……"

程柔张了张嘴,眼泪瞬间砸在手背上。

徐燃把她电话挂了。

程柔握着手机,感觉浑身像被瓢泼大雨淋湿了,从外到内一片冰凉。她抹了一把眼泪,抬起头时才看见徐燃站在她眼前。

程柔眼眶红红地抬头看徐燃,他蹲在她眼前,抬手摸了摸她的脸。

"怎么哭了?"

程柔"哇"的一声哭得更惨了,她从来都不知道自己这么能哭。徐燃显然也吓了一跳,一边给她抹眼泪,一边问她怎么了。

程柔吸了吸鼻子,一脸委屈地带着哭腔:"我好饿啊,我太饿了……"

徐燃顿时一笑,转瞬又沉下脸:"陈北洺连饭都不给你吃?"

"啊?关陈北洺什么事啊?"

"算了,我先带你吃饭。"

"等会儿。"程柔拉住徐燃的衣袖终于反应过来。

徐燃不得不再次蹲下:"怎么了?"

"我跟陈北洺就是朋友,我们只是朋友。"

徐燃顿了一下,抬手整理程柔的衣领:"我知道了,我先带你吃饭。"

"你不知道!"

程柔咬咬牙凑近徐燃,一眨不眨地看着他的眼睛,连呼吸都纠缠在一块。

"徐燃,我喜欢你。"

苏州的夜晚,风声卷着冷意围困他们,但他们的心如此滚烫,仿佛要将胸膛灼热成火海。徐燃看着她没动,她脸上一片燥热,手还紧紧拽着徐燃的衣袖。

程柔追问:"那你呢?你喜欢我吗?"

徐燃的视线动了动，狠狠搓了一把脸，开口竟然磕巴了一下："你……你刚说什么？"

程柔方才的勇气早已消失殆尽，面红耳赤地改口："我说我饿了。"

"不是这一句。"

"只有这一句。"

徐燃失笑："那你亲我一口，我就带你去吃饭。"

程柔愣了愣，脑袋一片眩晕。

"不然我亲你一口也行。"

徐燃手腕一转，握住程柔的手肘往自己身边一拉，歪头准确无误地把吻落在她的唇角，还近乎缠绵地蹭了蹭。

"我要给我的女朋友盖个章。"

隔天程柔要赶回学校上课，而且还要向院系老师解释昨晚缺席会议的原因，她原本就不擅长撒谎，属于谎话没说完自己先慌的类型。所以早上徐燃送她去坐车时，她频频走神，想着措辞。

徐燃把豆浆上的吸管往程柔嘴边递，一脸真诚地提议："要不你就直说了。"

程柔咬着吸管，一脸震惊："我疯了吗？"

徐燃点点头："爱我确实是一件疯狂的事。"

程柔："……"

"现在后悔还来得及吗？"

徐燃眉毛一扬："你要是后悔了，这会儿也别想走了。"

程柔低头笑，更加用力地扣紧徐燃的手指，她忽然想起小字条上的台词，那句需要经过双重否定表肯定之后得出的喜欢你。

"我们下次一块看《文集》吧！"

程柔原本以为徐燃会很乐意，但没想到他煞有其事地拒绝了。

"那部电影结局不好，不吉利。"

程柔觉得他一本正经胡说八道的样子太可爱了，忍不住问："那哪一部电影结局好?"

徐燃蹙眉:"不能是电视剧吗?电影太短了,我们一块看那种一千多集的动漫吧,窝在沙发里,就我们两个人,从早看到晚。"

"你有想看的动漫?"

"没有。"徐燃顿了一下,"我就想和你待在一块,从早到晚。"

程柔耳尖一红,笑道:"徐同学,我以前没发现你油嘴滑舌,一套一套啊。"

徐燃支起拇指摩挲着她的手背,整个眼睛里都是程柔的影子。

"我看着你就说出来了。"

程柔临上车时,徐燃伸手抱了抱她,手指很轻很轻地捏着她的后颈。

"你在北京等我,我过段时间就去找你。"

"好。"

"程柔,我没说过吧。"

"嗯?"

徐燃的气息呼在她的耳郭上,温暖又炽热:"我很喜欢你,我非常非常喜欢你,比喜欢自己还要喜欢你。"

(3)

喜欢真的是很奇怪的东西,会想要让对方开心,会想要让对方想念自己,会想要用尽一切去和对方见一面。这个世界上有一个人变成了你的牵绊和挂念,你的心不再只属于自己。

程柔觉得这种感觉太奇妙,特别是她和徐燃因为是异地恋,不能经常碰面,这种感觉就更深刻了。她从来都不是一个善于表露自己的人,所以她总认为自己掩藏得很好,直到有一次被舍友问起是不是谈恋爱了。

舍友说:"谈恋爱和喜欢是一样的,掩饰不住会溢出来,怎么可能藏得住?"

程柔觉得脸红,小声问:"很明显吗?"

对方笑了笑："也不是多明显，就是小细节，比如你看手机的时间多了，发呆的时候多了。上次一块去逛街，你的视线会下意识停留在男装店，你记得吗？你问过我好几次关于送礼物的事情。"

程柔由衷觉得女生都是火眼金睛，都是列文虎克。

她们有时候会问起徐燃，程柔起先觉得羞赧不愿多说，后面说徐燃长得很好看，会唱歌、会打架子鼓时，下意识与有荣焉地挺了挺小胸脯。她喜欢听她们夸赞徐燃，感觉像把自己珍贵的宝藏一一展现给别人。

他那么好，可是只有她真正知道他有多好。

他那么好，而他是她的。

相较舍友们的态度，周甜甜他们的态度可谓是毫无反应。程柔回到北京的当晚，徐燃就在群里说了这件事，吴琛是第一个跳出来说话的人，发了一张"恭喜"的表情包，然后下面跟列队似的都是恭喜，恭喜完就开始讨论要不要开黑玩游戏，程柔严重怀疑吴琛那张表情包只是开黑前的镇图。

这虚假的友谊。

后来程柔问起周甜甜，周甜甜才说，他们都觉得这是早晚的事，一件意料之中的事，惊喜的成分实在是太少了。

"而且我跟你说，徐燃已经挨个给我们发过信息了，就你们在一起的当晚，一段话复制粘贴了六遍！我们但凡表现得激动一点，他都要给我们重拉一个群，彻夜讲你们的爱情故事了！简直丧心病狂！"

程柔直笑："不是挺可爱的吗？"

周甜甜一口血卡在喉间："我严重怀疑他这么变态是你惯的，我现在很担心我们的群名。"

她顿了一下："算了，那群名还不如改了。"

群里原本是七人，吴琛就把群名改为"七星高照"，说是够团结、够吉祥，后来把温思屿拉进来之后，吴琛又要改名，周甜甜胆战心惊地提前否定了"八仙过海"。

许舒亭也跟着否定说，八面玲珑也不行！

因为她们觉得以吴琛的智商，估计只能想到这两个与八有关的四字成语，都被否定就势必要往其他方面想，吴琛也确实是往其他方面想了。

他把群名改成了"狼牙山八壮士"。

还说那是他的生日愿望，别人不能改。

周甜甜立马嘲讽："你生日不是在寒假吗，这会儿许什么愿？"

吴琛一脸淡定："我跟上天说好了，先拿一个愿望应急。"

众人虽然嫌弃，但渐渐地也就不再提起改群名的事情。周甜甜这会儿提起这事，程柔才想起来吴琛的生日。

"我很久没见大家了，寒假一块回秦淮给吴琛过生日吧，顺便去看看张印。"

周甜甜连连点头，转瞬就把这事在群里说了，吴琛感动得泪两行，脱口而出，见面要给程柔爱的抱抱。

群里刹那寂静。

随后，聊天框里整齐划一地跳出"一路好走"。

程柔趴在书桌上，笑得肩膀一颤一颤的，手机屏幕里很快就跳出徐燃的视频邀请。徐燃这会儿估计刚下课，身上还穿着外套，但发梢前面有一绺湿漉漉的头发黏在一块，他正抬手拨散它们。

程柔戴着耳机小声问他："你那边下雨了吗？"

"嗯，还挺大。"徐燃从柜子里拿出毛巾擦头发，走到书桌前固定好手机，坐在椅子上冲程柔笑了笑，"寒假回秦淮？"

"嗯，我还挺想回去的。"

程柔来北京上学之后，程莹就被接回津沽生活了，但程柔每一次跟她听电话，她都会无意识地提起秦淮，程柔听得心软，总想着要找时间陪她回去。程柔想到这个便随口跟徐燃说了。

"那我们就回去住一段时间，我奶奶寒假应该也要回来了，正好让她们好好商量商量。"

"商量什么？"

"我们的终身大事啊。"

程柔正抱膝坐在椅子上，闻言脚下一滑，差点摔下去。

"徐同学，我们才大一啊。"

徐燃把毛巾挂在一边，挑眉一笑："大一怎么了，也就是法律不允许，不然我早把你吃……"

程柔抬手一把摘下耳机，冲徐燃扮鬼脸。

徐燃笑了半天，趴在课桌上，手心向上伸出食指冲程柔勾了勾。

程柔戴上耳机，也学着徐燃的样子趴在桌上。

"干吗？"

徐燃继续往前面凑了凑："你过来一点。"

程柔一口拒绝："不要，显得脸大。"

徐燃笑得小虎牙都露了出来："你到底是什么宝贝啊？"

"你的呗。"

徐燃一愣，耳朵骤然通红，因为他离镜头近，所以程柔第一时间就看见了。

"哎，不行，你太犯规了。"

程柔笑着往前凑了凑："你刚要说什么？"

徐燃的眼睛亮亮的，伸出一根手指碰了碰屏幕。

"我好想你。"

他顿了一下："我想要一伸手就能拥抱到你。"

程柔心里软成一摊水，自从上次见面在一起之后，已经过去一个月了，程柔因为要忙院系老师交代的任务，所以没有时间去找徐燃，而徐燃来北京，她估计也没有时间陪他，所以她提前就跟他说好了，等任务结束之后再见面。

一个月，三十天，原来觉得时间漫长的人不止她一个。

程柔放柔声音："再等一段时间好不好？再有一个月，我的任务应该就结束了。"

"还得一个月啊，都要放寒假了。"徐燃顿了一下，一板一眼道，"女朋友太优秀，我也很为难。"

程柔乐不可支，趁着寝室熄灯之前和徐燃多聊了几句才挂断视频。而那时八人群里已经热火朝天地讨论吴琛生日当天烧烤的事情，程柔顺着聊天记录滑下来，最后看到吴琛问酒水的事情。

徐燃回他：择日不如撞日，不如那天我和程柔摆酒请你们吧？

吴琛立马发了一句语音，大吼：你能不能尊重一下我这个寿星？你这个禽兽！

程柔总觉得徐燃谈恋爱之后，越来越幼稚了，直线往三岁半靠近，所以为了大家的安宁，她得快点完成任务去见他。

但是程柔没想到这次任务会成为他们在一起后第一次争吵的原因。

十一月末，北京的初雪姗姗来迟，程柔当时刚从第八教学楼出来，雪花像礼炮似的纷纷扬扬地落满小道。因为有风，雪花便斜斜地坠在她的肩头，无论看过多少次雪，每一次她都如第一次看见般激动。她跑回寝室之后，给徐燃发了一张雪景图，徐燃回了她一个苏州阴沉沉的天空。

当时院系老师交代的任务已经临近收尾，老师便在晚上组织了一场聚餐。程柔不擅长应付这种场面，总觉得尴尬，原本想推托不去，但这个院系老师是程柔专业的任课老师，教程柔电磁学，上课一板一眼，最是讲究尊师重道，所以格外讨厌别人迟到早退、逃课挂科。

程柔上次逃了对方的会议，硬是被折腾好长一段时间对方才火气全灭，程柔这会儿便不敢再做逆龙鳞的事。

聚餐安排在晚上六点，程柔到的时候才发现不仅仅是大一的学生，还有大二甚至大三的师兄和师姐。程柔原本想着五点四十到场，六点开餐，但没想到老师一直未到，六点一刻才在群里说，路上堵车，让大家少安毋躁。

程柔万分后悔来时没有拿零食填肚子，这会儿只能一个劲地喝水。聚餐包厢设有待客室，大一的学生大多站在一旁，大二和大三的师兄师姐坐在一块聊天，偶尔抬头慰问师弟师妹。程柔对这种场景避如蛇蝎，只能尽量减少存在感，缩着脑袋在角落喝水，时不时听一两句学霸之间的交谈。

"你是不是饿了？"

旁边有人出声问了一句，声音很近，程柔抬起头就看见一个不认识的男生站在她旁边。

程柔顿时一阵窘迫，含糊其词："我……我喜欢喝水。"

他很高，穿着一件白色羽绒服，脖颈处微微露出浅灰色的毛衣领口，笑得很温柔。程柔莫名觉得这种感觉很熟悉，过了一会儿才想起陈北洺。

毕业之后，程柔就没有再见过陈北洺，只发过一条婉拒他心意的信息，后来倒是听周甜甜提起过，他也在北京。

耳边突然传来一声脆响，程柔眼睛眨了眨才回过神，他收回打响指的手，有点无奈地靠在墙上。

"你不仅胆大，还容易走神啊。"

他大概指的是上次她逃了会议的事情，她也不是第一次听了，现下便笑着没说话。但她不说话，他倒是兴致勃勃地问她要不要一块去吃点东西。

"老师没有半个小时是不会到的，餐厅一楼有售甜点，要不要一块去？"他轻咳一声，"我一下午都没吃东西。"

敢情是找"犯罪同伙"，程柔犹豫片刻，还是没忍住诱惑，跟着他偷偷跑去一楼觅食。

程柔之后才知道他是苏州人，没忍住跟他多聊了几句，而且这种聚餐，程柔一般都吃不饱，她索性在甜品店吃饱喝足，往回走时还遇到了余一。

学校大，她很少能在不约定的情况下碰见余一，当即就跑过去跟他说话，但他的反应有点奇怪，目光更是直接又尖锐地往她背后的男生身上一扫。

程柔立马解释："我同学。"

余一冲对方点了点头，收回目光问程柔："你是不是没把手机带身上？"

程柔愣了愣，才反应过来："哦，我把手机放在包厢里了，怎么了？"

"你一会儿回去给徐燃回电话吧，他刚都把电话打到我这儿了。"余一顿了一下，"我问了同学才知道你们在这边聚会，所以过来找你，没事我先回去了，你记得给他回电话。"

程柔心里一跳，连连点头。

虽然徐燃很少对她发脾气，但她心里还是隐隐发怵，一直犹豫到老师到场也没有拨出电话，只给徐燃回了一条信息。但直到聚会结束，他也没有回她信息。她心里顿时一慌，回到宿舍就给对方打电话，但打了好几个都没人接，她急得团团转，正准备找林晏时，接到了他的回电。

徐燃的第一句话是："你觉得这种感觉好受吗？"

程柔愣了愣，心里顿时凉了一片。

异地恋最容易引发的就是吵架，各执一词，争论不休，你甚至都没发现矛盾的点，两个人就已经吵成一片。程柔把所有的事情经过事无巨细一一道明，徐燃反倒更生气了，连连质问对方是谁。程柔刚觉得徐燃耍她玩，闻言又察觉到徐燃话音里暗含的质疑。

程柔理智全毁："你这是不相信我？"

"我没有，但你起码要回答我的问题。"

"我说了，是你自己不相信。"

徐燃语气一冷："那你就亲口对我说，我说去找你，你不愿意，我让你来找我，你没时间，见你一面这么难，程柔，你让我怎么相信你？"

程柔怒不择言："那就别在一起好了。"

电话另一端顿时安静下来，像一场时间的拉锯战，他们都没有说话，任时间攀爬到四肢百骸，拖出长长的缄默。

其实程柔一开口就后悔了，但又拉不下面子道歉，僵持到最后，徐燃一言不发地把电话挂了。

（4）

爱情是贪婪的怪物，只我喜欢你的时候，唯一的渴求便是你也能喜欢我，但当我们在一起的时候，我便会要求更多。我希望你只喜欢我，只看着我，只在乎我，可我又不相信你只会喜欢我，只会看着我，只会在乎我，所以争吵不休，势均力敌，两败俱伤。

程柔觉得爱情的本质就是一场辩论赛，只是这场比赛一旦有胜负，爱情便也跟着完蛋。

"但你们俩还没到完蛋的程度，反正我是不相信徐燃会跟你分手，他最后不也没说话吗？"周甜甜捧着热奶茶喝了一口，"哎，别说，你们学校的奶茶还挺好喝的。"

许舒亭立马问："好喝吗？那我也去买一杯。"

程柔叹了一口气，自觉从背包里掏出饭卡。

"仗义！"许舒亭往前走了两步，突然回头，"柔柔，你要喝什么？"

"你看有没有生姜水，给她买一杯。"周甜甜煞有其事指了指程柔的头顶，"她正在为情所困，快秃顶了。"

程柔顿时瞪大眼睛，摸了摸头顶："秃了吗？"

周甜甜一只手撑着下颌笑个不停："徐燃该生气啊，他这地位都比不上你的头发。"

程柔一把夺过周甜甜的奶茶："你到底是来给我出主意的，还是来喝奶茶的？"

"都不是，我和舒亭来北京两日游。"

程柔立马拿出手机佯装打电话："喂，林晏吗？你再不把她接回去我就动手了。"

"他最近准备考试没空理我。"周甜甜拿回奶茶，小口小口地喝着，"你这其实也不算事，低个头认个错就好了。"

程柔一顿，犹豫着指了指自己："我？"

"啊!"

程柔一脸纳闷:"不是,你不觉得徐燃管我管太紧了吗?"

许舒亭正好端着一杯奶茶和一盘糖火烧过来,周甜甜拿起一个糖火烧咬了一口,含糊不清道:"柔柔,我说句实话啊,徐燃真的特别喜欢你,可能他占有欲强了点,但你一气之下就说别在一起,你觉得他会怎么想?"

许舒亭立马接上:"肯定很难过,他会觉得你对你们在不在一起这件事并没多在意。"

"我那是气话啊。"

"他怎么知道是不是气话?"

程柔被噎了一口,顿时失笑:"徐燃是不是给你们打钱了?"

许舒亭装模作样地看了眼手机:"还没到账。"

程柔哭笑不得,虽然她们一致口径是来北京两日游,但程柔知道她们是出于担心,而且程柔也认为自己那句话不该说,只是不知道怎么拉下脸和徐燃解释。

程柔趁着周末带她们出去玩了两天,其间,她还接到程桉的视频,问她什么时候回家。当时是在酒店里,周甜甜大大方方地探出头跟程桉打招呼,程桉同她们问好之后才继续跟她说话,一会儿问学业,一会儿问北京的天气。过了一会儿,他又拉远手机看了看,一脸担忧地问她是不是瘦了。

"饮食不习惯吗?哥哥怎么觉得你瘦了?"

程柔下意识扯了扯自己的脸:"没有吧。"

"有。"程桉一脸确定,"要不要我给你寄点吃的?"

"不用,不用。"程柔连连摆手,"过段时间就放寒假了。"

周甜甜在一旁和许舒亭说话,闻言随口道:"程桉哥,她这是为爱消得人憔悴呢。"

气氛一滞。

程柔僵硬地转过头冲周甜甜挤眉弄眼,周甜甜还未接收到信号,程桉的三连问已经砸过来了。

程桉音量一高:"什么爱?谁的爱?你谈恋爱了?"

周甜甜哭丧着脸,冲程柔比画。

——你没告诉你哥吗?

——没有啊!

程桉在那边吸了一口气,冷静了一会儿问:"谁啊?哥哥认识吗?"

程柔支支吾吾半天才说:"认识,就……徐燃。"

"我就知道这小子不怀好意!"程桉皱了皱眉,"不行,我过几天去北京找你,你让徐燃那小子一块过来,我得见见他。"

他们的爱情都生死未卜呢,还见什么家长?

程柔就是知道会有这么一个结果,才不想那么快告诉程桉,按照程桉护短的程度,徐燃没错都能被扒一层皮,更何况现在他们正吵架。

程桉见程柔心不在焉地走神,随口一问:"你们吵架了?"

程柔浑身一颤,由于太过震惊,下意识脱口而出:"你怎么知道?"

程桉在那边脸已经拉下来了。

程柔忙解释:"也不是吵架,就是有点误会,我们……"

"哥哥晚点跟你说。"

程桉直接挂了视频,程柔整个人都蒙了。

周甜甜在一旁颤巍巍拿出手机:"我先知会徐燃一声吧,好歹死得明明白白。"

程柔担心程桉不分青红皂白单方面训斥徐燃,但又因此心怀侥幸,希望能通过程桉与徐燃重归于好。

程柔因为此事上课频频走神,好几次被任课老师点名回答问题,都是一脸茫然,好在程柔平时表现不错,老师也没追问,只让她认真听课。

下课铃响,程柔收拾好课本和舍友一块去食堂吃晚饭。食堂在寝室楼后面,程柔走在人流中侧头和舍友说话,刚聊到今天的课程作业，转过头就看见徐燃站在女寝楼下等她。

这会儿临近黑夜，暮色沉沉，校道四周的路灯陆陆续续亮起。女寝楼下有一盏路灯映着一旁水池里的鱼，徐燃就站在水池旁边，半边身影落入池中又被游鱼冲散成荡漾的水波。

程柔跟舍友说了一声才走上前，徐燃似有所觉转过身，嘴里还咬着一根棒棒糖。

程柔的眼睛像被强光刺了一眼，徒生一阵心酸，她突然想到高中时的徐燃，捏着一根棒棒糖塞她手里，说是劳务费。

她怎么就不能对他好一点？

徐燃捏着糖柄冲她笑了一声，张开手臂冲她动了动手指："过来，抱一个。"

程柔把自己摔进徐燃怀里时，总觉得自己用劲太大，徐燃连退了好几步才抱住她。女寝楼下人来人往，她不好意思赖着，摸了摸鼻尖往后退了几步。

程柔抓了抓手，若无其事地走上前牵住对方的手。

徐燃低声笑了笑："你哥说得没错，我拱了程家悉心培养的大白菜，还斗胆吵架，确实不该。"

"你才是大白菜！"程柔反驳，顿了一下才解释，"我哥没骂你吧？我不是故意的，甜甜一时说漏嘴，他一问我，我就招了。"

"没，他就说了几句。"徐燃拉着程柔往食堂走，手指摩挲着程柔的手背，"对不起，我那天太凶了。"

程柔立马更难过了，觉得自己小肚鸡肠、不识好歹。

"我也有错，我不应该说那句话的。"

程柔以为这种小学生认错仪式起码得多来几个回合，但徐燃下一句就肯定了她的错误。

"你确实有错。"

程柔眨了眨眼，一脸无辜。

"你以后不能再随便说那句话了。"徐燃半点没心软，停在路上低头看她，"程柔，我好不容易和你在一起，你不能说放手就放手，哪怕我脑袋被门砸了说了什么,你也别真的放手,你再拉一拉我,我对你一点办法都没有的。"

程柔整颗心都泡在柠檬缸里,带动她的鼻尖也一阵酸涩。她抬手捏了捏徐燃的脸,又一次郑重道歉:"对不起,我以后不说了,多生气都不说了。"

徐燃心满意足地拉着她继续往前走,过了一会儿才说:"其实那天,我已经买好了来北京的车票。"

程柔一愣。

徐燃自顾自说:"高三那会儿,你不是说想看北京的初雪吗?我原本想过来陪你一块看,但是太生气了,我一想到你说不跟我在一起,我就一点都不想坐车了。"

"那就下次看吧,或者等苏州下雪了,我去找你一块看。"程柔用力挥了挥徐燃的手,"哎,你今天温柔得有点过分了啊。"

徐燃眼尾向上翘着,一脸偷腥:"因为怕你不喜欢我啊。"

不会的。

我会一直一直喜欢你。

你可是我的宝藏啊。

(5)
程柔放假那天,程桉开着车从津沽过来接她。

程桉毕业之后在津沽开了一个画室,但程柔之前只看过照片,心里一直好奇着想去看,程桉便绕道先送她去画室。

今天是周六,程桉给画室的人放了假,整个画室安静得像一纸水墨画。程桉喜欢黑白色,画室的装潢格调也是以黑白为主。程柔推开玻璃门进去时,看见一个扇形的透明的橱窗,上面罗列着程桉各色各样的作品,她突然有些羡慕,她小时候的梦想就是开一个属于自己的画室。

但是现在没有也没关系,她已经不再是那个因为无法画画而心生怨怼的女孩了,这一刻,她才真正感觉到年岁所带来的成长。

程桉推着她往里面走，走过一条弯曲的长廊之后就是宽大的画室，整齐排列的画架上面是学生们没有完成的作品。她坐在中间的位置上，下意识想拿画笔，程桉在台上惊呼一声，她才反应过来。
　　程柔笑了笑站起身："我不应该过来的，我怎么可能忍得住。"
　　程桉走下台摸了摸她的头顶，安慰道："没关系，哥哥下次教你不用颜料也能画特别好看的画。"
　　程柔点了点头，转头看见讲台旁边有一扇门。
　　"那是休息室吗？"
　　"不是，休息室在另一边。"程桉走上前按下密码，神秘莫测地说，"这可是我的秘密基地。"
　　程桉所谓的秘密基地，其实就是一个他放旧画的地方。他小时候就跟着程尚彦学画画，但小时候画得不好，风景画更是画得一团糟。
　　程柔指着其中一幅歪歪斜斜的画问程桉："这是什么？"
　　"津沽那条河啊。"程桉摸了摸鼻子，"七岁那年，爸爸带我去写生，让我画河，我原本想画波浪来着。"
　　程柔扶着墙壁直笑，每看一幅就笑得停不下来。程桉一边红着脸解释，一边让她手下留情放他一马。
　　画室里有几幅画被白色遮盖布遮着，程柔左右看了看，问程桉那些是不是颜料未干的画。
　　程桉掀开其中一幅画，道："不是，是还没画完，等你画呢。"
　　"我？"
　　程柔一脸诧异，转头看过去发现是一幅素描画，上面是他们一家四口。
　　程桉指了指左边："这是爸爸画的，旁边是我画的，还剩下面一点等你哪天有时间再补上。"
　　程尚彦和程桉都比较擅长水粉画，用素描画是为了迁就她。
　　程柔蹲在地上，抬手摸了摸，眼眶瞬间一红。
　　"旁边还有一幅，你自己去看吧。"

程柔抬头看他。

程桉笑了笑,目光温柔:"是爸爸送你的十八岁生日礼物。"

程尚彦有一个自己的工作室,每年工作室都会卖出一批画,有些甚至能拍卖出很高的价格。程柔自从回秦淮上学之后,跟爸爸妈妈的接触并不多,她心里有怨言,自然对他们态度冷淡,所以她从来没想过爸爸会画一幅画送给她。

程柔掀开遮盖布的时候,感觉自己的视线摇摇晃晃带着水纹。

画里是小时候她缠着程桉在小区门口玩雪时的场景,边沿画了一扇窗,程尚彦靠在窗棂上垂着脑袋看她。

那年,她穿着一件红色毛衣,画里的她也是一抹红色。

程桉站在她身后,很轻很轻地压着她的脑袋。

"小柔,我知道你一直觉得爸妈爱我比爱你多,但其实不是的,他们只是不善言辞,他们心中的爱藏得很深,等你长大之后,他们便更不愿意说了。"

程桉的声音轻柔得像一条河流,缓慢又蕴含冲击力。

"我从来没有告诉你,爸妈对我有愧。我的先天性心脏病属于心房间隔缺损,原本三岁那年做手术是最好的时机,但是因为他们的疏忽拖到七岁才做,而当时恰巧遭遇肺动脉高压不能做手术,我吃了大半年的药调整后,才让肺动脉压力达标,所以他们觉得我这条命是万幸捡回来的。"

"我和爸爸妈妈,还有奶奶都非常爱你,你知道吗?"

程柔咬紧下嘴唇,眼泪滑过脸颊变成地面上小小的一朵水花。

年少时候的委屈、埋怨与无助曾经在她心里变成一根根尖锐的刺,她每一次想到家人,想到爸妈的偏爱,想到自己远离津沽回到秦淮就会觉得很难过。她曾经以为这个世界上没有人会需要她,她是飘浮在时间里的一粒小小尘埃,她软弱、自卑、没有安全感,可是现在程桉告诉她,他们非常爱她,他们需要她。

年少时难忍的心事刹那变成一纸空谈,她既难过又开心,转身抱住程桉时,感觉要把年少时没有落下的眼泪通通哭完。

她好像又变成小时候那个只会依赖程桉的小女孩。

程柔回到家里时眼眶还是红的,廖慧慧在厨房里做饭,出来看见时顿时一慌,忙问她是不是期末没有考好。她找不到理由,只能僵硬着点点头。程尚彦板着脸说她怎么还跟小孩一样,因为考不好哭鼻子,但下一秒就哄她说一会儿带她出去买礼物。

程桉笑倒在沙发上,被程莹以"幸灾乐祸"为由说了一顿。

程柔瞬间破涕为笑,变本加厉地编造程桉的坏话,惹得程莹四处找扫帚,要打他一顿。

家人是生命中最大的宝藏。

能够和家人在一起,是一件非常非常幸福的事情,可她现在才明白。

或许宝贵的东西总要经历过岁月淘洗,人们才会发觉拥有它是一件多么幸运的事情,这大概是人的通性,也是人最大的缺憾吧。

(6)

程柔带着程莹回到秦淮的第二天,徐燃就和徐殊一块回来了。程莹和徐殊照例一见面就互相揭短,一脸嫌弃又唠唠叨叨地拉着对方的手不放。程柔正看着她们进屋的背影,冷不防被徐燃从身后一把抱住。

程柔脸一红,挣扎着让徐燃放手:"奶奶她们还在呢。"

"反正她们迟早也会知道。"

虽然徐燃嘴上不以为意,但还是松了松手。程柔正想趁机挣脱开,却被徐燃一把捏住下颌侧头亲了一口。

"我好饿。"

程柔往后退了好几步,一脸惊慌失措。

徐燃笑了一声:"你想什么呢,我是真饿了。"

程柔面红耳赤地跑进屋里,顿了一下,还是气不过,半路又转过头:"饿死你!"

徐燃笑得更欢了。

吴琛生日前一天，程柔给张印打了电话，说明天想去学校看他，正好秦淮十三中还没放寒假，他便让他们白天过去办公室找他。

程柔在群里把这件事说了，吴琛原本大学就在秦淮读，这会儿已经回到家里，忙说要去找程柔他们吃饭。周甜甜立刻跳出来说让吴琛等他们，必须得大家一块聚才行。

程柔看着噌噌噌往上跑的聊天记录，突然觉得很安心，这种马上就能见到老友的心情让她有一种大家还在秦淮十三中上学的错觉。

只要去学校就能见到想见的人，这是当时程柔喜欢十三中的一个很大的原因。

程柔见到的第一个人是周甜甜，后面是许舒亭和温思屿。许舒亭上大学之后瘦了一大圈，变得越发好看了，只有温思屿不依不饶地说她太瘦了，要补回来。

许舒亭凑到程柔耳边小声说："肯定是他自己胖了，嫉妒我。"

程柔靠在院门外的围墙上哭笑不得，她正想说话，就听到从前面斜坡上蹿出三个人，迎风骑着自行车。

吴琛骑在最前面，站起身抬起一只手冲他们挥了挥，大喊一声："你吴爷爷来啦！"

徐燃最先反应过来，站在路中间对即将到来的吴琛笑了笑，吴琛立马一怂，作势掉头就走。

"爷爷工作繁忙，先走了！"

众人瞬间一笑，温思屿走上前，抬手搭住他的脑袋一顿猛搓。

"小吴子，生日快乐啊。"

吴琛一怒："我花两百块做的发型都被你搓没了！"

他们一群人到秦淮十三中时，张印已经在办公室等着了。张印在室内只穿着一件浅灰色毛衣，鼻梁上依旧架着以前的那副眼镜。方才他们路过花店时给张印买了一束花，吴琛直嚷嚷要红玫瑰，众人拗不过寿星只好照办。果不其然，张印一看见那束红艳艳的玫瑰就笑得岔气。

"你们就不能给我买别的花吗？这娇滴滴、红艳艳的玫瑰花哪里配我了？"

大家一致把矛头指向吴琛，吴琛干巴巴地解释道："配你，配你，怎么会不配你，你这么……美……"

张印无奈地揉了揉对方的头顶，吴琛大惊失色地连忙往后一退："好了，我这两百块的发型现在只值两块了。"

张印招呼着他们落座，起身从旁边搬了一个大箱子。

周甜甜条件反射地往里坐了坐："张老师，你不会要给我们一人发一张试卷吧？你也太客气了，真不用。"

张印啼笑皆非地把箱子放在桌子上，一杯一杯地往外拿奶茶。

"不是你们说下次见面让我请你们喝奶茶吗？"

大家一愣，突然安静下来。

张印垂着头，眼镜往下滑了滑："你们能来看我，我很开心。"他抬起头，"真的很开心。"

人与人之间的缘分真的太短暂了，因为短暂才显得重逢多么难能可贵，重逢意味着我们都在为彼此更长远的缘分做努力。

程柔太喜欢这种感觉了。

我们各自努力，各自变得更好，直至再次见面。

告别张印后，因为还有学生上课，他们也只敢在校道里走了走。路过高一某个班级时，突然听到熟悉的怒吼声。

程柔微微探头往里看，看见方主任捧着一本物理课本，怒不可遏地指了指黑板上的物理题。

"都说多少遍了！怎么还是不会！要是你们上届的学长学姐早就会了！"

不，您当年也是这么跟我们说的。

方主任高一时曾教过程柔物理，但她没想到多年之后，她会以一个外校人的身份看到他在高一教物理，真是奇妙啊。

程柔笑了笑，刚准备收回视线，突然对上窗户边一个女生的目光，程柔顿了一下，往她桌上贴着的名字扫了一眼，陈亦妍。

——嗯,小我三岁,在秦淮中学读初二,叫陈亦妍。

程柔微微晃神,抬头冲她笑了笑,才跟着徐燃走出长廊。

程柔后来再也没有见过陈北洺,但是在一次收拾旧物时,偶然看到当年借给陈北洺的那本《月亮与六便士》。

辅文那页,空白的位置写着一段话:

我既不知道自己想要什么样的月亮,也不知道以后会不会有六便士。

我只知道,在它们出现之前,我只看见你。

我只想和你在一起。

当天晚上,众人在徐燃家里烧烤。温思屿和余一负责去拿蛋糕,程柔、周甜甜和许舒亭便负责去买食材,吴琛和林晏正在院子里安装烧烤架,千叮咛万嘱咐说要吃鸡腿。

"记住啊,是很多很多的鸡腿啊!"

周甜甜翻了一个白眼:"你小心过一个生日胖十斤。"

吴琛一脸得意:"我怕什么,我又吃不胖。"

周甜甜气得跳脚,差点跑回去打人,幸好被程柔和许舒亭一把拉住。市场距离家里不远,但她们买好食材回来时天色渐晚,夜空挂着墨紫色的晚霞,徐燃院子里的灯亮着,光斑落在程柔脚下,程柔突然停下脚步,电光石火间觉得这种场面很熟悉。

周甜甜和许舒亭站在院门前一脸莫名其妙。

"柔柔,你怎么了?"

程柔呼出一口气,刚想摇摇头,就听见徐燃在阁楼上喊她的名字。

她微微偏头向上看,徐燃趴在阁楼的窗口上,笑着冲她挥了挥手中的棒棒糖。

程柔十四岁那年,第一次来到秦淮,当时徐燃也是这样,趴在阁楼的窗口上远远地看着她。

他说:"我叫徐燃,清风徐徐,余烬复燃。你呢,你叫什么名字?"

此后的几十年，夏日冬雪便由此而始。
这光阴也因他而沧海桑田，跋山涉水，遥遥无期。

— 全文完 —

番外·我有一个秘密
——我整个青春里最盛大的秘密,是你呀

秦淮十三中八十八周年校庆时,学校在官网上发布了一个"我在秦淮十三中的秘密"的话题活动,因为校长带头宣传,所以往届学生都十分配合地积极参与。不过几天,转发量就噌噌噌地往上涨。

吴琛把官网的这条微博转发在群里,说是张印发话让每个人都得去捧场。

林晏说:"可是我没有秘密啊。"

"这多简单,你就编一个!"

程柔当时正和徐燃窝在家里看电影,她一边翻着手机,一边抬头问徐燃。

"你的秘密是什么?"

徐燃借着室内昏暗的灯光,低头亲了亲她的额头。

"你就是我的秘密啊。"

程柔耳朵一红,小声嘟囔:"你也是我的秘密。"

程柔兴致高涨地点开官网,窝在徐燃怀里看底下的评论。

这像是命运给予他们回首的契机,他们站在现在的年岁里,回望来时路,仿佛透过时间的壁垒看见了十七八岁时的自己——当时

以为人生只会永远十八岁的自己。

徐燃：

我第一次看见程柔是在十二岁，当时她躲在院子里玩弹弓，大道上一群同龄人骑着自行车从她身边呼啸而过，其中一个女生不慎摔在路中央，动静很大，哭得眼泪直流，其他人手足无措，只有一个男生怒气冲冲地骂她"爱哭鬼"。

然后，我就看见她躲在墙角的位置偷偷拿弹弓射那个男生，打得对方往后一倒，哀号着腿疼。

我当时想，她好奇怪。

但更奇怪的是，我在他们走了之后，跑过去捡起了那颗玻璃珠。

后来，我转学到秦淮十三中，命运终于再一次把她推向了我。

程柔：

高三第一学期，期末考最后一天，那天是我的生日，当时秦淮下了第一场雪，徐燃组织全班同学和张老师一块为我过生日。后来散场时，我和徐燃、周甜甜、许舒亭、林晏、余一、吴琛在雪地里拍了我们的第一张合照（对了，下次也要拉上温思屿才行）。

那天，我说老天爷对我太好了。

徐燃说，那场雪就是老天爷送给我的礼物。

我当时笑着没说话，其实我想告诉他，他才是老天爷送给我的十八岁生日礼物。

陈北洺：

高一第一学期，我和张印老师一块打篮球，坐在一旁喝水时，突然有一个女生跑过来把好几本资料塞到我怀里，让我帮忙交给张老师。

我一时没反应过来，愣在原地，她就蹲下来讨好地冲我笑，从口袋里掏出一小包红豆曲奇给我："同学，拜托了。"

她笑得太好看了，我就答应了，以至于后来我做了一件很愚蠢的事情。

高二开学那天，我其实是故意把足球踢向她身边，我原本只是想引起她的注意，可我没想到会砸到她的手臂，虽然很卑鄙，但如果重来一次，我也会那样做。

因为我想认识她，我想认认真真地告诉她，我的名字，我希望她能够知道，这个笨拙的大男孩很喜欢她。

周甜甜：

高二那年，我遇到林晏，千方百计想要接近他，经常假装不经意地路过高二七班。因为想要看他一眼，我经常借着打闹的机会了解他，但他是一个榆木脑袋，经常不开窍。

高三下学期，有一次我因为作文被班主任罚站，当时他突然站起身跟班主任说，他犯困也要出去站一会儿醒醒脑。

这个傻瓜，我明明前一秒还看到他在低头写试题，可是正因为他的举动，我才没有放弃喜欢他。

暗恋一个人好艰难，是他给了我继续喜欢他的动力。

林晏：

我一直是一个不太开窍的人，周甜甜总这么说我，但有一件事我一直没有告诉她，因为觉得不好意思。

其实，她高二那年送我的饼干盒我一直都留到现在，但我当时并不怎么喜欢吃饼干，所以直到很久之后我才看见她压在饼干下面的字条。

她说，她是高二十二班的周甜甜，想要和我交朋友。

高二十二班的周甜甜，我是高二七班的林晏，对不起，很晚才发现你的喜欢，让你一个人坚持那么久，但是以后我一定会加倍喜欢你，所以，你能把架在我脖子上的刀拿开吗？

吴琛：

我好像没有秘密，但张印说了要写，那我就给2015届高三十二班的众人表个白吧！我特别特别想你们，希望以后大家能够出来聚餐。

还有，我最好的朋友，温思屿、许舒亭、余一、周甜甜、林晏、程柔、徐燃。

除了余一之外，剩下的都不是好人！他们整天腻腻歪歪，成天影响我考清华北大！希望他们能看到这条评论，意识到自己的错误，请我吃鸡腿。

许舒亭：

我上高中那会儿，温思屿总是说我太胖，虽然我每次都说不关他的事，但其实每一次都觉得难过，所以后来我背着他减肥，因为我希望他能够看到一个更好的我。

还有，当时他转学的时候我告诉他，我教他做题不是因为张老师，其实，我还有一句话没说完："是因为喜欢你。"

温思屿：

我上高中时，经常踩着下课铃跑去食堂抢鸡腿，然后等许舒亭出现在食堂时，就会跟她说，剩下的鸡腿我吃不完，全给她。

但事实上，我从来都不吃鸡腿，我每次这么着急跑去食堂买鸡腿，是因为我知道她喜欢吃。

我给她的，不是剩下的，而是我所能抢到的全部。

余一：

高二时，我曾经给一个女生送过感冒药，但是她以为是别人托我给她的，所以没有收。其实在那之前我就认识她了，甚至曾经为了在光荣榜上让我们的名字排在一块，而故意把数学考差。

或许我真的喜欢过她，但是我永远都不会告诉她，因为她和我最好的朋友在一起。

而他们对我来说,都是很重要很重要的人。

稚初:

我十七岁那年喜欢过一个男生。他调皮捣蛋,逃课睡觉,喜欢打篮球,喜欢靠在走廊上一边晒太阳,一边和同学聊天。

我所在班级的窗户能够一眼看见操场,每一次看见他远远地抱着篮球从操场回来,我就会拿起水杯跑去走廊的第一个饮水机接水,然后就能遇见同样来接水的他。

高三冬天那会儿,我经常很早去教学楼背课本,有时会偷偷摸摸地跑去他的班级,帮他接热水,站在他的课桌前看他歪歪斜斜的字迹。

如果他和我说上一句话,我就会一整天都像沸腾的热水,咕噜咕噜地冒泡。

他曾经问我:"你为什么总能注意到我?是因为我总逃课吗?"

不是的。

"是因为我喜欢你。"

"我喜欢你。"

"我非常非常喜欢你。"

可我现在才敢告诉你。